Laure Félibre

DERRIÈRE LA DUNE

Roman

ISBN : 9781073379958

à Franck,

mon mari et premier lecteur.

Ce roman est une fiction. J'ai choisi d'installer son action dans le bassin d'Arcachon, lieu qui m'est cher, dont la beauté des décors naturels nourrit mes personnages. Je l'ai peuplé de personnages fictifs. Toute ressemblance avec la réalité ne serait que fortuite.

« Il faut porter du chaos en soi
pour accoucher d'une étoile qui danse. »
Friedrich Nietsche

« Ce que la chenille appelle la fin du monde,
le reste du monde l'appelle papillon. »
Lao-Tseu

Bassin d'Arcachon

Dune du Pilat

Essoufflé par cette marche improvisée, il respirait à pleins poumons l'odeur des pins qui surplombaient la dune. Un sentiment irrationnel de joie le remplissait des orteils à la racine des cheveux. Il ressentit avec force ce moment de pur bonheur. Avant de pénétrer plus profondément dans la forêt, il se retourna pour profiter du paysage somptueux qui s'offrait à lui. Modèle d'impermanence, le banc d'Arguin découvrait avec lenteur ses archipels de sable fin, enclaves renouvelées à chaque marée au gré des vents et des courants. Ses parcs à huîtres bercés par le ressac restaient immergés sous les piquets indiquant leur présence aux bateaux en route vers l'océan. Apaisé par cette nature sauvage, enveloppante, il se dit qu'il aurait volontiers pris la place d'une mouette pour passer l'hiver dans la réserve naturelle face au Cap Ferret. Jouer avec le vent au milieu de ses congénères, piquer brutalement dans l'eau pour subtiliser son déjeuner, tel un vol à l'arraché, sentir les gouttelettes d'eau s'effacer, laissant une simple trace salée sur ses plumes.

Une multitude de pommes de pin à terre, rognées jusqu'à la garde, indiquaient la présence d'écureuils discrets. Des fougères remuaient sans raison apparente. Souris des sables, merles, serpents ? Seul le bruit de feuilles froissées indiquait leur présence aux promeneurs qui perturbaient bien involontairement leur quiétude. Réflexe de survie. Face à un danger, l'adrénaline injecte une dose puissante et nous pousse à combattre ou à fuir pour survivre. Ses pas s'enfonçaient dans le sable fin pour ne laisser qu'une trace floue. Personne à l'horizon. Le silence. Il se sentait enfin vivant.

En une fraction de seconde, la violence de l'attaque le prit par surprise sur sa droite. Le coup fit un bruit écœurant en écrasant son crâne ; cela lui rappela de manière incongrue les moments où, enfant, il s'amusait à exploser les courges récoltées par son père avec une batte de base-ball. Il vacilla, chercha de toutes ses forces à se maintenir debout et releva la tête malgré la douleur foudroyante. Sonné, il plongea son regard, stupéfait, dans les prunelles sombres qui le fixaient sans un mot. La détermination qu'elles dégageaient lui fit comprendre avec certitude qu'il allait mourir là, au milieu des fougères, tous ses espoirs d'une vie proche de la nature, en vérité, saccagés au pied des pins, sur la dune la plus grande d'Europe. Pas la force de se battre, pas le temps de fuir. L'esprit engourdi, à peine put-il apercevoir un éclair dans la main qui s'abattit sur lui. Une douleur atroce lui transperça le ventre lorsque la lame déchira ses muscles, encore, et encore. Les mains couvertes de sang, son propre sang, dans une tentative ridicule pour l'empêcher de s'écouler, il tomba à terre, les yeux ouverts sur son assassin, tournant le dos au banc qui lui avait donné tant de bonheur l'instant précédent.

Chapitre 1

Arcachon, mardi 17 octobre 2017

Nuisettes violines, déshabillés carmin, robes de soirée champagne à paillettes ; entourée de coloris tous plus chatoyants les uns que les autres, Fanny Landon s'efforçait de ranger les étoffes précieuses livrées le matin même. Elle sortait les pièces de dentelles, les parures en soie et prenait plaisir à les caresser. Enveloppée d'une douce odeur de violette, elle aurait tant aimé s'attarder à leur contact... La dernière cliente s'était décidée pour un ensemble de lingerie mandarine, touche de couleur acidulée sous un fourreau anthracite qui mettrait assurément sa taille de guêpe en valeur. Ce fut une belle vente et le début prometteur de prochaines visites !

En ce milieu d'après-midi, le calme était enfin revenu dans sa boutique pour dames en plein cœur de la Ville d'Été. Sur le cours Lamarque, proche du front de mer, elle savourait la chance d'avoir un emplacement idéal. Il ne se passait pas un matin sans qu'elle se félicite d'avoir acheté ce fonds de commerce il y a huit ans. Une rénovation soignée dans des teintes ivoire et parme permit de transformer un véritable capharnaüm en un magasin douillet. Fanny se sentait chez elle, en sécurité dans ce cocon. Dans une ambiance feutrée, ces dames pouvaient se mettre à nu. Dieu sait combien de secrets elle avait entendus dans ces alcôves ! Son goût très sûr pour sublimer chaque femme, complété d'une discrétion absolue, avaient fait de son repaire un incontournable à Arcachon. Conseiller l'épouse légitime qui achetait de la lingerie fine, alors que la maîtresse de son époux était passée la veille, imposait la plus grande délicatesse afin d'éviter qu'elles n'orientent leur choix sur la même parure... Sa clientèle venait de tous les environs pour trouver chez elle des dessous confortables et attirants, ainsi que des tenues chics en toute occasion.

L'esprit ailleurs depuis le réveil, les nerfs en pelote, elle se sentait épuisée et se concentrait avec difficulté sur l'organisation du défilé de samedi, épaulée par sa nouvelle consultante en communication, Hermione Belgarde. Avec cette charmante professionnelle arrivée de Paris il y a deux ans, les discussions de travail dérivaient souvent sur des sujets plus personnels. Dans quelques jours aurait lieu l'événement qu'elles préparaient depuis deux mois pour ses clientes VIP. Elle aurait dû s'en réjouir mais, sans se l'expliquer, c'était au-dessus de ses forces. Une agréable chaleur régnait dans la pièce. Baignée par les rayons d'un soleil radieux, l'atmosphère restait pour autant lourde de menaces, de tristesse rentrée, sans que Fanny arrive à exprimer l'origine de cette sourde inquiétude qui la minait jour après jour.

- Fanny, que penses-tu de ma proposition ? Pour que le défilé de samedi soit un succès, il est indispensable que tes clientes confirment leur présence, accompagnées ou non de leur conjoint ! Il faut qu'elles viennent nombreuses et commandent pendant le cocktail qui suivra !
- Désolée, j'avais l'esprit ailleurs, Hermione. Tu as raison. D'expérience, les maris ne résistent pas à un déshabillé bien porté et sortent leur carte bleue avec le sourire, je t'assure ! Mes mannequins sauront susciter l'envie d'acheter ces dessous si joliment présentés. Et puis, les robes de soirée pour les réceptions du printemps se réservent à l'automne. C'est le bon moment.
- OK. Nous devons donc vérifier la liste et les relancer. Je te rappelle que la commande ferme au traiteur doit être passée quarante-huit heures avant, soit jeudi au plus tard.
- Parfait, allons-y tant qu'il n'y a pas de cliente !

La sonnerie latino de son téléphone les interrompit à quinze heures quarante-cinq. Fanny fit signe à Hermione de l'excuser, sa fille Pauline cherchant à la joindre. La voix vibrante de colère, cette dernière voulait passer au magasin la voir urgemment à propos d'un sujet qui ne pouvait attendre. La violence contenue dans son discours et le ton péremptoire avec lequel Pauline lui parla l'insupportèrent. Elle lui demanda de lui expliquer de quoi il retournait, mais sa fille refusa tout net. Se sentant agressée, Fanny lui signifia qu'elle n'était pas disponible tout de suite et lui proposa le plus calmement possible d'en discuter à la maison après sa journée de travail. D'ailleurs, elle devrait déjà être à la maison puisque ses cours se terminaient à quatorze heures trente le mardi. Une telle explosion verbale lui ressemblait si peu ! La conversation fut coupée avant qu'elle ne l'embrasse comme à son habitude. Pauline lui avait raccroché au nez. Radio Classique eut alors la judicieuse idée de diffuser la 3e symphonie de Brahms, d'une lenteur nostalgique étrangement apaisante.

- Un problème ? questionna Hermione.
- Non, non... Rien de grave, enfin j'espère. Ma fille semble à cran en ce moment sans que l'on sache pourquoi. Elle s'isole dans son monde, et lorsqu'elle nous sollicite, tu peux être sûre que c'est pour nous demander quelque chose ! Bref, avançons, je réglerai le sujet ce soir !

Fanny envoya tout de même un message à son mari pour qu'il la prévienne dès le retour de Pauline à la maison. Sa fille ne s'absentait jamais plus de deux heures après les cours sans avoir indiqué où elle se rendait, elle serait probablement rentrée d'ici seize heures trente, furieuse, et tout se réglerait au dîner. Les trois heures qui suivirent furent consacrées à relancer les invitées avec Hermione, rappeler les mannequins pour la répétition prévue la veille, finaliser le déroulé du défilé, la musique associée, valider menu et bons à tirer, sans négliger de contacter le journaliste susceptible d'écrire un article. Fanny s'occupa d'une cliente alors qu'Hermione échangeait avec le traiteur qui apporterait verrines colorées, canapés délicats et bouchées sucrées, le tout arrosé à profusion de fines bulles de champagne. Prise dans l'effervescence de l'organisation, Fanny en avait oublié fatigue et soucis. Dix-neuf heures allaient sonner, elle se félicita du travail accompli en pensant à plier bagage, quand son mobile retentit de nouveau. Elle réalisa alors que son mari ne l'avait pas rappelée plus tôt. Quelques secondes suffirent pour que sa vie vacille. Pauline. Chambre vide. Aucune nouvelle. Ne répond pas sur son mobile. Introuvable. L'épaisse moquette amortit le bruit lorsque son portable lui échappa… La température avait perdu vingt degrés en une seconde. Hermione la vit blêmir et la rattrapa par le bras. Ses jambes flanchaient. L'air hagard, sonnée par les mots que son esprit se refusait encore à comprendre, Fanny se tourna vers elle :

- C'était Jérôme. Il est rentré il y a trente minutes à la maison avec les garçons. Il était à la salle de sport et n'avait pas son téléphone sur lui. Pauline n'est pas à la maison. Il a appelé tous ses amis avant de m'alerter : aucun ne l'a vue depuis le début d'après-midi. Elle a disparu…

*

Encore une journée qui traînait en longueur, sans événement notable à signaler. Un carré de Zan qu'elle venait de suçoter à la main, le regard perdu à l'horizon, Alexia Crozon était arrivée début août au commissariat d'Arcachon / La Teste-de-Buch. Elle se demandait si cette décision n'était pas un énorme piège qui se refermait sur elle. Quelques cambriolages de résidences secondaires et des nuisances sonores déclarées le samedi soir par des rabat-joie mis à part, rien de bien excitant à se mettre sous la dent. Elle avait obtenu cette mutation dans les règles, mais ses collègues, médisants de nature, la suspectaient d'avoir usé de passe-droits. Qu'ils ne l'apprécient guère était bien le cadet de ses soucis en ce moment. Elle avait des problèmes d'un autre ordre à gérer une fois chez elle et aucune envie de leur en faire part. L'adrénaline des trafics de drogues à filer, les règlements de compte dans la rue, des affaires au long cours qui aboutissaient après des traques de plusieurs mois : l'effervescence et les gros coups qui remplissaient son quotidien dans le service des stupéfiants à Toulouse lui semblaient bien loin. De nature introvertie, Alexia s'étonnait que la ville rose et ses anciens collègues lui manquent déjà.

À l'intérieur de l'imposante bâtisse arcachonnaise, l'équipe de la police nationale s'apprêtait à décoller pour la soirée lorsqu'un appel lui fut transféré par Christine

Pintier, l'assistante de l'équipe également responsable de l'administratif :

- Alexia c'est pour vous, Cyrille est en ligne. Une mère déclare la disparition de sa fille mineure. Il y a urgence !

Dès qu'elle eut raccroché, elle se tourna vers son collègue et lui fit signe d'abréger sa conversation. Deux minutes plus tard, ils poussaient la porte du commissariat pour se rendre chez les parents.

*

Bouleversée par les événements, Hermione était partie en direction du Pyla par le front de mer. Elle serrait le guidon de son vélo avec une telle force que ses phalanges blanchissaient. À la fin de l'appel de Fanny, la policière lui avait dit qu'elle la rejoindrait à son domicile. Sa cliente avait donc pris la route en état de stress avancé, ce qui ne la rassurait pas. À son arrivée à Arcachon en septembre 2015 pour un changement de vie à cent quatre-vingts degrés, Fanny fut une de ses premières clientes. De nature chaleureuse, vive et dynamique, sa joie de vivre l'avait immédiatement séduite. Les heures passées ensemble pour déterminer la stratégie de communication qui positionnerait « Au bonheur des dames » comme LA boutique raffinée par excellence leur avaient permis de se découvrir une façon commune d'appréhender le quotidien : une manière positive de voir la vie, de laisser glisser les nuages sans s'y attarder, de se forcer à mettre un pied devant l'autre y compris les jours en creux… Un lien particulier s'était tissé entre elles, à travers leurs fêlures cachées. Elles se comprenaient presque instinctivement. Depuis quelque temps, Hermione avait bien vu sa cliente plus fébrile, moins concentrée, son bel entrain comme envolé. Si elle en devinait une des raisons, cela restait une supposition, car Fanny se livrait peu. Hermione avait rencontré Pauline au magasin certains mercredis ou samedis après-midi quand la jeune fille venait flâner en ville avec des amies. Fine et nerveuse, le plus souvent vêtue de noir, en jean slim et pull lâche à grosses mailles pour cacher ses formes, elle paraissait comme la plupart des lycéennes de son âge, sorties de l'enfance, curieuses de tout, passionnées, en recherche de l'adulte qu'elles seraient un jour. En repensant à Pauline, ses yeux de biche pouvant virer au noir lorsqu'elle était contrariée lui revinrent en mémoire. Sous une apparence détachée, la jeune fille était visiblement très liée à sa mère. Au travers de certaines remarques, elle semblait vouloir la protéger, ce qui n'était pas son rôle. Où es-tu Pauline ? Chez une amie ? Partie faire une course sans prévenir ? Sur la plage à ruminer ta colère ? Cette disparition n'était probablement pas bien grave, mais Hermione ne pouvait s'empêcher d'avoir le ventre noué, comme à chaque contrariété. Bien souvent son hypersensibilité la mettait en posture délicate, mais elle avait appris à en jouer, voire même à s'appuyer sur son sixième sens. Combien de fois lui avait-il permis de comprendre les émotions de son prochain, voire de détecter ce qui clochait, usait, creusait l'âme ?

La marée descendait depuis deux heures lorsqu'elle traversa la forêt de pins et s'arrêta sur la plage des Abatilles pour assister au coucher de soleil. Elle s'imprégna de l'odeur caractéristique de sel et d'iode mélangés. Ce rituel de marche en contact avec la nature, pieds nus dans l'eau, après une journée de travail lui permettait de décompresser avant de retrouver Yann, qui aurait certainement préparé le repas. Le chant aérien des mouettes accompagnait son bilan quotidien. Dans le ressac inlassable des vagues, elle déposait ses frustrations, ses peurs, ses angoisses, et se forçait à trouver au moins trois sources de satisfaction par jour, méthode simple et efficace pour ancrer les moments positifs. Entre événementiel, relations presse et communication interne pour des entreprises importantes, elle était passionnée par son métier. Très varié, il lui permettait de côtoyer des clients et secteurs d'activité de toutes sortes, du fleuriste à l'hôtel de luxe, en passant par le constructeur de maisons. Elle n'avait jamais eu à regretter son départ de Paris pour s'installer dans ce petit coin de paradis. Pourtant, l'autonomie du statut d'indépendante allait de pair avec des phases de travail intense qui déséquilibraient parfois sa vie personnelle. Le matin, Yann partait bien plus tôt qu'elle sur les parcs à huîtres. Un ostréiculteur vivait au rythme des marées. Il terminait le plus souvent dans l'après-midi par des livraisons aux restaurateurs du bassin. La soirée restait un moment de partage privilégié pour leur couple, en dehors des week-ends.

Un dragon terrifiant cherchait à atteindre le ciel, virevoltant au gré du vent qui s'était levé. La gueule grande ouverte laissait apparaître ses crocs, son corps carmin était recouvert d'écailles dorées. Cinquante mètres plus loin, à l'autre bout d'un fil invisible qui les reliait en cachette, un jeune garçon tenait fermement les manettes du cerf-volant, fasciné par le monstre qu'il avait engendré. En cette douce journée d'automne, des familles venues prendre le goûter sur la plage séchaient les enfants, regroupaient les pelles et les seaux, pliaient les serviettes. Des retraités reposaient livres, magazines ou jeux d'esprit qui aidaient à passer le temps. Tous contemplaient les traînées orange sanguine se fondre dans le pourpre des nuages derrière les pins du Cap Ferret. Cette image hypnotique céda la place à un dégradé vert-émeraude, bleu ciel et marine, tacheté çà et là de nuances violettes, traces fugaces du tableau précédent. Chaque jour, ce spectacle éphémère réunissait des centaines de locaux, éblouis par ces instants de beauté à l'état pur, qui renaîtraient le lendemain, au gré d'une météo clémente.

En pleine contemplation méditative, elle ne put s'empêcher de ressentir une légère contrariété à la lecture du SMS qui venait de faire sonner son mobile. « Tu rentres bientôt ? » lui demandait Yann. À regret, elle reprit sa route sur la piste cyclable au bord du boulevard de l'océan, partagée entre le plaisir de retrouver son homme et l'envie puissante de se sentir libre.

*

Anselme Boquart savourait son whisky en silence. Un superbe Talisker posé sur la table basse devant lui, il profitait de la rémanence du coucher de soleil incrustée dans sa rétine, terre et mer entremêlées dans son verre. Du malt grillé avec de la tourbe, stocké dans des hangars dix-huit années en bord d'océan façonnait un breuvage exceptionnel. Il était pensionnaire pour la première fois à l'hôtel Impérial, un palace en Ville de Printemps, entre Pereire et le centre-ville d'Arcachon. Il aimait l'ambiance feutrée du salon avec ses lourdes tentures crème, son piano demi-queue et ses lustres de cristal de Bohème. Les clients discutaient discrètement en sirotant un cocktail. Ceux qui avaient la fâcheuse tendance à systématiquement venir lui conter leur journée n'étaient pas encore descendus. Il fallait bien reconnaître qu'entre la pêche au thon dès l'aube, les virées au Cap Ferret, les courses à l'hippodrome de la Teste-de-Buch ou les dîners à La Co(o)rniche à Pyla-sur-Mer, les sorties proposées par l'établissement à sa clientèle huppée et exigeante ne manquaient pas. La phrase de Baudelaire « Là, tout n'est qu'ordre et beauté, luxe, calme et volupté » lui revint en mémoire. Tous ceux qui rencontraient Anselme Boquart se trouvaient saisis par sa ressemblance avec Sean Connery : un homme racé, le cheveu poivre et sel, large d'épaules, dont le visage portait bien les rides. Il dégageait avant tout un magnétisme puissant. Lorsque son regard se posait sur vous, il avait ce talent rare de vous faire sentir que vous étiez la personne la plus importante de sa journée. Un tel charisme, assorti d'ambition et d'un bon sens terrien à toute épreuve, l'avait amené à construire un empire dans le foie gras puis le caviar d'Aquitaine.

Malgré ses nombreuses obligations, il avait choisi de s'installer à Arcachon depuis deux semaines. Seul. Sa femme et ses trois fils venaient lui rendre visite, inquiets de cette retraite subite, et il s'amusait de les voir tourner autour du pot sans comprendre sa décision. Était-il souffrant ? Déprimé ? Fatigué des affaires ? L'unique explication qu'il leur avait donnée ne semblait pas leur convenir. Pourtant, il avait besoin de faire le point sur sa vie. Se poser, prendre le temps, profiter de journées sans contraintes, au lieu d'être surchargé de réunions et inspections d'usines assommantes. D'un tempérament joueur, il avait laissé entendre qu'il réfléchissait à se retirer de l'entreprise. Il jouissait de guetter leurs réactions, certaines subtiles, d'autres, il fallait bien l'avouer, décevantes.

La vie de palace le fascinait. Au milieu de familles d'aristocrates porteurs d'une histoire séculaire, de gagnants du Loto maladroits dans ce nouvel univers aux codes si particuliers, de beautés célibataires à la recherche évidente d'un mécène, de vieux misogynes, une multitude de serveurs parfaits de discrétion faisaient tourner cette machine bien huilée. Ils pouvaient répondre avec naturel à toute demande, y compris les plus grotesques. Le tout s'orchestrait dans un cadre organisé pour le plaisir et le confort de chaque client... Ce microcosme à part entière le distrayait au plus haut point. Depuis le décès de son père en septembre, ses pensées devenaient obsessionnelles. La venue du notaire pour régler la succession la veille lui avait valu une nuit blanche. Il pouvait lui accorder une confiance relative, mais il avait pourtant un besoin crucial de ses conseils ces jours-ci.

Un air de blues d'Aretha Franklin *Ain't got no - I got life* accompagnait admirablement son whisky. Ses pensées l'amenèrent à revisiter l'histoire de son empire. Depuis l'enfance, le travail faisait partie de sa vie, week-end compris. Petit-fils et fils d'agriculteurs-éleveurs des Hautes-Pyrénées, passionné et pétri de tradition, Anselme avait fait fructifier l'entreprise familiale en développant les produits nobles de haute gastronomie : foies gras, confits de canards et d'oies. Son grand-père lui rappelait que les Égyptiens furent les premiers à gaver les oiseaux de toute sorte avant de consommer leur foie. Grecs, Romains, puis Gallo-Romains reprirent cette tradition du gavage de génération en génération dans les campagnes françaises, jusqu'à ce que la culture du maïs permette l'élevage des palmipèdes depuis le 16e siècle.

Dans ses tables d'hôtes et de dégustation, Anselme avait souvent rencontré des étrangers écœurés par ce procédé, tiraillés entre le plaisir intense de savourer un foie gras à Noël et la culpabilité, se disant qu'il pouvait être cirrhosé. Il leur expliquait avec pédagogie que l'élevage des canards et des oies se faisait selon les méthodes traditionnelles, dans des fermes respectueuses d'une charte stricte, garantie d'un haut niveau d'alimentation, de santé, de confort ainsi que d'une relation de qualité entre l'homme et l'animal. Les clients repartaient rassurés avec un panier bien rempli, impatients d'ouvrir leurs bocaux et de savourer leur contenu en toute connaissance de cause : les palmipèdes font en effet des réserves de gras similaires en vue des migrations hivernales et la taille de leur foie est réversible en quinze jours si l'on stoppe le gavage !

Trop ambitieux pour se limiter à bien gérer le patrimoine légué par sa famille, Anselme créa un réseau de franchises en France puis à l'étranger et fit fortune. Faisant sienne la maxime de Christophe Collomb « Un homme ne va jamais aussi loin que lorsqu'il ne sait pas où il va », il accompagna ses intuitions d'une forte dose de travail et de persévérance. Ses amis lui reprochèrent sa folie quand il osa s'aventurer dans l'élevage d'esturgeons pour commercialiser du caviar au milieu des années quatre-vingt-dix. Son plus beau succès ! En discutant avec le chef du restaurant à l'hôtel, il fut d'ailleurs ravi de constater que la carte proposait ses produits.

Malgré ses réussites professionnelles, Anselme éprouvait un sentiment d'incomplétude. Le décor somptueux qui l'entourait, son immense fortune, l'intérêt que lui portait sa famille de manière fort soudaine, tout provoquait en lui une lassitude aiguë, un mal-être tenace, tel un étau qui compressait sa poitrine et n'avait de cesse de l'oppresser. Un élégant sourire sur les lèvres, cette sourde douleur imperceptible pour les autres le torturait sans relâche.

*

Cyrille Trousseau stoppa le véhicule de police devant une maison typique de plain-pied dans la courte rue du Figuier. Elle se situait en plein cœur de l'ancien quartier de pêcheurs à l'Aiguillon, à l'est du port. Soixante ans auparavant, seules les familles pauvres, parfois avec de très nombreux enfants, résidaient dans ce quartier, où les bagarres étaient légion. On ne se vantait pas d'y vivre. La transformation de ces dernières années et le cours vertigineux de l'immobilier permettaient difficilement d'imaginer la vie des habitants il y a un demi-siècle. Les vieilles baraques laissaient la place à des résidences de standing à tous les coins de rue. Fréquemment, des acquéreurs rasaient purement et simplement une maison achetée à prix d'or pour en construire une nouvelle. Entourée d'eau et encerclée par la forêt des Landes, la ville aux quatre quartiers portant le nom des saisons n'était pas extensible. Les promoteurs rentabilisaient au maximum chaque parcelle, qui trouvait acquéreur sans délai.

Lorsque sa collègue Alexia l'avait prévenu qu'ils devaient partir en intervention suite à la disparition d'une jeune fille, Cyrille se préparait à passer une soirée misérable en célibataire, devant sa télévision avec un pack de bières et une pizza surgelée. Depuis que sa femme l'avait quitté six mois plus tôt, emmenant son fils de huit ans, il déprimait dur. Il devait bien admettre ne pas avoir fait beaucoup d'efforts pour intégrer Alexia cet été. Quelle idée de s'habiller comme un homme, tout en noir, éventuellement en jean et tee-shirt blanc les grands jours, cheveux courts et regard qui vous sonde jusqu'à la moelle… Non, elle ne lui revenait pas, la nouvelle recrue, mais il allait faire avec. Et puis cette manie qu'elle avait de manger des barres de réglisse à longueur de journée. Il se retenait parfois de le lui arracher des mains. On n'était plus dans une cour d'école !

Après le petit portail blanc, dans la pénombre ils franchirent les quelques mètres jusqu'au perron éclairé. Ils passèrent devant un palmier, quelques plates-bandes de fleurs sur la droite, des trottinettes d'enfants posées à la hâte sur la gauche, puis la porte vitrée s'ouvrit dans la seconde où son index toucha la sonnette. Un homme blond, grand, visiblement musclé sous son polo noir, quoiqu'un peu vouté, les invita à entrer une fois les présentations effectuées.

- Merci de vous être déplacés si vite, dit Jérôme Sartoren en leur serrant la main, le visage crispé, ride du lion creusée entre les sourcils. Ma femme vous attend au salon.

Ils passèrent la porte du salon ; une odeur de cigarette froide et un silence écrasant les prirent à la gorge en une fraction de seconde. Une lampe en bout de canapé éclairait à peine la pièce aux couleurs claires. La pénombre enveloppait la mère assise, tête penchée en avant, mains serrées comme en prière, qui sursauta lorsque Cyrille l'interpella d'une voix douce. Une chape de plomb rendait chaque geste décalé, chaque mot douloureux à prononcer. Pourtant ils devaient établir la relation et récolter les faits pour démarrer les recherches au plus vite. Les yeux écarquillés d'une biche aux abois, grande brune élancée, la dénommée Fanny se leva pour les saluer, puis chacun s'assit et Cyrille prit la parole.

- Madame Landon, vous avez contacté la police pour signaler la disparition de votre fille Pauline à dix-neuf heures. Ma collègue Alexia a réceptionné votre appel. Nous allons tout mettre en œuvre pour la retrouver. Pour cela, nous avons besoin de vous poser un certain nombre de questions, à vous et votre mari.
- Allez-y. Le plus vite sera le mieux, leur répondit-elle d'une voix hachée, dans laquelle se mêlaient inquiétude et stupeur. La nuit est tombée ; ma fille n'est pas rentrée... Il faut la rechercher au plus vite !

- Pouvez-vous nous retracer ce qui s'est passé aujourd'hui ? Dans quelle tenue est partie Pauline ? Chaque détail a son importance.
- J'ai quitté la maison avant huit heures ; elle dormait encore. Pauline avait cours au lycée à dix heures, un professeur était absent aujourd'hui. Je réalise que je suis incapable de vous décrire comment elle était habillée. Tu l'as vue toi, après avoir emmené les garçons à l'école ? demanda-t-elle en se tournant vers son mari.
- Oui, je suis revenu peu avant neuf heures. Pauline a pris un petit déjeuner rapide avant de partir à neuf heures quarante-cinq. Elle portait un jean noir serré, vous savez, comme elles ont toutes à cet âge-là, avec son pull à grosses mailles kaki, de mémoire, et un tee-shirt blanc dessous qui dépassait du col.
- Avez-vous remarqué quoi que ce soit d'inhabituel dans son comportement ? intervint Alexia, prenant des notes.
- Non, pas que je me souvienne. Vous savez, les ados ne sont pas très causants en général, alors au réveil, ce n'est guère mieux. On ne peut pas dire que Pauline soit bavarde avec moi. Bonjour, bonsoir, passe-moi le sel, tu as des sous pour aller au ciné ? bref, des échanges normaux lorsque l'on vit ensemble, quoi !
- Et donc vous disiez être présent ce matin. Qu'avez-vous fait ensuite ? demanda Cyrille.

- Je suis scénariste, donc je travaille depuis la maison, répondit-il le regard fuyant. Et comme je n'ai pas de contrats en ce moment, je m'occupe des enfants…
- Depuis quand cette situation dure-t-elle, monsieur Landon ?
- Cela fait environ deux ans… Arcachon est une ville paradisiaque pour l'activité touristique. Mais question art ou cinéma, rien ne vaudra jamais Paris !

Sa voix était chargée d'amertume. Une tension électrique remplissait l'air et le couple fixait la table basse, comme si d'un regard échangé, trop de rancœur pouvait rejaillir sur la conversation. Des cris d'enfants dégelèrent l'atmosphère. Deux charmants blondinets descendirent de l'étage en courant, tout en se chamaillant pour un Playmobil. Cyrille se rappela avoir lu récemment que d'après les sociologues, dès qu'une figure est représentée dans les Playmobils (noir ou gay par exemple), cela signifie que la société l'a intégrée.

- Maman ! Mathis me vole mes jouets, j'en ai marre ! Il m'embête tout le temps ! dit un garçon qui devait avoir dans les cinq ans, visage rond écarlate de colère, loin de l'atmosphère dramatique du salon.
- OK, on se calme les garçons, dit Fanny en enlaçant son fils aîné. Je vous présente Mathis, qui est chez les grands en maternelle, et Enzo, rentré en petite

section en septembre. Mes chéris, voici des policiers qui vont aider votre grande sœur à rentrer à la maison.

- Ah chouette ! Vous avez un vrai pistolet ? demanda Mathis à Cyrille, plus impressionné par son titre de policier que conscient de ce qui se jouait à l'instant.
- Non mon grand, pas sur moi, répondit Cyrille, un pincement au cœur, en pensant à son fils qu'il ne verrait pas ce soir, ni le suivant…

Jérôme se chargea de ramener les garçons à l'étage et leur demanda de rester calmes avant de prendre leur douche. Désireux de changer de sujet, Cyrille désigna une des multiples photos accrochées au mur au-dessus d'un meuble bas laqué blanc. Il fut attiré par le visage malicieux d'une jeune fille brune aux cheveux coupés au carré, à la peau claire, qui souriait au photographe :

- Est-ce Pauline ?
- Oui, Jérôme a pris la photo cet été, répondit sa mère.
- C'est une jolie fille… A-t-elle toujours ce signe particulier au sourcil droit ?
- Oui, elle est tombée de vélo lorsqu'elle avait cinq ans et a conservé une cicatrice. Parfois, elle met du crayon noir là où les sourcils n'ont pas repoussé…
- Peut-on vous l'emprunter pour les recherches ? Je m'engage à vous la rendre.
- Bien sûr, prenez-la. Dites, on ne peut pas aller plus vite ? Lancer les recherches maintenant ? On reste

là à discuter, mais si jamais il lui est arrivé quelque chose de grave ? Pauline prévient toujours si elle rentre plus tard !

- Je comprends votre impatience, madame, mais nous devons en savoir un peu plus pour orienter nos recherches avec efficacité. Vous disiez donc que Pauline était partie normalement ce matin, monsieur. Avez-vous été en contact avec elle dans la journée ?
- Oui, je l'ai eue au téléphone vers quinze heures quarante-cinq, répondit Fanny, qui leur relata l'échange téléphonique violent de l'après-midi. Elle était sortie à quatorze heures trente du lycée. Je m'en veux tellement de ne pas avoir accepté qu'elle vienne au magasin, si vous saviez !

Elle passa ses mains sur son visage pour essuyer ses larmes.

- Pauline vous a-t-elle laissé entendre ce qui justifiait son appel ? demanda Alexia, tout en lui tendant un mouchoir.
- Non, pas du tout ! J'ai bien cherché à savoir au téléphone, mais elle a refusé et a fini par me raccrocher au nez… Cet échange était tellement agressif ! C'est comme si elle voulait me parler de quelque chose d'important, mais que je faisais partie du problème… Je suis débordée en ce moment. Nous finalisons les derniers détails d'un défilé de lingerie pour mes meilleures clientes ce

samedi avec Hermione Belgarde, ma conseillère en communication. Je me suis donc dit que cela attendrait mon retour à la maison ! Si j'avais su...

Cyrille tiqua en entendant ce nom qui lui rappelait une affaire vieille de deux ans. Il savait qu'Hermione avait fait le choix de quitter la capitale pour s'installer à Arcachon, mais ne l'avait jamais revue depuis.

- Cela ne sert à rien de vous culpabiliser madame, dit Alexia, lui posant la main sur le bras. Pauline avait-elle un petit ami ? Une meilleure amie, que nous pourrions appeler ? Des ennemis ou des conflits connus en ce moment ? Des problèmes au lycée ?
- Je ne sais pas... Pauline a toujours eu des difficultés scolaires, mais elle travaille dur et plus longtemps que les autres pour compenser sa dyslexie depuis le primaire. Je n'ai pas connaissance de quelconques soucis. Elle paraissait plus coquette ces dernières semaines, à la fois à cran, plus irritable, mais plus attentive à ses tenues aussi. Peut-être était-elle amoureuse ? À son âge, j'en parlais à mes amies, certainement pas à ma mère, alors... Mon mari a cherché à la joindre et a appelé ses amis, notamment Élodie, pour s'assurer qu'elle n'était pas avec eux avant de donner l'alerte...
- Élodie ?
- Son amie d'enfance. Elles étudient au lycée Saint-François, à côté. Pauline est en classe de première, section gestion, Élodie a choisi la voie littéraire.

Élodie l'a vue pour la dernière fois en sortant de cours.

- D'accord, nous devrons l'interroger afin de reconstituer l'emploi du temps de votre fille ces dernières heures. Avant de regarder la chambre de Pauline, je dois vous demander si votre fille a déjà fugué.
- Fugué ? Mais non, pourquoi ? Vous pensez qu'elle serait partie de son plein gré ? C'est absurde ! Elle s'est peut-être blessée ? Et si elle avait fait une mauvaise rencontre ? Nous n'avons pas pensé à appeler l'hôpital !
- Calmez-vous madame. Nous nous chargeons de contacter l'hôpital. Si vous voulez bien, nous allons jeter un œil à sa chambre avant de vous laisser. Autre chose : pouvez-vous nous donner son numéro de portable ?
- Bien sûr, on a essayé vingt fois de la joindre, vous pensez bien. On tombe automatiquement sur sa messagerie…

Soucieuse, Alexia nota le numéro. Ils feraient des recherches pour tenter de géolocaliser la jeune fille, voire de retracer ses déplacements récents. L'étude rapide de la chambre accréditait la thèse d'un départ non prémédité. Des touches de décoration tendance donnaient le ton au milieu de posters d'Ed Sheeran et de Selena Gomez : ananas doré, cactus et flamants roses, guirlandes de Polaroïds de paysages et photos prises avec ses amies, souriantes. Joyeuse, en bazar, cette chambre semblait attendre sa propriétaire à la nuit tombée. Les livres de cours étaient encore ouverts sur son bureau, accompagnés de fiches de révision, d'un stylo mal rebouché... Seul manquait son sac de lycée, son portefeuille, une paire de bottines en daim marron foncé. Son doudou, lapin informe qui avait tenu compagnie à Pauline depuis sa naissance reposait à côté de son oreiller, la couette était rabattue sur le lit. Ce dernier détail finit d'inquiéter les policiers. Une jeune fille qui dort avec sa peluche fétiche l'emporterait selon toute vraisemblance si elle fuguait...

Ils prirent congé sans plus tarder, la précieuse photo de Pauline confiée par le couple dans les mains d'Alexia, premier maillon pour retrouver la trace d'une adolescente disparue un mardi soir. Jérôme tenait sa femme par les épaules dans le hall jusqu'à ce que la porte se referme sur les deux fonctionnaires. À peine installé dans la voiture, Cyrille demanda à Alexia :

- Tu en penses quoi ?
- On doit lancer au plus vite un signalement. Dehors à la nuit tombée, même à Arcachon, il peut arriver des choses très désagréables à une jeune fille. Qu'elle ait fugué ou qu'un malheur ait déjà eu lieu, chaque heure compte pour la retrouver.

Il devait bien admettre qu'il était d'accord avec elle. À peine rendus au commissariat de police, ils envoyèrent des patrouilles en ville et firent partir un avis de recherche national suite à la disparition inquiétante d'une mineure de seize ans. Les hôpitaux n'avaient pas trace d'une jeune fille ce soir-là. Les yeux pétillants et le sourire confiant de Pauline arrivèrent sur tous les ordinateurs des commissariats de France en quelques secondes.

*

Yann Allonso écoutait *Perfect Day* de Lou Reed dans une superbe maison au cœur de Pyla-sur-Mer, au nord de la dune. Louis Gaume avait modifié le nom de la dune de « Pilat » (« lou pilat » en gascon, soit la « pile de sable ») en quartier de « Pyla »-sur-mer, bien plus chic pour la clientèle ciblée. Il n'aimait pas savoir Hermione sur les pistes cyclables à la nuit tombée, mais il avait remarqué que son inquiétude s'atténuait lorsqu'il cuisinait. Ce soir, il concoctait un plat de lotte avec un mélange de tomates, oignons, ail et piment d'Espelette. Depuis qu'Hermione avait décidé de changer de vie pour s'installer à Arcachon, il avait quitté Julie, son ancienne petite amie, afin de vivre avec elle. Moyennant un loyer et l'entretien de la vaste demeure à l'année, ils avaient emménagé dans cette maison de vacances qui appartenait à la famille d'Hermione.

Il repensait souvent à l'enquête qui avait suivi le décès de Capucine de Champfleury, la fillette qu'il avait retrouvée noyée sur ses parcs du banc d'Arguin en juin 2015. Après une période de flirt pendant leur adolescence, la vie l'avait séparé d'Hermione. Ce drame les avait rapprochés alors qu'elle était en vacances au Pyla. Un sentiment nouveau et complexe l'avait emporté, lui si pragmatique et posé de nature. La fragilité à fleur de peau qui cachait des blessures profondes, mais aussi le dynamisme et la fraîcheur d'Hermione l'avaient attiré, sans retour possible. Pendant l'enquête menée par leur ami Victor Darfourt, capitaine de gendarmerie maritime, et son équipe, en collaboration avec le policier Cyrille Trousseau, il avait eu si peur de perdre celle dont il venait de retomber amoureux, qu'il ressentait aujourd'hui pour elle un instinct de protection incontrôlé. Épanoui dans son couple, il assumait sa décision mais il n'arrivait pas à se débarrasser d'un sentiment de culpabilité vis-à-vis de Julie. Lui annoncer après un an de vie commune qu'il se séparait d'elle pour une autre, savoir qu'il la faisait autant souffrir avait été une épreuve douloureuse. Infirmière au centre hospitalier d'Arcachon, elle espérait fonder une famille avec lui. Lorsqu'ils étaient amenés à se recroiser dans le quartier de l'Aiguillon où elle avait conservé leur maison, elle prenait soin de ne pas croiser son regard.

Au décès de son père ostréiculteur, Yann avait repris ses affaires. Il avait la chance d'adorer son métier. En dehors du tri des huîtres à la cabane de l'Aiguillon l'après-midi, il avait passé la matinée à travailler sur les parcs ostréicoles loués au domaine maritime, donc à l'État. Soixante-dix pour cent des huîtres françaises naissent sur le bassin. La spécialité de la région est en effet de récolter le naissain, ces bébés huîtres fixés sur des tuiles enduites de chaux à huit mois, pour les revendre ailleurs. Il entendit avec soulagement la porte d'entrée s'ouvrir et Hermione crier « C'est moi ! » avant qu'elle ne vienne l'embrasser à la cuisine. Il ne se lassait pas de tenir son corps élancé contre lui, de sentir son parfum fleuri en plongeant le visage dans ses longs cheveux blonds.

- Hum, ça sent bon ce que tu nous as concocté ! Ça m'a l'air délicieux ! Je meurs de faim…
- Assieds-toi, lui dit-il en la servant. Comment s'est passée ta journée ?
- Chargée. Je n'ai pas arrêté ! Entre l'entreprise de BTP ce matin qui revoit sa communication interne en prévision d'une fusion avec un grand groupe, et la préparation d'un événement pour une cliente en ville. Tu la connais peut-être : elle s'appelle Fanny Landon et tient la boutique « Au bonheur des dames », près de l'ancien hôtel en front de mer.
- Ça ne me dit rien. Je devrais ?
- Tu sais, celle qui ressemble à Audrey Tautou ! Elle est toujours dynamique, a la pêche et plein d'idées pour développer son commerce. Ça ne te revient pas ? Sa fille aînée a disparu alors qu'elles se sont disputées au téléphone cet après-midi. J'étais là quand elle demandait à voir sa mère, et trois heures plus tard, elle n'était pas rentrée chez elle. Fanny a prévenu la police.
- Sais-tu si elle a alerté la gendarmerie maritime ? Ils peuvent lancer des recherches sur mer, sait-on jamais ? Elle sait naviguer la petite ?

- Aucune idée. Je l'appellerai après notre dîner. Peut-être sa fille est-elle de retour à la maison après avoir passé un moment chez une amie ? Je t'avoue que ça m'angoisse cette histoire. Ça me rappelle de mauvais souvenirs… Et toi, ta journée sur l'eau, c'était comment ?
- Oh, une matinée comme je les aime, dans le calme, sur mes parcs, à retourner les poches. J'en ai changé quelques-unes d'endroit. Si elles bénéficient d'un emplacement varié, cela développe un petit goût de noisette ! En revanche, j'ai eu une mauvaise nouvelle à midi. Je passais à la gendarmerie saluer Victor. Ses collègues m'ont appris qu'il était arrêté pour burn-out…
- Mince… On l'a vu il y a quoi, trois semaines ?
- Oui, à peu près. J'avais pris un café avec lui un matin, il y a quinze jours. Il semblait épuisé. Je m'en veux de ne pas avoir plus discuté avec lui. Il avait l'air sous l'eau, n'arrivait plus à se ressourcer, enchaînait les dossiers avec certains gendarmes dans l'opposition constante, son commandant était très occupé par son avancement… Je lui avais conseillé de poser des congés, mais tu sais, ce n'est jamais le bon moment lorsque l'on est déjà enfoncé par le boulot…
- Passer à l'improviste n'est peut-être pas indiqué s'il est vraiment mal. D'un autre côté, il ne faut pas qu'il s'isole. Demain matin, j'ai rendez-vous à l'hôtel Impérial avec le directeur. J'appellerai Victor

pour lui proposer de déjeuner ensemble. Tu pourrais te joindre à nous ?

- Pas demain. La marée est basse peu avant midi, donc je serai sur les parcs. Tu me tiendras au courant.

Ils terminèrent leur repas en silence, perdus dans leurs pensées. De l'autre côté du bassin, la lueur du phare sur le Cap Ferret guidait les bateaux sortis en mer. Ce repère immuable du bassin faisait ressortir le ciel d'encre chargé d'étoiles ce soir-là, signe annonciateur d'une journée sans nuages.

*

De retour au commissariat malgré l'heure tardive, Alexia expliquait la situation avec le plus de clarté possible à un opérateur télécoms. Ce dernier était chargé de retrouver la trace de personnes disparues, en coopération avec la police. Sa réserve de fraises Tagada épuisée, il lui restait deux ou trois carrés de Zan pour passer ses nerfs avant de dîner. Les recherches pour localiser le téléphone portable de Pauline se révélaient infructueuses : il devait être éteint, ou la carte SIM déconnectée. Ils devraient tout miser sur les patrouilles mobiles et l'enquête de voisinage pour reconstituer son parcours après la sortie du lycée. Pour l'instant, l'équipe faisait chou blanc. L'adolescente avait fini les cours à quatorze heures trente et avait contacté sa mère une heure et demi après. Ils se trouvaient dans un épais brouillard, à la recherche de lumières, même faibles, pour les guider.

Compte tenu de l'urgence de l'enquête, Alexia avait prévenu son père qu'il ne l'attende pas pour dîner. Elle rentrerait tard. La maladie de Charcot diagnostiquée il y a trois ans attaquait ses neurones moteurs. Il avait déjà perdu l'usage de ses jambes, mais conservait toute sa tête. L'aide-soignante l'aiderait à prendre son repas, puis à se préparer pour la nuit. Fille unique, Alexia avait fait le choix de se rapprocher de lui quand les pronostics des médecins s'étaient révélés alarmistes. Depuis le décès de sa femme lorsque Alexia avait douze ans, il avait totalement assumé son rôle auprès de sa fille adorée. De jour au lendemain, il avait abandonné son métier de pêcheur et revendu son chalutier à ses employés pour se reconvertir à la criée, au port. Levé à l'aube, ils ne se voyaient pas le matin, mais il n'était plus forcé de s'absenter la nuit, voire plusieurs jours pour des sorties en mer. Très tôt, Alexia avait dû être autonome et débrouillarde. Elle avait développé un tempérament indépendant. Lorsqu'elle avait réussi le concours de police, son paternel débordait de fierté. S'il fut attristé de la laisser partir pour sa première mutation à Toulouse, il ne le montra pas. Elle prenait soin de lui à distance, rentrait tous les deux mois, et appréciait sa vie de célibataire dans la ville rose. Son physique androgyne attirait autant les filles que les garçons, ce qui lui avait permis de vivre des aventures éclectiques ! Totalement concentrée, elle sursauta lorsque Cyrille l'interpella :

- Où en es-tu ? Des nouvelles côté télécoms ?
- Non, rien. Portable coupé ou jeté, va savoir ?
- OK. On garde en tête que la plupart des jeunes fugueurs rallument leur mobile au bout de vingt-quatre heures pour écrire à un ami, ou voir si on parle d'eux sur internet.
- Je connais les chiffres comme toi, lui répondit Alexia. Vingt-quatre heures... ce qui nous amène à mercredi après-midi.
- Et on s'affole après quarante-huit heures sans contact. En général, la disparition se transforme en enlèvement ou s'est déjà très mal terminée...
- D'après les statistiques...
- Oui, d'après les statistiques ! D'expérience, elles ont souvent raison. Donc on mène l'enquête sur une fugue a priori pour l'instant.
- Je ne suis pas d'accord, rétorqua la jeune policière. La petite aurait emporté ses affaires, son doudou, une couverture, je ne sais pas moi, de quoi tenir quelque temps. Et puis nous n'avons retrouvé aucun mot, rien, nada ! Je dois rappeler son amie Élodie qui rentrait de son cours de basket. Peut-être qu'elle aura des informations à nous donner.
- D'accord, ne t'énerve pas comme ça ! Je dis juste que pour l'instant on gère selon la procédure. On a lancé les patrouilles, un avis de recherche, Orange nous tient au jus si son portable se reconnecte... Bon, je file. Tu ferais bien d'en faire autant. On a

une grosse journée devant nous demain. On devra passer à son lycée interroger ses professeurs, puis aller en ville voir si des commerçants l'ont aperçue.

Elle le salua du bout des lèvres, s'efforçant de ne pas trop montrer le peu de considération qu'elle portait à ses conseils, puis passa un coup de téléphone. Une voix masculine répondit, dont l'intonation lui signifia que les appels tardifs n'étaient pas les bienvenus. Lorsqu'elle expliqua la situation, le père d'Élodie se radoucit et fit venir sa fille. Alexia entendit quelqu'un dévaler les escaliers :

- Vous l'avez retrouvée ? demanda la jeune fille, essoufflée et pleine d'espoir. La mère de Pauline m'a prévenue que vous alliez m'appeler.
- Pas encore, mais nous mettons tous les moyens en œuvre dans nos recherches. Es-tu prête à répondre à quelques questions ?
- Oui, allez-y.
- Pauline avait-elle une raison à ta connaissance de disparaître comme ça ?
- Non ! Ce n'est pas du tout son style. C'est mon amie depuis la maternelle. Elle ne serait jamais partie sans me prévenir !
- As-tu remarqué un changement de comportement ces derniers temps ?
- Comment vous dire, elle semblait mystérieuse, elle restait moins avec moi à papoter après les cours. On a des emplois du temps différents, mais

certains jours on finit à la même heure, donc on rentre ensemble.

- Comme le mardi ?
- C'est ça. Mais aujourd'hui, en sortant à quatorze heures trente, elle m'a dit qu'elle avait une course à faire.
- Tu l'as vue partir ?
- Oui, sur le boulevard Deganne, vers l'ouest.
- C'est-à-dire en direction du centre-ville, à l'opposé de chez elle ?
- Hum, mais c'est aussi la direction du Moulleau, de Pereire ou de la Ville d'Hiver qui n'est pas si loin.
- Ce n'est pas faux. Et tu en penses quoi, toi, de cette disparition ?
- Je n'en sais rien, mais ça m'angoisse. Je maintiens qu'elle m'aurait quand même dit si elle prévoyait de s'enfuir… donc je crains qu'il lui soit arrivé malheur…
- Dernière question Élodie, à ta connaissance, est-ce que Pauline avait des ennemis ? S'était-elle disputée avec quelqu'un ? Est-ce que des élèves lui en voulaient ?
- Avec les autres jeunes de son âge, ça allait bien. Depuis la rentrée en classe de STMG, elle faisait de son mieux pour travailler. Je pense juste à ce prof de français, qui s'acharnait sur elle. Pauline est dyslexique, vous savez, elle a un tiers-temps pour finir certains devoirs communs, mais ce prof faisait comme s'il l'ignorait. Elle s'en est plainte à

plusieurs reprises devant moi. Au lieu de faire preuve d'indulgence et de ne pas noter son orthographe, il lui enlevait des points. « Ce n'est pas un cadeau de te surévaluer » il lui disait...

- Et dans sa famille, comment cela se passait-il ?
- Oh, bien, je crois. Elle a une belle relation avec sa mère, elles se parlent de tout ! Par contre, elle a du mal avec son beau-père. Depuis qu'il est à la maison, il est sur son dos... Elle ne le supporte plus !
- Je vois. Jérôme Sartoren n'est donc pas le père de Pauline ? demanda Alexia.
- Oh non, c'est le mari de sa mère et le père de ses demi-frères !

En raccrochant, Alexia nota quelques mots pour orienter les recherches dès le lendemain matin : partie en courses ? / professeur de français / beau-père. Elle souligna le dernier, étonnée que le couple n'ait pas mentionné ce point capital lors de l'entretien la veille. Soucieuse, elle ferma à clé le commissariat en partant, consciente que cette affaire ne la laisserait pas en paix avant d'être résolue. La jeune fille aux yeux pétillants n'avait pas donné signe de vie depuis cinq heures.

Dans sa voiture, elle frissonna et sentit la noirceur nocturne l'envelopper. Elle chercha la constellation d'Hercule, sorte de losange aplati doté de quatre bras pliés, sa préférée lorsqu'elle ressentait le besoin d'être connectée et soutenue par une force autre que la sienne.

« Aide-moi à la retrouver, s'il te plaît… Guide-moi » demanda-t-elle dans un silence assourdissant.

*

Anselme devait bien avouer avoir passé une excellente soirée malgré son humeur morose. En peignoir dans son immense suite à l'hôtel Impérial, il se remémora ces dernières heures. À leur habitude, les clients avaient respecté son isolement pendant l'apéritif au salon. À peine avait-il pris place dans la salle à manger à une table de six pour se changer les idées que le couple de gagnants au loto, Roland et Christine Vigneau, vint se joindre à lui. Nina, une jeune russe aux jambes fuselées d'un mètre vingt défiant les lois de la nature, arriva ensuite et chercha son regard toute la soirée. La conversation démarra autour de la pêche au thon rouge que les Vigneau avaient effectuée pour clôturer la saison.

- Neuf heures sur un bateau à pister les bancs de thons, puis une fois la prise établie, à les fatiguer, mais pas trop ; c'est épuisant ! fanfaronnait Roland, un coup de soleil mémorable sur le visage.
- Pourquoi « pas trop » ? lui demanda Nina.
- Parce que l'on n'est pas dans *Le vieil homme et la mer*, à vouloir rapporter le poisson mort ou vif ! Il s'agit juste d'un combat, et à la fin, on rejette

l'animal dans l'océan avec respect. Lui donnerait sa vie pour s'échapper, mais nous ne devons pas trop le fatiguer, sinon il risquerait de ne pas pouvoir repartir lorsqu'on le relâche.

- Quel intérêt prenez-vous à chasser une espèce en voie d'extinction ? lui demanda-t-elle, dépassée par le concept.
- C'est du sport, mademoiselle ! Et je vous assure que cela procure une forte dose d'adrénaline !
- Et puis, l'on est en pleine mer, au milieu de l'océan dans le silence le plus total, compléta Christine, apportant une touche de douceur à la discussion. Nous vivons hors du temps, en quelque sorte.
- Chaque thon pêché est mesuré, pesé, sa localisation notée, ainsi que la durée du combat... Ce sport a une véritable éthique, je vous assure ! compléta Roland, soucieux de valoriser son loisir du jour comme action de préservation du milieu aquatique.

La discussion fut interrompue par l'arrivée de Gustave Bellerue, ancien professeur agrégé de lettres. Sa compagnie relevait toujours le niveau des échanges. Lorsqu'il décidait d'y participer, il estimait que ses voisins ne parlaient pas pour ne rien dire. Anselme avait eu grand plaisir à converser avec lui en savourant un bon whisky certains soirs. Autour de cette passion partagée, ils s'étaient laissés aller à des confidences, avaient évoqué certains bonheurs fugaces et regrets profonds. Après avoir salué l'assistance avec courtoisie comme il l'aurait fait devant un amphithéâtre d'étudiants, il s'adressa à Anselme à voix basse :

- Vous avez la mine soucieuse, cher ami. La journée a-t-elle apporté son lot de tracasseries ?
- Elle fut riche en émotions, il est vrai...
- Avez-vous en perspective un mercredi tranquille ?
- Eh bien non, mais ce n'est pas pour me déplaire, figurez-vous ! Je ne serai probablement pas avec vous pour le dîner. Ma famille a établi tout un programme à l'occasion de mon anniversaire !
- Je vois... Je vous souhaite d'en profiter pleinement, lui répondit Gustave, l'œil circonspect.

La conversation avait repris sur un ton léger. Anselme tordit le nez lorsqu'on leur apporta un cabillaud fondant au piment d'Espelette, gâché par un détestable quinoa, céréale très à la mode chez les bobos-écolo-bio dont il ne faisait pas partie. Fort heureusement, la crème brûlée aromatisée à la chartreuse verte le réconforta au dessert. À la fin du dîner, chacun regagna sa chambre. Nina se retrouva opportunément dans l'ascenseur en même temps que lui. Son décolleté fort rebondi décoré de paillettes vert d'eau laissait juste ce qu'il faut de place à l'imagination. Son regard gris langoureux capta sans ambiguïté possible celui de son voisin, elle lui proposa de prendre un verre entre quatre murs, chez elle ou chez lui, pour terminer en beauté la soirée. Anselme prétexta un mal de crâne tenace pour décliner l'offre avec courtoisie, puis sortit à son étage sans traîner, les portes de l'ascenseur se refermant sur la créature de rêve.

Le sourire aux lèvres en repensant à cette scène à la fois excitante et cocasse, il se glissa avec plaisir dans les draps immaculés d'un lit pour trois personnes. Son livre de la Pléiade en main, le moelleux du matelas finit de relâcher ses muscles bien détendus après un bain chaud. Il lut quelques pages et, lorsque les mots virevoltèrent devant ses yeux sans aucun sens, se résolut à éteindre.

La journée du lendemain s'annonçait pleine de bons moments et de surprises. Pour ses cinquante-huit ans, son fils aîné, Martin, avocat d'affaires, l'avait invité sur le banc d'Arguin. Il semblait être demandeur de le voir, pour une fois. Tous deux étaient des forces de la nature, colériques et persévérantes. Du plus loin qu'il se le rappelle, leurs rapports conflictuels étaient remplis de testostérone et de rivalité mal placée. Dans un restaurant en bordure de la dune du Pilat, réputé pour la qualité de sa table et sa vue somptueuse sur le Cap Ferret et le banc d'Arguin, le déjeuner promettait d'être agréable avec Adeline, sa femme et partenaire depuis trente-sept ans, et leur benjamin, Guillaume. Ce dernier avait la charge du réseau de franchise, et ils n'étaient pas en phase sur la manière de le développer, à l'international en particulier. Peut-être était-ce le moment de lui faire confiance ? La crainte que la troisième génération ne dilapide ce que son propre père avait créé, et qu'il avait ensuite fait grandir, le retenait pour l'instant. Guillaume restait trop jeune, trop faible pour de tels enjeux… Il avait de bonnes idées et s’investissait à fond, il devait bien le reconnaître, mais un je-ne-sais-quoi le retenait de lui laisser les rênes du patrimoine qu’il avait passé une vie à construire.

Sous une couette enveloppante et chaude à souhait remontée jusqu’au cou, il se tourna, son rythme cardiaque ralentit. L’après-midi serait consacrée à Antoine, son fils cadet, l’artiste de la famille. Anselme avait du mal à comprendre ce que ses barbouillis sur toiles pouvaient rapporter. Qui pouvait s’intéresser à des tableaux non figuratifs sans esthétisme particulier ? Antoine avait beau lui expliquer que l’art contemporain sollicitait tous les sens, son talent lui restait hermétique par manque de référence à un cadre connu. Il avait pourtant essayé de trouver la clé, là où, d’après Antoine, la bonne approche consistait au contraire à laisser exprimer ses émotions… Le programme de l’après-midi n'était pas établi. Cela ne l’étonnait pas de ce fils attachant, hypersensible et contemplatif, mais tout sauf organisé. Éprouvant un mélange d’impatience et de plaisir ainsi qu’une pointe d’appréhension à la perspective de revoir sa famille compte tenu des événements, Anselme se laissa emporter par le sommeil.

*

« Ce que la chenille appelle la fin du monde, le reste du

monde l'appelle papillon », avait déclaré Lao-Tseu. Pour l'instant, Victor Darfour sentait tout à fait la fin du monde, mais pas les ailes pour la transformation annoncée ! Il y a encore quelques jours, il tenait son poste de capitaine de gendarmerie maritime à Arcachon. On peut raisonnablement dire que cette fois-ci, il avait craqué. La sensation d'être une coquille vide le remplissait. Quelque chose était mort en lui. Une espérance, une estime, une confiance, la capacité de se projeter. Telle une coquille d'œuf volée de son contenu par un renard, prête à être réduite en mille morceaux impossibles à rassembler, façon puzzle, il se sentait fragile, friable, sans défense. L'analogie avec la coquille de noix lui traversa l'esprit : dure comme son crâne, elle abrite un cerneau semblable à son cerveau qui s'était mis en court-circuit. Ce cerveau qui fonctionnait si bien, ouvert sur les autres, curieux, poreux. Trop, puisque le négatif rentrait autant que le positif, les ondes toxiques autant que l'affection de ses proches et de ses collègues.

Une coquille de noix vide, que peut-on en faire ? Un enfant en utilisera la moitié pour construire un bateau, complété d'un cure-dent pour le mat et d'un bout de papier pour la voile. Ce jouet magnifique de simplicité prendra le vent s'il est bien orienté. Il avancera. Il continuera sa vie de coquille transformée en bateau. Pour l'instant, la coquille ne savait que faire. Victor ne pensait plus sur le mode « faire » d'ailleurs. « Être » lui semblait bien assez compliqué. Épuisant. Il se sentait perdu, coupé de son identité profonde, amputé de toute joie de vivre, de la simple connexion à lui-même, tel un randonneur amnésique sur le chemin à flanc de montagne, subitement pris dans un épais brouillard qui rendait toute orientation impossible. Tout pas pouvait alors devenir mortel. Non seulement il ne savait plus « qui » il était, mais il ignorait également « où » aller. Sans mouvement, comment vivre ? Il avait tellement l'habitude de tout faire rapidement. En courant. Un frein à main avait stoppé net cet élan.

Une autre image lui venait : de minuscules feux allumés çà et là ne demandaient qu'à s'embraser en un incendie indomptable, un monstre qui brûlait, détruisait, consumait tout sur son passage. Ses flammes envahissaient chaque pièce de sa maison intérieure pour réduire à néant, avec méthode, tout ce qui pouvait définir son identité. La joie s'en était allée. Un petit tour et puis s'en va ! Une baguette magique avait lancé quelques paillettes bleues et roses, sorties par la cheminée, et les corbeaux étaient arrivés pour l'interdire à tout jamais. Comment était-ce possible ? Comment avait-il pu la laisser partir sans réagir, sans se battre pour la conserver ? Si seulement il avait compris qu'elle pouvait s'enfuir...

Comment en était-il arrivé là ? Il avait suffi d'une question anodine (« ça va ? ») de son adjoint, Raymond, alarmé par sa mine abattue ces derniers jours, pour que la digue lâche. Des torrents d'eau avaient débordé, tel le ruisseau devenant rivière dans un lit trop étroit pour la contenir tout entière. Le moindre geste quotidien était insurmontable et lui faisait l'effet d'un sommet à gravir avec ses mains écorchées pour seuls outils, sans piolet ni équipement adapté pour affronter le froid, la glace, les rochers. Le matin, tel un automate, il avait animé la réunion d'équipe, déjà loin, les yeux et les oreilles à un océan de la table qui les réunissait. Comment peut-on perdre le sens de ce que l'on fait au point de ne plus pouvoir accomplir les actions les plus simples, les analyses, les déductions, les décisions, bref, les missions pour lesquelles on est payé ? Il y a deux ans et demi, il était si fier de son travail lorsqu'il obtint le poste de capitaine à la gendarmerie maritime. Comment peut-on tomber si bas après avoir voulu aller si haut ? Était-ce de l'ambition mal placée ? De l'inconscience ? Une fausse route ? Peu importait, le constat était sans appel : il n'y arrivait plus, cherchait en vain à nommer l'inexplicable au collègue à ses côtés, telle une bouée de sauvetage qu'il agrippa afin de ne pas se noyer trop profondément, trop vite.

La violence du craquage, vicieuse, le prit au dépourvu. Une gifle en pleine figure. Une gifle monumentale qui le terrassa sans qu'il ne sache d'où elle venait, ce qu'il avait fait pour la mériter ! Son adjoint tenta de le faire parler, de le raisonner, de le rassurer. Peut-être qu'au milieu de son discours inintelligible Raymond comprit quelques mots ?

Le lendemain, dans une enquête de routine suite à un vol de bateau, il se retrouva à rouler en boucle sur le même rond-point. Il conduisait, le pied écrasé sur la pédale, dans un état de conscience modifiée. Rester là signifiait ne pas retourner au travail. Rouler sans cesse, c'était être dans le mouvement, surtout ne pas s'arrêter, ne pas rentrer.

Rendez-vous pris chez son médecin de famille, pour la troisième fois en cinq minutes il tenta de répondre à la question « Qu'est-ce qui vous est arrivé ? ». Le professionnel de santé comprit que sous la maîtrise externe apparente, la digue avait lâché. Il avait demandé à le revoir après plusieurs malaises. « J'avais un doute lors de votre précédente visite, mais aujourd'hui mon diagnostic est clair : vous faites un burn-out. » Victor refusa l'arrêt de travail d'un mois, avant de rentrer chez lui. Le lendemain, il avait un rendez-vous déterminant dans une enquête, qui allait le sortir des sables mouvants dans lesquels il s'enfonçait de plus en plus profondément, il en était certain. « Burn-out » : la bombe était lâchée. Ce syndrome d'épuisement professionnel qui arrive aux autres et fait peur. Une peur d'anticipation ?

Il se sentait comme la grenouille dans une marmite remplie d'eau froide qui nage tranquillement, jusqu'à ce que le feu soit allumé sous le récipient. L'eau tiédit. La fatigue l'engourdit. Puis l'eau devient chaude, au point qu'elle trouve cela désagréable mais, déjà affaiblie, elle supporte, s'adapte et ne fait rien. Telle la grenouille, sans changement brusque, il s'était laissé cuire et mourir ébouillanté.

Victor avait fini par accepter le verdict de son médecin. Raymond assura son intérim et lui demanda de prendre le temps nécessaire à sa convalescence, pour revenir en forme. « De toute façon, je n'en ai plus rien à faire de rien. Dormir, manger, cela me suffit pour une journée » se dit-il. Se couper du monde, qu'on l'oublie, lui convenait tout à fait. Il sentit la nuit l'aspirer profondément, sans envie particulière de se réveiller le lendemain.

Chapitre 2

Mercredi 18 octobre matin

« Non, pas ça, pas là... Non ! » Yann criait dans son sommeil, secouait la tête, refusant l'image que son cerveau lui imposait. Sept heures trente. Le réveil allait sonner dans quelques minutes. Hermione éteignit l'alarme et toucha l'épaule de son conjoint avec une infinie douceur. Ce terrible cauchemar venait le tourmenter avec régularité. Celui de la petite Capucine, cheveux flottant dans l'eau salée, retenue par des poches d'huîtres à la marée descendante. Ces poches qui avaient empêché l'océan d'engloutir son corps à jamais. Son grand amoureux se tourna vers elle, enfin délivré des images d'épouvante qui resurgissaient par périodes. Il reprit contact avec la réalité, les yeux mi-clos, la serra telle une bouée de sauvetage inespérée, et roula sur elle avec envie. Quelque temps plus tard, les draps froissés, la température plus haute de quelques degrés dans la pièce, Hermione sauta du lit pour filer dans leur salle de bains attenante.

- Oh mince, je ne peux pas me permettre d'être en retard ce matin ! J'ai rendez-vous à neuf heures !
- Qui vois-tu ? lui demande Yann en s'asseyant dans le lit.
- Un hyperanxieux qui anticiperait à l'infini une tornade, un accident, un tsunami ou une épidémie de choléra si je n'étais pas à l'heure !
- C'est donc un homme...
- Ah oui, je confirme. Tu sais, j'en rencontre à longueur de journée dans mon travail !
- Comment s'appelle-t-il ?
- Un prénom sorti d'un autre temps : Alphonse.
- Mais tu vas me laisser te tirer les vers du nez jusqu'au bout ? Qu'est-ce qu'il fait dans la vie ton Alphonse ?
- D'abord, ce n'est pas « mon Alphonse », c'est le directeur de l'hôtel Impérial. Tu connais ce palace ?
- Nan... je n'ai pas l'occasion de fréquenter ces beaux endroits, figure-toi ! Moi, je parcours le bassin de long en large, au gré des marées, et je retourne des poches d'huîtres, madame !
- J'aimerais bien que l'on y aille pour prendre un apéritif un jour. En attendant, il a licencié sa responsable de communication il y a quatre mois, et c'est moi qui lui ai succédé. C'est un gros client !

Le bruit de la douche couvrit leur conversation. Il profita quelques instants de la chaleur du lit, enroulé dans la couette, puis il descendit préparer le petit déjeuner. Leur cuisine jouissait d'une vue magnifique sur le bassin, qu'il savourait jour après jour. Il considérait comme un véritable luxe de pouvoir admirer cette étendue d'eau mouvante, vivante, dès le réveil, au gré des marées et des saisons. La lumière si particulière au lever du soleil donnait une certaine gravité à ce décor de carte postale. La basse mer peu avant midi lui permettait de prendre son temps : il devait dans tous les cas attendre que les parcs soient suffisamment découverts pour accéder aux poches et travailler. Les horaires des marées dictaient ses journées, ne laissant aucune place à une quelconque lassitude. Il avait entre trois et cinq heures en fonction des horaires et des coefficients des marées pour œuvrer sur ses parcs disséminés sur le bassin.

Ce matin, son œil aiguisé de marin fut attiré par une frégate de la gendarmerie maritime. Au loin, il entendit le bruit caractéristique des hélicoptères en repérage, ce qui lui rappela la disparition de Pauline. Ils la recherchaient depuis le lever du jour. D'un côté, il se sentait rassuré que tout soit mis en œuvre pour la retrouver sur terre et en mer. De l'autre, une boule d'angoisse trop bien connue prit toute la place au fond de son ventre, s'appliquant à le nouer, le tordre, l'écraser, comme pour lui signifier que ce paysage de rêve était à nouveau le théâtre d'une potentielle tragédie. Pauline n'était pas réapparue cette nuit. Ce n'était pas une nouvelle rassurante. Pas du tout.

- Hum, ça sent bon les toasts grillés ! dit Hermione en le rejoignant, ses longs cheveux blonds encore humides.

La sensualité de son parfum emplit la pièce de notes de rose et de jasmin. Il l'enlaça, et la sentit vite se raidir entre ses bras, le regard tourné vers le Cap Ferret et la frégate bleue. Elle venait de comprendre... Soudain ramenés à une réalité pesante, ils profitèrent tout de même de ce rare début de matinée ensemble.

- J'ai prévu de passer chez Victor ce midi, dit-elle.
- Et s'il a besoin de rester seul ou s'il n'a pas envie de parler ? Imagine qu'il dorme toute la journée ?
- Je l'appellerai bien sûr. Pas question de débarquer à l'improviste. Allez, je file, à ce soir ! lui dit-elle en l'embrassant.

Il la regarda ouvrir le portail et lui envoyer un baiser de la main avant de disparaître à vélo. Il débarrassa la cuisine avec soin et prit la décision de passer à la gendarmerie maritime de l'Aiguillon. Qui sait ? Peut-être glanerait-il des nouvelles fraîches ? En conduisant, entre les pins qui bordaient le boulevard de l'Océan, il aperçut les hélicoptères bleu marine voler au-dessus de lui et s'orienter vers la terre. Préoccupé, il se concentra sur la route.

*

- Maman ! Mathis a fini les céréales sans m'en laisser ! hurlait Enzo à la table de la cuisine.

Furieux, il était prêt à en venir aux mains avec son petit frère qui enfournait une bouchée bien trop grosse pour lui, comme pour le narguer.

- Ch'est pas vrai ! rétorquait le garçonnet de trois ans, d'un air plus-innocent-tu-meurs, mâchant avec difficulté la bouche pleine. Et pis hier, c'est lui qu'a terminé le pot de Nutella !

Avec cet argument imparable on ne pouvait décemment le punir pour une faute bien moins grave que celle d'Enzo ! Fanny assistait au pugilat entre ses fils sans avoir l'énergie de réagir. Un pic à glace torturait l'arrière de son œil droit après une nuit blanche passée à attendre le retour de sa fille. Les garçons démarraient leur journée sans réaliser le tragique de la situation. À peine avaient-ils demandé où était Pauline au réveil. Heureusement, la réponse rassurante de leur père leur avait suffi : elle était chez une amie et allait revenir bientôt. Pour Fanny, chaque heure s'était écoulée au compte-gouttes, insupportable, diluée dans une zone infinie, une sorte de trou noir dans lequel la réalité n'existait plus. La perception du temps avait toujours été un insondable mystère… Trente minutes d'attente lorsqu'un train avait du retard semblaient interminables, alors qu'avec une cliente à conseiller au magasin, elle ne voyait pas passer le temps !

Jérôme avait réussi à s'assoupir dans leur chambre. Elle devait bien reconnaître qu'elle lui en voulait. Comment pouvait-il s'endormir ? Quelque chose de grave était arrivé à son bébé. Une mère sait ces choses-là. Malgré ses airs de jeune fille rebelle, elle la connaissait mieux que personne. Les mots rassurants de son mari l'écœuraient, l'éloignaient de lui inexorablement, double peine dans l'épreuve qu'elle traversait. Elle lui reprochait également ces phrases qu'il ne prononçait pas. S'il avait partagé son angoisse, la peur brute d'une terrible nouvelle à chaque instant, elle aurait peut-être compris qu'il trouve le sommeil.

Elle laissa Jérôme s'occuper de la bataille en cours, entre chocolat chaud, tartines privées de Nutella et paquets de céréales gorgées de sucre. Ces derniers couverts d'irrésistibles personnages de bande dessinée incitaient les enfants à participer à des jeux pour mieux les pister sur internet et les rendre dépendants de leur dose quotidienne hallucinante de glucides. Puis elle monta dans la chambre de Pauline, à la recherche d'un indice qui aurait échappé à ses recherches.

Assise sur la couette ornée du drapeau américain, elle sursauta pleine d'espoir lorsque son portable bipa. Pourvu que sa fille lui écrive qu'elle était bien arrivée au lycée, qu'elle ne se fasse pas de souci pour elle, que tout n'était qu'une mauvaise blague, qu'elle était partie passer une nuit merveilleuse avec un amoureux… Le message de soutien provenait d'Hermione Belgarde, sincèrement inquiète. Ce SMS lui apportait plus de réconfort que les mots creux de Jérôme. Mais peut-être que trop de distance s'était installé de manière sournoise entre eux. Lui avait-il tout dit sur cette dernière journée avec Pauline ? Elle sentit le doute l'entraîner sur une pente dangereuse. Le poids de sa propre culpabilité pesait déjà si lourd ! Si elle avait accepté que Pauline passe au magasin hier ? Si elle l'avait écoutée ? Si elle lui avait tout avoué ?

« Que faire d'autre sinon faire confiance aux policiers responsables de l'enquête pour la retrouver ? » se dit-elle en serrant une peluche en forme de lapin qui accompagnait sa fille depuis son plus jeune âge. Alexia lui avait fait l'impression d'être dotée d'une forte intuition, en plus d'une finesse toute féminine. Son collègue, Cyrille, un grand brun au charme ténébreux semblait plus analytique, le genre d'homme gouverné par la rigueur et la maîtrise, dont le cortex préfrontal dirige la vie. Il dégageait également une profonde tristesse. Elle avait vu son regard lorsque les garçons étaient descendus… Malgré le peu de complicité entre les membres de ce tandem, Fanny avait besoin de leur faire confiance tant leur complémentarité paraissait évidente à toute autre personne qu'eux-mêmes. La sonnerie de son téléphone la sortit de ses pensées :

- Cyrille Trousseau à l'appareil. Nous sommes au lycée avec le proviseur. Pourriez-vous nous rejoindre au plus vite, madame Landon ?

*

Anselme se sentait vaguement ridicule à la réception de l'hôtel Impérial, en polo, bermuda et chaussures bateaux, avec un chapeau de paille et une serviette de plage à la main. Les clients sortaient en tenue de ville pour la plupart et le saluaient en lui souhaitant une bonne journée. Il n'était pourtant pas le seul à profiter de la mer en ce jour ensoleillé de fête d'anniversaire ! À l'accueil, Martin réglait les derniers détails de leur expédition. Il ne se lassait pas d'admirer le physique d'acteur américain de son fils aîné. Grand et élancé, les épaules carrées, un large sourire irrésistible, lorsqu'il vous fixait du regard, sa détermination sans limites vous transperçait. Il ne restait plus qu'à être de son côté, pour les chanceux, et à trembler, pour les autres. Avocat d'affaires spécialisé dans les fusions-acquisitions, il avait la réputation d'être un adversaire redoutable. Pendant la fête donnée il y a trois ans à l'occasion de son nouveau statut d'associé, Anselme avait eu l'occasion de le voir évoluer avec beaucoup d'aisance dans le milieu huppé bordelais. Signe visible de son succès, son étude se situait sur la place des Quinconces à Bordeaux, en bord de Garonne. Bien que ce point ait fait débat avec des amis lors d'une récente soirée arrosée, cette dernière, souvent comparée à l'esplanade des Invalides à Paris, restait sans conteste la plus grande place d'Europe. Créée sur l'aire anciennement occupée par le château Trompette légué à la municipalité par Louis XVIII, elle avait pour but d'asseoir l'autorité des rois de France sur Bordeaux reprise aux Anglais. La polémique sur sa taille réelle venait du fait que sa surface de douze hectares était constituée pour moitié d'arbres plantés en quinconces.

Depuis des années, Anselme trouvait sa belle-fille Domitille discrète, voire effacée. Elle appartenait à ce genre de femmes qui parvenait à supporter son fils. Ce dernier n'en faisait qu'à sa tête. Force était de constater que cette attitude lui avait plutôt bien réussi jusqu'à présent. Curieusement, elle ne l'accompagnait pas aujourd'hui… Un cours de tennis suivi d'un thé entre amies la retenait probablement ! Un brin caustique et impatient de prendre l'air, Anselme se retourna vivement vers la sortie et percuta une très jolie jeune femme qui entrait, dont les dossiers tombèrent à terre. Confus, Anselme l'aida à récupérer ses feuilles dispersées. Tout en s'excusant pour sa maladresse, penché vers elle, il apprécia son délicat parfum floral et se sentit attiré par le visage harmonieux et l'allure séduisante de cette inconnue, vêtue d'une simple chemise blanche impeccable et d'un pantalon jaune poussin. Après qu'elle l'a remercié, ce fut presque à regret qu'il la vit rejoindre le directeur, avec lequel elle avait rendez-vous. Il regarda disparaître sa gracieuse silhouette en direction de la salle à manger qui servait parfois de bureau aux heures creuses.

- Prêt pour la balade ? lui demanda son fils, le sortant brusquement de ses rêveries. Le bateau nous attend en face à la jetée, en route pour le banc d'Arguin !
- Je te suis. Oh, juste un moment s'il te plaît, je vais prévenir l'accueil que je serai absent pour le déjeuner.

Un hors-bord doté d'un moteur monstrueux les attendait sur la plage avec son pilote, en contrebas de l'hôtel. Anselme trouva son fils tendu comme un arc. La mâchoire serrée, il gardait un sourire plaqué sur son visage dont les yeux restaient de marbre. Tout grand avocat qu'il était, son attitude restait inchangée depuis l'enfance lorsqu'il était contrarié, ou concentré vers un but difficile à atteindre. Une fois dans le bateau, avant de démarrer, le pilote équipa Anselme du gilet de sauvetage obligatoire, ce qui finit de lui donner l'allure d'un touriste, à son grand désespoir.

*

En attendant que Fanny Landon le rejoigne au lycée, Cyrille Trousseau grillait une cigarette devant le portail. Sa collègue Alexia avait préféré rester dans la cour pour interroger des élèves et surveillants. La veille, après avoir quitté le commissariat, il avait passé une soirée des plus classiques, seul chez lui. Il s'était régalé en regardant un film franco-canadien dont le jeune héros partait à la recherche de sa famille au Québec, porté par un duo d'acteurs formidable. Le tout fut accompagné d'une pizza quatre fromages. Il se réjouissait de récupérer son fils, Raphaël, à l'école en fin d'après-midi après l'étude. Avec un peu de chance, cette enquête serait clôturée dans la journée. Grâce à sa carte SIM, ils devraient pouvoir localiser la jeune fille disparue, qui retrouverait ses parents. Une grande explication de texte aurait lieu, après l'angoisse qu'elle aurait fait endurer à ses proches. Du moins l'espérait-il. En attendant, ils devraient creuser toutes les pistes : lycée, amis, parents, voisins, réseaux sociaux, petit copain, querelles récentes... L'enquête de routine était menée avec une conscience professionnelle toujours aussi vivace, malgré ses soucis personnels. Sa réputation de flic engagé et efficace devait rester fondée. Pas question de lâcher au boulot parce que sa femme lui faisait vivre un calvaire. Cela devait être transparent pour ses collègues. D'ailleurs personne n'était au courant que Lucie avait succombé aux charmes d'un photographe bohème... Il ne manquait plus que ça, que tout le monde le sache ! Il en avait bien parlé à Raymond Bouffin, l'adjoint de Victor Darfour, le capitaine de gendarmerie maritime, dont il était proche, mais en lui demandant de le garder pour lui.

En partant, Lucie lui avait reproché de l'avoir délaissée pour son travail. Après dix ans de mariage, elle l'aimait toujours mais se sentait comme éteinte, sans étincelle, sans vie, à l'attendre chaque jour, alors que lui avait une activité professionnelle qui lui procurait des sensations fortes. Ironie de l'affaire, il avait été assez idiot pour lui offrir une séance de photos à l'occasion de son anniversaire ! Ce photographe l'avait fait vibrer à tel point qu'elle avait tout plaqué et qu'elle était partie avec lui, leur fils dans ses bagages !

Cyrille avait donc choisi, si l'on peut parler de choix dans ces circonstances, de faire le dos rond en espérant qu'elle se lasse et que la lune de miel se termine vite. Il était prêt à parier qu'avec son fils dans les pattes, le photographe se révélerait moins charmant. La passion des premiers mois qui avait projeté sa femme sur son petit nuage ne pouvait s'éterniser. Il avait lu que la chimie pousse deux êtres à s'attirer l'un l'autre. Un truc physique très fort, compulsif. Mais lorsque l'on se lève tous les matins dans le même lit, que l'on partage tout ce que le quotidien a de tue-l'amour, que reste-t-il d'une idylle ? Il avait donc joué la carte de la patience, de la compréhension, avait fait son mea culpa auprès de Lucie, en espérant qu'elle revienne. Il souhaitait juste que la situation ne s'éternise pas, car il en crevait de solitude. Comme sa fierté mal placée l'empêchait de se livrer au travail, il avait parfois besoin d'évacuer sa colère. Il partait alors à moto hurler en forêt dans son casque, ou écrivait des lettres d'insultes à ce bellâtre, qu'il déchirait ensuite. Lorsque la tristesse le prenait à la gorge le soir, il s'autorisait à pleurer jusqu'à l'épuisement. Contre toute attente, il devait bien avouer que les larmes avaient un pouvoir réparateur. Pleurer lui permettait de lâcher sa peine, le sentiment d'impuissance, la colère qu'il retenait à l'intérieur. Après une crise de sanglots, il se sentait comme lavé, vidé. Une bonne nuit remettait tout à sa place. Il avait lu ces conseils de lâcher-prise dans un magazine de psychologie en attendant chez le kinésithérapeute et les avait appliqués en désespoir de cause. Force était de constater qu'ils étaient efficaces ! Des spécialistes de l'anxiété écrivaient dans cet article que si l'on ne fait pas sortir ses émotions douloureuses, elles s'imprègnent dans le corps à s'en rendre malade. Peut-être cette épreuve allait-elle le rendre meilleur ? Il était prêt à le croire, mais seulement si Lucie revenait… Le supplice consistait à ne voir Raphaël qu'une semaine sur deux et les mercredis soir jusqu'au lendemain matin. Ses horaires au commissariat ne lui permettaient pas de le prendre en garde alternée, elle le savait bien. Ils se manquaient et son fils ressentait chaque jour l'injustice de cette situation qu'il n'avait pas choisie.

Lorsqu'il aperçut Fanny Landon, il écrasa sa cigarette et la rejoignit. Le visage gris, des cernes et le regard aux abois, elle semblait perdue, comme si elle s'était égarée dans un mauvais film. Ils rentrèrent ensemble dans l'enceinte imposante d'architecture traditionnelle arcachonnaise, à la longue façade, la statue du saint qui avait donné son nom à l'établissement privé sur la partie ouest, pour un échange avec le proviseur et le professeur de lettres. Il fit signe à Alexia, en grande conversation avec un surveillant roux et bouclé en jogging. Elle abrégea, son carnet à la main, et les rattrapa sur le chemin des services administratifs. Cyrille avait souhaité la présence de Fanny pour rassurer le proviseur. La procédure était inhabituelle, mais elle pouvait faire accélérer l'enquête s'il se sentait en confiance. Chaque heure comptait dans le cadre d'une disparition inquiétante, et la nuit n'avait pas été fructueuse. Les policiers devaient retrouver Pauline aujourd'hui pour conserver une forte probabilité qu'elle soit saine et sauve. Ces maudites statistiques pouvaient se tromper, mais les vingt-quatre premières heures se révélaient déterminantes dans la majeure partie des cas. Le délai de trois jours sans nouvelle signifiait trop souvent une issue fatale, donc un corps à chercher. Ils avaient semé les graines, il fallait attendre qu'elles poussent.

Au-delà des procédures habituelles, il savait d'expérience qu'ils allaient devoir découvrir des indices dans la vie intime de Pauline. Talents, passions, rêves, amours, trahisons, désirs déçus, tout ce qui permettrait de cerner sa personnalité et son état d'esprit lorsqu'elle avait disparu serait précieux pour orienter les recherches. Sans ces éléments tangibles, autant espérer trouver un cep en forêt au milieu du printemps ! Elle pouvait être loin à l'heure qu'il est. Force était de constater qu'ils n'avaient rien à se mettre sous la dent, si ce n'est l'altercation avec sa mère dans l'après-midi. Il toqua à la porte et attendit que le proviseur, d'un ton qui trahissait l'habitude de donner des ordres, les autorise à entrer. Du haut de sa stature osseuse, Antoine Sévignon leur broya la main, la mine sérieuse, un bouc grisonnant taillé avec soin.

- Soyez les bienvenus en ces circonstances malheureuses. Je vous présente monsieur Frossait que vous souhaitiez rencontrer, me semble-t-il.
- En effet. Avec ma collègue policière, madame Crozon, nous recherchons Pauline Landon, qui a disparu hier après-midi après ses cours. Nous avons besoin de reconstituer son emploi du temps, mais

aussi de comprendre les relations qu'elle entretenait avec ses amis et professeurs. Que pouvez-vous nous dire à ce sujet ?

- Eh bien, Pauline est une élève sérieuse, attentive, scolarisée en première STMG. Je me suis replongé dans son dossier lorsque vous m'avez appelé ce matin pour fixer ce rendez-vous. Son dossier médical mentionne une dyslexie prise en compte par les enseignants. Son comportement est exemplaire, je n'ai rien de particulier à vous préciser. D'ailleurs, je ne comprends pas bien pourquoi vous avez demandé à son professeur de français d'être présent…
- Je vais laisser la parole à Fanny Landon, la mère de Pauline sur ce point, rétorqua Cyrille.
- Je ne sais pas si ces éléments sont liés avec sa disparition et je ne veux en aucun cas impliquer quiconque à tort, dit Fanny d'une voix altérée par la fatigue et l'émotion. Je cherche seulement à comprendre ce qui a pu mettre ma fille dans un état de rage tel qu'elle m'a appelée hier après ses cours, puis n'est pas rentrée à la maison. Le fait est que Pauline se plaignait souvent de remarques de monsieur Frossait qu'elle ressentait comme humiliantes, compte tenu de son handicap déclaré et connu par tous. Régulièrement des points lui étaient enlevés pour son orthographe déficiente, et des commentaires désobligeants du style « votre niveau d'orthographe est déplorable, réagissez ! »

lus devant toute la classe ne faisaient que l'enfoncer. Je me suis donc demandé s'il ne s'était pas passé un événement similaire hier, puisque son dernier cours était le vôtre, demanda-t-elle en fixant son interlocuteur.

- Je regrette que vous ayez attendu un événement comme celui-ci pour m'en parler, madame Landon, car mon rôle est de tirer les élèves vers le haut, en aucun cas de les rabaisser, croyez-moi, répondit le professeur, fort mal à l'aise. Il est possible que j'aie oublié le handicap de Pauline à quelques reprises en corrigeant ses copies... J'en suis navré et je vous présente mes excuses, en attendant de le faire à Pauline en direct.

Le teint blafard, indisposé par cet échange, le professeur regardait ses pieds.

- Mais enfin comment est-ce possible « d'oublier » ? Avez-vous la moindre idée des efforts incroyables que ma fille doit effectuer pour reprendre ses notes et les comprendre après sa journée d'école ? C'est la double peine : elle est épuisée par l'attention décuplée qu'elle doit déployer pendant les cours, et le soir, elle doit passer deux fois plus de temps qu'un élève classique pour faire ses devoirs !
- Je... je suis navré, je vous assure. Vous savez, le cours d'hier consistait en une étude de texte. Il s'est déroulé sans heurt. Si je peux me permettre,

j'ai tout de même remarqué que dernièrement votre fille semblait distraite, comme absente. Elle ne posait plus de questions, alors que d'habitude, elle participait. Elle s'installait au fond de la classe pour être tranquille, en retrait, lorsque c'était possible.

- Cette attitude durait depuis combien de temps ? demanda Cyrille.
- Je dirais environ deux, trois semaines.
- Et quelle est votre explication de ce changement de comportement ?
- Je pense qu'elle avait un autre sujet d'intérêt que les cours, soit un amoureux, soit une passion qui la détournait de ses études… mais c'est une interprétation toute personnelle.
- Semblait-elle plus triste, ou plus joyeuse, qu'à l'accoutumée ?
- Oh, je n'irais pas jusqu'à dire qu'elle était joyeuse, mais elle paraissait heureuse, avec le sourire aux lèvres en regardant par la fenêtre…
- Messieurs, cela sera tout pour aujourd'hui, dit Cyrille en se levant. Je vous remercie pour cet accueil et les informations que vous avez partagées avec nous. Si un élément, même anodin vous revient, voici ma carte, appelez-moi à toute heure.

Tous trois restèrent silencieux jusqu'à la cour centrale, puis sortirent sur le boulevard Deganne. Une fois dehors, Fanny se tourna vers eux et prit la parole, le regard désespéré planté au fond de leurs pupilles :

- Avez-vous des pistes sérieuses pour retrouver ma fille ?
- Rien de tangible pour l'instant, admit Cyrille. En quittant votre domicile hier soir, nous avons lancé l'alerte auprès des commissariats avec son signalement. Nous sommes en relation avec l'opérateur télécoms de Pauline qui nous préviendra dès que son portable sera connecté au réseau pour la géolocaliser. À l'heure qu'il est, nos équipes font une enquête de proximité et interrogent les commerçants du centre-ville pour récolter des témoignages.
- Si je comprends bien, vous n'avez aucun indice, rien ?
- Nous y travaillons... Cela vous semble une éternité, mais sachez que nous mettons tout en œuvre pour retrouver votre fille, répondit Cyrille d'une voix rassurante.
- De mon côté, je pensais créer une affichette avec sa photo et mon numéro de téléphone à placarder en ville. Je ne supporte plus d'attendre à ne rien faire.
- C'est une bonne idée, mais je vous conseille d'indiquer le 17 pour tout signalement, à la place de vos coordonnées personnelles. C'est au commissariat de démêler la fiabilité des informations qui pourront être communiquées. Et puis vous risquez d'être submergée d'appels passés par des curieux...

- D'accord.
- Tant que j'y pense, j'aurais besoin d'avoir accès à son ordinateur, si elle en a un, intervint Alexia.
- Oui, bien sûr. Nous lui avions offert un modèle portable à son anniversaire en mai dernier. Que comptez-vous y trouver ?
- Des traces sur ses recherches internet récentes, ou bien sa messagerie, pour savoir avec qui elle échangeait.
- Vous n'êtes pas sans savoir que les adolescents utilisent les applications Instagram et Snapchat pour se parler en instantané, ou s'envoyer des vidéos... Vous ne trouverez pas grand-chose sur son ordinateur à mon avis...
- Je sais, mais je ne veux rien négliger. Puis-je venir chez vous le récupérer ? insista Alexia.
- Je vous en prie. Vous me suivez en voiture ?

Alors que Cyrille conduisait, il demanda à sa copilote :

- As-tu obtenu des informations intéressantes auprès des surveillants avant que je n'arrive ?
- Aucune trace d'une romance éventuelle au sein du lycée. En revanche, l'un d'eux a interpellé Pauline en salle de permanence entre deux cours, elle bavardait et riait fort. Elle lui a répondu de manière impertinente, ce qui ne lui ressemblait pas.
- C'est maigre. Rien d'autre ?
- Ben non. C'est une gamine mignonne, attachante, bosseuse, qui s'accroche malgré les difficultés. On

ne va pas aller bien loin avec ça. Nous devons découvrir des éléments plus concrets, et vite, si on veut la retrouver avant qu'il ne soit trop tard.

Le silence remplit l'habitacle, les deux policiers se sentaient écrasés par le poids de leur responsabilité dans cette enquête qui patinait. Ils se trouvaient face à un ennemi redoutable et non maîtrisable : le temps. Arrivés à l'Aiguillon, ils stoppèrent leur véhicule non loin du domicile de Fanny Landon.

*

Comme évoqué avec Hermione, Yann s'arrêta à la gendarmerie maritime rue Duchêne, avant de se rendre à sa cabane. Il aurait bien le temps d'aller sur ses parcs en fin de matinée. Il trouva Raymond dans la salle commune. Raymond Bouffin, adjoint de Victor au physique de rock star, brun, sec, la peau tannée par le soleil, était en grande conversation avec le gendarme Patrick Meunier. L'épouse de ce dernier s'était suicidée il y a trois ans, le laissant seul avec deux enfants. Yann le savait jardinier et poète à ses heures. Ils l'accueillirent avec plaisir et il se retrouva avec une tasse de café et un cannelé entre les mains sans avoir eu le temps de dire « ouf ».

- C’est ma femme qui les a cuisinés. Savoure, c’est une tuerie… Tu m’en diras des nouvelles ! affirma Raymond.
- Ah, les pâtisseries de Sylviane ne se refusent pas ! renchérit Patrick, un léger sourire en coin.

Yann avait appris par une indiscrétion que Sylviane avait l'habitude de descendre dans les locaux de la gendarmerie sous prétexte d’apporter des gâteaux et autres douceurs pour s’occuper. Les collègues de Raymond appréciaient certes sa cuisine, mais connaissaient sa fâcheuse tendance à butiner en dehors du ménage lorsqu’elle s’ennuyait… Pour que la femme de l'adjoint reste fidèle, ils acceptaient tous sa présence imprévue et non protocolaire, avec indulgence. Une fois les politesses d’usage échangées sur la météo, l’ostréiculture et les prochaines vacances scolaires qui arrivaient à grands pas, Yann orienta la conversation :

- Et sinon, vous avez des nouvelles récentes de Victor ?
- Pas vraiment, répondit Raymond le visage grave, tout en retenue. Il a besoin de couper avec le travail pour se soigner, à ce qu'il dit. On respecte. Il reviendra quand son médecin aura décidé qu’il sera d’aplomb. Ça prendra le temps nécessaire.
- Mais qu’est-ce qui s’est passé pour qu’il tombe comme ça ? Vous avez noté un événement particulier ?

- Je crois que l'épuisement s'est installé lentement, de manière sournoise. Et puis c'est vrai, deux collègues lui savonnaient la planche ces derniers temps. Faut dire qu'ils contestaient de manière systématique son autorité. Et Victor, ce n'était pas son truc d'en référer au-dessus, il gérait seul.
- Votre supérieur n'était pas alerté ?
- Je ne crois pas. Il est souvent à Bordeaux. J'ai entendu dire qu'il pourrait être muté…
- Si je comprends bien, en ce moment, vous gérez sans commandant ni capitaine ?
- Tu as tout compris. Heureusement que c'est plutôt calme ! dit Raymond.
- Calme, c'est vite dit ! intervint Patrick, en prenant un cannelé supplémentaire, l'air de rien. On n'aurait pas besoin qu'une autre grosse affaire nous tombe dessus, parce que là, on devrait demander des renforts à d'autres équipes de gendarmeries.
- Vous voulez parler de Pauline ?
- Oui. Tu la connais ?
- Pas personnellement, mais Hermione travaille pour sa mère. Elle était aux premières loges quand son mari l'a prévenue que sa fille n'était pas rentrée hier. Alors forcément, ça la touche. J'ai vu les hélicoptères ce matin, c'était vous ?
- Nos gendarmes volants. Rien à signaler. Aucun bateau déclaré manquant, personne n'a vu la fille sur les navettes Arcachon-le Ferret, pas d'objet

flottant sur le bassin ou dans les passes. On va continuer les patrouilles, on reste en lien avec les collègues de la police. Il faut aller vite dans ce type d'affaire, mais la difficulté reste de savoir où chercher.

- Cela me rappelle de mauvais souvenirs, répondit Yann pensif.

Il prit congé et rejoignit sa cabane pittoresque en bord de bassin, héritée de son père. Comme tous les matins, il se changea, et enfila l'uniforme d'un ouvrier des mers (hautes bottes et pull bleu marine en laine serrée). Plus loin vers le port de Gujan-Mestras, un atelier allait récupérer la gigantesque queue de baleine, œuvre d'art exposée en pleine mer face à la grande plage en centre-ville, pour l'entretenir et la peindre dans une couleur différente chaque année. Puis il partit sur sa plate, le bateau à l'avant duquel il transportait les huîtres. En faisant le plein d'essence à la pompe située dans le petit port, il contempla le paysage. À l'est, les reflets argentés du soleil faisaient scintiller des paillettes entre les piquets sombres des parcs. Le bassin était calme comme un lac ce matin. Seuls les ostréiculteurs utilisaient le chenal pour se rendre en mer et fendaient la surface de l'eau. Bavards, les moineaux pépiaient sur la berge. Sur le ponton, des jet skis se préparaient à prendre la mer avec un groupe d'amateurs de sensations fortes. Les mouettes planaient à la recherche de leur déjeuner. Pour elles, le pique-nique à ciel ouvert des chalutiers qui rapporteraient leur pêche du matin était déjà terminé. Certaines étaient perchées sur les piquets, aux aguets. Sur la pente de mise à l'eau, une voiture en marche arrière descendait un bateau en direction du bassin. Debout sur l'embarcation, un homme la secouait pour l'aider à glisser de son support, tandis que ses fils poussaient à l'avant. La grand-mère vérifiait que le frein à main du véhicule fonctionnait toujours ! Amusé par la scène, Yann continua sa route, dans son élément naturel, loin des turpitudes terrestres, du moins pour quelques heures.

Il avait prévu de contrôler les installations effectuées en septembre sur ses parcs dont les poches reposaient au sol. À cette période, il fallait construire des murets qui empêcheraient les poches de s'enfuir chez les voisins au gré des marées. Si d'aventure certaines y arrivaient, chaque ostréiculteur conservait les crustacés ingrats. À l'automne, certaines huîtres avaient fixé des embryons issus du frayage de l'été. Il devrait ébouillanter ses poches dans de grandes cuves en inox en janvier, afin que ces bébés se désolidarisent de la coquille, avant de devenir trop gros. Cette opération minutieuse ne devait pas excéder quatre secondes, sous peine de perdre sa production. Il commença par son parc de l'île aux Oiseaux, située à l'est des quarante cabanes. Napoléon III avait décrété que l'on produirait du nessain à huîtres devant les fameuses cabanes tchanquées, afin de préserver la production locale sur cette île constituée d'une succession de marécages. En fonction des marées, sa surface était divisée par trois.

Puis il prit la direction du banc d'Arguin et salua nombre de confrères en chemin, quelques pinasses également, ces bateaux typiques du bassin anciennement conduits à l'aviron, construits en pin, d'où leur nom. S'il avait le temps avant de rentrer, il passerait chez un ami pêcheur acheter du poisson frais pour le dîner avec Hermione. Il espérait qu'elle finisse à un horaire raisonnable ce soir afin de partager une belle soirée. La nuit tombait de plus en plus tôt, et ces derniers temps il ne pouvait maîtriser son inquiétude de la savoir seule. Il savait qu'il ne la changerait pas. Entre autres traits de sa personnalité, son indépendance l'avait séduit il y a deux ans. En début de semaine, il avait revu Julie en passant devant leur ancienne maison commune. Le ventre arrondi, elle l'avait regardé avec froideur le temps nécessaire pour qu'il intègre l'information, avant de se détourner. Leur histoire avait beau être terminée, il avait tout de même un pincement au cœur à l'idée qu'elle ait refait sa vie et soit bientôt mère. Avait-il envie de devenir père ? Son affaire stabilisée depuis une bonne année, il se sentait prêt à assumer une famille, alors que ce n'était pas le cas lorsqu'il était en couple avec Julie. La question se posait sous un angle différent : Hermione avait-elle fait la paix avec ses démons pour envisager une deuxième grossesse après l'avortement thérapeutique subi avec son précédent compagnon ? Leur couple était-il assez solide pour s'ouvrir à un enfant ? Il n'avait pas les réponses à ces questions. En arrivant sur le parc, il eut une pensée pour la petite âme partie trop tôt à cet endroit, comme à chaque passage désormais. Sous un soleil de plomb, entre la dune du Pilat et la pointe du Ferret, il largua son ancre, descendit dans l'eau, et se mit au travail.

*

En ce milieu de matinée, le commissariat ressemblait à une ruche en pleine effervescence. Certains policiers rentraient d'une tournée en ville, d'autres partaient les relayer et croisaient leurs collègues chargés de questionner le voisinage des Landon. Tous poursuivaient le même objectif : trouver des personnes qui avaient vu Pauline, afin de reconstituer son emploi du temps avant sa disparition. Cyrille et Alexia regroupèrent tous les fonctionnaires pour un point sur la situation dans la salle de réunion. Une fois chacun installé, il démarra le briefing :

- Vous savez tous que nous recherchons activement Pauline Landon, lycéenne scolarisée à Saint-François en classe de première. Mardi dix-sept octobre, elle est sortie à quatorze heures trente, puis est partie en direction du centre-ville d'après sa meilleure amie, Élodie, avec laquelle elle rentrait souvent après les cours. Elle a appelé sa mère, Fanny Landon, à quinze heures quarante-cinq, très en colère en exigeant de passer la voir à sa boutique « Au bonheur des dames » en Ville d'Été.

Celle-ci était très occupée à préparer un défilé pour samedi et lui a demandé de quoi il retournait en proposant qu'elles en discutent après sa journée de travail. Pauline a refusé et a coupé net la conversation. Nous cherchons à savoir ce qu'elle a bien pu faire, et avec qui, entre ces deux créneaux horaires. Par la suite, son beau-père, Jérôme, un scénariste au chômage depuis deux ans, est revenu de l'école après quelques courses avec ses fils. Il a prévenu Fanny que sa fille n'était toujours pas rentrée. Elle a immédiatement déclaré la disparition de Pauline. Christine a réceptionné son appel et l'a passée à Alexia

- Ils ne se sont pas affolés un peu vite, demanda Manuel, un flic compétent malgré son manque évident d'intuition.
- D'après sa mère, la jeune fille prévenait toujours lorsqu'elle sortait en ville. Elle n'était pas chez un ami et ne répondait à aucun appel. Le beau-père avait vérifié avant de prévenir sa femme. Nous avons interrogé la mère et le beau-père le soir même à leur domicile, puis nous avons lancé un avis de recherche pour disparition inquiétante accompagné d'une photo. Le portable de la jeune fille est coupé, de ce côté-là nous ne sommes pas aidés. Sinon, ce matin la visite au lycée a confirmé les propos d'Élodie : Pauline semblait préoccupée et peu concentrée en cours ces dernières semaines. A priori pas d'amoureux dans le paysage,

du moins au lycée. Pour l'instant la pêche est maigre. Nous faisons un sprint avec le temps dans ce type d'enquêtes, vous le savez aussi bien que moi. Je compte sur vous pour ramener des éléments tangibles qui nous permettront d'orienter les recherches. Qui a vu Pauline en ville ? Dans les transports en commun ? Parmi ses voisins ? Quels secrets cache cette jeune fille ? Qui a pu croiser sa route mardi après-midi ? Quels sont les tordus avec un casier dans le coin ? Tout pourra nous servir... Bon, vos porte-à-porte en centre-ville ont donné quoi ?

- Pas grand-chose pour l'instant, patron, répondit Manuel. Nous faisons chou blanc. Les commerçants proches du magasin de sa mère connaissent la petite de vue, mais aucun ne l'a aperçue hier. Aux terrasses de café non plus...
- Tous les serveurs qui travaillaient mardi étaient-ils présents ce matin lorsque vous êtes passés ? intervint Alexia.
- Non, il en manquait un certain nombre, répondit Lisa, une policière subtile et tenace d'un bon mètre quatre-vingts charpenté. On devra y retourner. Cela prendra un peu de temps.
- Du temps, nous n'en avons pas ! trancha Alexia. Notez de contacter les serveurs à leur domicile si nécessaire.
- D'accord, répondit Manuel comme un élève en faute.

- Côté transports en commun, qu'est-ce que ça donne ? demanda Cyrille.
- Elle a probablement effectué le trajet de vingt-cinq minutes pour aller en ville à pied depuis son lycée, répondit Maud, une jeune recrue dynamique. En ce qui concerne un éventuel déplacement en transport en commun après avoir appelé sa mère, j'ai interrogé de nombreux chauffeurs de bus en service hier. Comme pour les serveurs en terrasse, nous devons localiser et appeler les autres un par un.
- Vous avez les coordonnées de chacun ?
- Celles de leur domicile oui, mais certains ont un numéro de portable personnel qu'ils n'ont pas communiqué à leur employeur. Christine nous aide sur ce coup-là.
- OK, parfait, dit Cyrille. Si l'on prend la pire des hypothèses : Pauline a fait une mauvaise rencontre hier, puis a été enlevée. Avez-vous pu identifier des habitants fichés avec un antécédent d'infraction sexuelle ?
- C'est en cours, répondit Guylain, introverti et timide au point qu'on devait lui tirer les vers du nez sur chaque dossier, ce qui avait le don d'exaspérer Cyrille.
- Ce qui signifie ?
- Eh bien, deux personnes dans le quartier de la gamine ont fait de la prison, dont une pour

agression sexuelle, mais on n'arrive pas à la localiser.

- Tu peux être plus précis, Guylain, s'il te plaît ? insista Cyrille, au bord de l'explosion.
- Monsieur Chanson, cinquante-deux ans, a purgé cinq ans derrière les barreaux pour tentative de viol sous la menace d'arme blanche. Il manque à l'appel depuis lundi soir et son épouse ne sait pas où il est.
- Et c'est maintenant que tu le dis ? Merde, lance un avis de recherche sur-le-champ !
- C'est juste qu'il a l'habitude de disparaître comme ça un ou deux jours d'après sa femme. Il fait partie d'un groupe de navigateurs qui part en catamaran, et réapparaît deux-trois jours après. J'ai pensé qu'on en parlerait ce matin pour décider de la suite, patron.
- OK. Tu me creuses cette piste avec la gendarmerie maritime. Identifie son bateau, vois qui sont ses acolytes, et retrouve-les sous deux heures. Bref, fais ton boulot ! C'est une piste très sérieuse, même si elle est déplaisante, on doit aller jusqu'au bout.
- Et sinon, tu peux nous en dire plus sur la deuxième personne qui a purgé une peine de prison ? demanda Alexia.
- Un ancien braqueur de banque, volets fermés depuis un mois : d'après les voisins, le couple part au Portugal à cette période de l'année.

- La piste est froide. Sinon, le canal radio « J'espionne mon voisin derrière mes voilages sous prétexte de surveiller sa maison en cas de cambriolages » devrait nous être utile. Il est drôlement efficace si l'on arrive à démêler le vrai du faux. Avez-vous des indices à nous communiquer ?
- On démarre juste et la plupart des voisins sont au travail, répondit Guylain. Pour l'instant, il ressort l'image de la famille recomposée avec un fonctionnement perturbé depuis que Jérôme Sartoren est au chômage et passe la majeure partie de son temps à s'occuper de ses fils. Madame semble avoir une activité professionnelle qui l'occupe beaucoup. Dans le commerce, il faut savoir ne pas compter ses heures. Chacun décrit Pauline comme une jeune fille polie, une lycéenne sans histoire.
- Rien ne t'a mis la puce à l'oreille ?
- Une habitante a juste insinué que monsieur était un pilier de bar, au même titre que son propre mari !
- C'est une piste à ne pas négliger, mais ça ne fait pas de lui un suspect pour autant ! Guylain et Maud, vous continuez d'interroger les voisins qui rentreront déjeuner chez eux. Partagez-vous le travail pour contacter les chauffeurs de bus. Manuel et Lisa, concentrez-vous sur les commerçants du centre-ville et les serveurs.

Christine, recherche les coordonnées de tous ceux que l'on n'a pas pu voir aujourd'hui. Avec Alexia, nous allons rendre une petite visite surprise à madame Chanson. Et on va prendre le relais pour retrouver les amis navigateurs de monsieur, tiens, sinon on n'y arrivera pas, vous serez trop chargés.

- Patron, si le temps presse à ce point, ne pourrait-on pas demander de l'aide aux collègues de la gendarmerie maritime ? intervint Manuel. Ils effectuent déjà les recherches en mer. S'ils ont un peu de bande passante, ça nous permettrait d'accélérer les recherches.
- Bonne proposition Manuel, mais je sais qu'ils sont en sous-effectif depuis que Victor est arrêté. J'en toucherai un mot à notre commissaire, et s'il est d'accord, à Raymond, l'adjoint de Victor. Je dois l'avoir en ligne dans la journée pour faire le point. Merci à tous, et rappelez-vous : chaque heure compte. On reste en lien au fur et à mesure que l'on récolte des indices.

Revenue à son bureau, Alexia rappela à Cyrille qu'elle devait s'atteler à l'ordinateur de Pauline pour découvrir ce qu'il avait dans le ventre et pouvait leur apprendre.

- Ça te prendra combien de temps ?
- C'est bien le problème. Je n'ai aucun moyen de le savoir à l'avance.
- Et si tu l'envoyais à la police technique et scientifique de Bordeaux ?

- J'y ai bien pensé, mais le temps gagné à rentrer dans son système, je vais le perdre dans le transport. Et leur délai d'attente est de quarante-huit heures... On ne peut pas se payer ce luxe !
- Tu sais craquer un code ?
- J'ai fait des études d'informatique avant d'intégrer l'école de police et je me suis baladée assez longtemps dans le dark web pour avoir quelques capacités à travailler sur un disque dur d'ordinateur. Si je cale, ne t'inquiète pas, on demandera aux experts bordelais d'intervenir. Au moins, on aura mis toutes les chances de notre côté !
- OK, mais avant que tu ne démarres, on va interroger madame Chanson ensemble. Quelle idée d'avoir un nom pareil ! J'ai l'impression de rendre visite à une professeur de musique, pas à la femme d'un ancien criminel !

*

Fanny faisait une pause contre un mur, des affiches à la main. Sur ces bouts de papier éclatait le visage de sa fille souriant au-dessus du message : « Pauline, seize ans, a disparu depuis mardi seize heures. Si vous l'avez vue, merci d'appeler le 17. » La fatigue la rattrapait. La tête lui tournait après deux heures passées à coller ces précieuses feuilles sur toutes les parois de commerces, arrêts de bus et autres espaces fréquentés de la Ville d'Été. Jérôme avait eu l'idée de l'affiche, l'avait conçue, imprimée. Elle lui en était reconnaissante. Avec des voisins qui s'étaient portés volontaires dès le début pour leur prêter main-forte, ils s'étaient réparti les quatre quartiers de la ville. Après la visite au lycée avec les policiers, elle avait compris qu'ils faisaient de leur mieux avec les indices à leur disposition. Pour autant, solliciter l'aide du grand public pouvait faire avancer l'enquête. Quelqu'un avait forcément aperçu Pauline, saurait leur dire si elle était restée seule, avait retrouvé une amie, ou... son esprit refusait d'envisager une autre possibilité. Fanny tenait maladroitement son rouleau de scotch, essayait d'en découper un bout, s'énerva et se coupa la peau de manière superficielle. Lorsqu'elle vit le sang perler sur son doigt, la tension retenue ces dernières heures déborda. La boule qui oppressait sa poitrine remonta vers sa gorge et elle fut prise de sanglots irrépressibles. Sous le porche du casino, au milieu d'un courant d'air, elle se savait à l'abri des regards. Face aux coquillages, boules de neige fabriquées en Chine et autres babioles pour touristes, ses jambes ne la portaient plus. Accroupie, les yeux embués, elle laissa couler un flot de larmes contenues depuis une éternité, comme un trop-plein impétueux exigeant de sortir, sous peine d'exploser sous une forme inattendue. Hoquetant, le visage trempé, la peur l'emporta, qui lui broyait le ventre, cette hyène qu'elle avait tenue à distance dans l'action, pour oublier de penser. Combien de temps resta-t-elle dans cette position ? Suffisamment pour que ses muscles s'ankylosent. Une fois debout, vacillante, elle décida de se remettre en marche.

En total décalage avec le paysage paradisiaque qui s'offrait à elle, ses pas la guidèrent vers la plage. Épuisée, elle s'assit en front de mer, à gauche de la jetée Thiers, repère central en prolongement de l'avenue Gambetta, la plus empruntée vers les commerces touristiques de la ville. Les pins torturés, penchés vers la route à force de résister au vent, lui apportaient un peu d'ombre. Le nez des bateaux à l'est de leur corps-mort lui indiqua le sens de la marée qui remontait. Une mouette piqua dans l'eau, remonta un poisson dans le bec. Le plus fort tuait le plus faible. Le plus rapide broyait le plus lent... La logique de la chaîne alimentaire, implacable, lui parut atroce, alors que la veille elle l'aurait trouvée naturelle. Un enfant furieux que sa mère ne lui donne pas un gâteau juste avant de déjeuner se roulait par terre de colère. Au loin, des bateaux d'ostréiculteurs revenaient des parcs vers le port à l'est de la ville, certains chargés de poches d'huîtres remontées avec une grue mécanique, entassées sur plusieurs mètres de hauteur. Malgré plusieurs tentatives, elle n'avait jamais réussi à apprécier ces crustacés. Trop gluants. Trop vivants. Trop iodés. Elle les laissait volontiers aux autres ! Elle s'efforça de respirer à pleins poumons cet air sain et vivifiant qui avait guéri tant de tuberculeux au siècle dernier. Puis elle marcha en direction de sa boutique, son repaire, pour se mettre à l'abri de tout.

À quelques mètres de la porte d'entrée, son téléphone vibra dans la poche de sa veste. Elle hésita à prendre l'appel d'Hermione, son besoin d'être seule la poussait à refuser tout contact. Mais sa conseillère avait toujours été de confiance. Elle décrocha, concentrée sur le défilé de samedi.

- Je venais aux nouvelles. Si ce n'est pas le moment, dis-le-moi…
- C'est très gentil de ta part, lui répondit-elle d'une petite voix, tout en cherchant ses clés au fond de son sac. Rien de nouveau. Je deviens dingue ! C'est comme si Pauline s'était envolée. Je colle des affiches en ville pendant que la police fait son travail.
- Oh, je suis désolée. Que puis-je faire pour t'aider ?
- Écoute, là, pas grand-chose. Continue d'organiser le défilé de samedi sans moi.
- Tu souhaites qu'on le maintienne ?
- Bien sûr ! Pauline sera rentrée d'ici là. C'est juste que je n'ai pas la tête à rappeler qui que ce soit.

Une fois à l'intérieur d'« Au bonheur des dames », elle s'assit dans une bergère Louis XV, ses jambes ne la portaient plus.

- Je me charge de tout. De toute façon, nous avons fait l'essentiel mardi. Côté tenues, tu en es où ?
- Je dois vérifier que nous avons bien reçu les dernières commandes. Mon voisin récupère les colis lorsque je ne suis pas là.

- De mon côté, je dois encore contacter les mannequins pour confirmer la répétition de vendredi à dix-neuf heures trente. Le devis du traiteur est validé, les clientes relancées.
- C'est parfait. Merci pour tout, Hermione…
- Si je peux faire quoi que ce soit de plus, n'hésite pas à m'appeler à toute heure !

Hermione pensa à lui dire que Yann avait ses entrées à la gendarmerie maritime. Mais comme aucune information encourageante ne permettait de rassurer Fanny, elle préféra se taire.

- Merci… Tout va bien aller. Il ne peut pas en être autrement…

De longues minutes après avoir raccroché, Fanny trouva la force de se lever pour se rendre chez son voisin Thibault. L'écriteau du magasin du côté « Désolé, nous sommes fermés. À bientôt », elle sortit discrètement, en espérant ne pas croiser une cliente. De magnifiques bouquets aux couleurs acidulées alliaient la superbe des roses à de généreux hortensias bleus. Sur l'étal, on ne savait où porter le regard, l'œil était attiré par les camaïeux « blanc-rose-fuchsia » des charmantes azalées et des graciles cyclamens. Au milieu de bruyères en pot, un tablier noir noué à la taille, Thibault lui offrit un vrai sourire, entier, lumineux, qui lui fit du bien. De nature gaie et optimiste, il avait toujours le mot pour voir la vie à travers des lunettes roses. Faire ressortir le bon côté en toutes circonstances, retourner la situation pour faire apparaître les cadeaux cachés dans tout moment désespéré, il excellait dans cet art de vivre.

- Bonjour, ma belle ! Oh, ça n'a pas l'air d'aller ? lui dit-il en l'embrassant.
- Pauline a disparu depuis hier après-midi, dit-elle dans un souffle. Je peux entrer ? Tu as dû recevoir des colis dont j'ai besoin pour mon défilé de samedi.
- Je m'étonnais aussi que tu n'aies pas ouvert ce matin, répondit-il, le front barré d'un pli inhabituel. Que s'est-il passé ?

Au milieu des dahlias rouges, parme, jaunes éclatants, la fraîcheur du magasin la fit frissonner. Elle inspira profondément et exposa les faits à Thibault, le visage à nouveau couvert de larmes. Assis à califourchon sur une chaise retournée en face d'elle, les avant-bras croisés sur le dossier, il écouta Fanny sans l'interrompre, le regard plein de compassion.

- As-tu la moindre idée de ce qui a pu lui arriver ?
- Non ! Et ça me rend folle !
- Tu parlais de relations tendues entre elle et ton mari ces derniers temps, tu peux préciser ?
- C'est juste qu'il ne pouvait rien lui dire sans qu'elle l'envoie paître de façon acerbe. La remarque la plus anodine du style « Range ta chambre », « Merci de mettre ton linge sale dans le bac à linge » ou « Nettoie la table du petit déj, on est déjà en retard pour l'école » donnait lieu à des

esclandres comme si on l'avait agressée de manière offensante. Elle lui faisait bien sentir qu'il n'était « que » son beau-père, arrivé dans ma vie alors que nous avions passé plus de dix ans toutes les deux.

- Et tu dis que leurs relations avaient empiré ces dernières semaines. Est-ce qu'il y avait une raison à cela ?
- Si je le savais... Depuis bientôt deux ans, Jérôme n'exerce plus son métier. Il en souffre énormément et, bien qu'il adore Mathis et Enzo, être homme au foyer lui ronge le moral. Il a perdu toute estime de lui-même, c'est compliqué...
- Et toi, comment vis-tu la situation ? demanda-t-il les yeux noisette fichés dans les siens.
- Je fais le dos rond... je fais « tourner la boutique » comme on dit ! Mais c'est devenu pesant à la maison, je dois le reconnaître. Il va jusqu'à me reprocher d'être venu vivre à Arcachon alors que sa carrière est à Paris. Qu'est-ce que j'y peux ?

Il se leva pour aller chercher un mouchoir, le lui tendit et, en se rasseyant, lui caressa la joue avec une infinie douceur.

- J'avais bien compris que les choses n'étaient pas simples, même lorsque tu fais en sorte de paraître enjouée, je te sentais inquiète, voire triste...
- Je ne vais pas commencer à ennuyer les autres avec mes problèmes. La méthode du « faire

comme si tout allait bien » a parfois du bon, ce n'est pas à toi que je vais l'apprendre !

- L'auto-persuasion est très efficace sur notre cerveau, tu as tout à fait raison. La ligne jaune à respecter, c'est de ne pas se mentir à soi-même.

Fanny baissa les yeux. La capacité d'écoute sans jugement et la bienveillance de Thibault la poussaient à se mettre à nu. Elle se sentait en confiance, sereine, avec lui, en paix malgré la peur qui lui tenaillait le ventre. Il s'était installé il y a cinq ans à côté d'« Au bonheur des dames ». Après un divorce douloureux, sans enfant, il avait quitté l'Auvergne et un poste de juriste dans une entreprise de BTP pour se reconvertir. Amoché par la vie, il avait trouvé à Arcachon son petit coin de paradis, un nouvel équilibre et se consacrait à ses deux passions : les fleurs et le surf. Fanny le suspectait d'avoir le béguin pour elle, mais leur relation restait simple et sincère. Aussi loin qu'elle le connaisse, Fanny ne se souvenait pas d'avoir entendu Thibault parler de son passé, chargé de mystère, les bribes de parcours qu'il avait livrées mises à part. Il cachait ses blessures et les empêchait de perturber son présent. Après quelques instants de silence, il reprit la parole :

- Les policiers responsables de l'affaire, tu les sens comment ?
- Oh, ils sont professionnels. Un grand gars méticuleux, qui maîtrise et traîne un air triste, et une jeune femme vive, fine et nerveuse. Je leur fais confiance même si je trouve que chaque heure est

interminable. C'est juste que pour l'instant, ils recherchent des indices, des témoins… Histoire de ne pas devenir folle tout de suite, je vais avancer sur mes tenues pour le défilé, au moins cela sera concret ! dit-elle en se levant.

- Bien sûr… Voici tes colis. Ils sont arrivés ce matin. C'est tout léger !
- Oh, ils contiennent quelques grammes de soie et de dentelle pleins de séduction, qui se vendront à prix d'or !
- Tiens, c'est pour toi, lui dit-il en lui donnant un beau bouquet rond et odorant, la compagnie des fleurs devrait te faire du bien en ce moment. Si je peux faire quoi que ce soit, je suis là.

Touchée par le geste, les bras encombrés, elle repartit quelques mètres plus loin dans son refuge. À peine avait-elle claqué la porte avec le coude, son portable se mit à sonner au fond de son sac dans le hall. Elle jeta plus qu'elle ne posa bouquet et colis par terre, manquant de se tordre la cheville. Comme toute maman qui voit le contact libellé « école » s'afficher sur l'écran de son téléphone mobile, elle fut déçue, puis inquiète. En un quart de seconde, elle imagina une jambe cassée, une chute dans l'escalier, un front en sang après une bagarre en cour de récréation. Au lieu d'entendre la jeune institutrice d'Enzo, ce fut le directeur qui s'adressa à elle d'une voix peu amène :

- Madame Landon, je n'irai pas par quatre chemins : en cours d'art plastique, votre fils Enzo a eu une attitude inacceptable et violente. Il a piqué son voisin avec ses crayons, au point que l'enfant a saigné, et il a dessiné une scène choquante que m'a signalée sa maîtresse dès la fin du cours. Je me dois d'avertir les services sociaux, mais je voulais vous prévenir, et en discuter avec vous de vive voix. Comme il est bientôt l'heure du déjeuner, je vous donne rendez-vous à la sortie des classes. Venez seule, s'il vous plaît.

Fanny raccrocha, puis s'accorda quelques instants en position assise pour ne pas défaillir. Le battement de son pouls de chaque côté des tempes résonnait jusque dans son cuir chevelu avec une telle puissance qu'elle aurait pu l'entendre. La poitrine oppressée, le souffle court, elle tentait de respirer avec calme. Qu'est-ce que son fils avait encore fait ? Compte tenu des événements, on pouvait comprendre qu'il soit perturbé, que la convocation du directeur dépassait les procédures habituelles. « Je vais me réveiller et réaliser que tout cela n'est qu'un cauchemar… Tout va s'arranger », se dit-elle. Puis elle se leva, mit le pilotage automatique en route et trouva d'infimes poussières d'énergie pour se remettre au travail.

*

La porte d'une des maisonnettes rue Marguerite s'ouvrit

sur une femme d'une cinquantaine d'années dès la première sonnerie. Allure sportive, marinière neuve, blonde avec les cheveux tirés en une queue-de-cheval soignée. Une fois les présentations effectuées, madame Chanson les accueillit avec l'amabilité d'une hôtesse qui n'a rien à cacher depuis l'appel de Guylain et les fit entrer dans une cuisine lumineuse, d'une propreté impeccable. Ils étaient attablés autour d'un café quand elle les questionna sur l'objet de leur visite, la ride du lion creusée malgré un air détendu.

- Notre collègue vous a informée de la disparition de Pauline Landon, une lycéenne qui habite à deux pas, rue du Figuier.
- Oui, c'est terrible. Mais en quoi cela nous concerne-t-il avec mon mari ? demanda-t-elle avec calme, les regardant à tour de rôle. Comme je l'ai dit au policier au téléphone, je n'ai rien vu qui soit susceptible de vous aider pour retrouver cette jeune fille, j'en suis désolée.
- Monsieur Chanson est fiché pour tentative de viol sur mineure, il y a vingt ans de cela, dit Cyrille, choisissant l'approche directe. Il a purgé une peine de prison pour ce crime. Dans le contexte actuel, nous avons besoin de lui parler au plus vite.

L'effet de sidération de leur hôtesse dura quelques minutes, la bouche à peine entrouverte, elle les regardait les yeux écarquillés, muette. À moins d'avoir affaire à une excellente comédienne, ils en déduisirent qu'elle ignorait tout des états de fait de son mari. Il avait prudemment omis de l'en informer.

- Je… je ne savais pas. Mais cela ne colle pas avec l'homme que j'ai épousé il y a dix ans. C'est tout simplement inimaginable ! Quelles que soient ses erreurs passées, il a changé, dit-elle avec toute l'énergie du désespoir. C'est un citoyen respectable, nous menons une vie normale, harmonieuse, vous pouvez me croire !
- Quand l'avez-vous vu pour la dernière fois ? demanda Alexia, sans se laisser apitoyer.
- Attendez que je reprenne mes esprits… Lorsque je suis partie travailler mardi matin il m'a prévenue qu'il sortait en mer deux ou trois jours avec ses amis.
- Cela lui arrive souvent ?
- Je dirais tous les trois, quatre mois. Il faut que les conditions météo soient réunies et qu'ils puissent prendre des jours de congé. Mon mari tient un garage. Il a dû s'organiser avec son équipe pour se faire remplacer…
- Admettons qu'il ait improvisé cette virée en mer hier matin, j'ai besoin de connaître le nom de ses amis, madame Chanson.

Alors que Cyrille notait les coordonnées des coéquipiers, Alexia promena son regard vers le salon, à l'opposé de la cuisine ouverte. Des photos de bateaux en mer, d'autres de famille, un écran plat grand format, un ficus dans un coin : un intérieur sans aspérité, commun dans un foyer sans histoire. Le mari avait pourtant un passé de délinquant sexuel soigneusement caché à son épouse. On ne comptait plus le nombre de cas dans lesquels, après une affaire sordide, le voisin modèle se révélait être un dangereux détraqué dont les pulsions contenues pendant de longues années s'étaient réveillées avec violence. Alexia pensa à l'effet d'aubaine des voleurs, incapables de résister à la tentation d'un portable qui dépasse d'un pantalon mais qui auraient été incapables de préméditer une effraction. Après coup, ils disaient tous « Je ne sais pas ce qui m'a pris ».

- Alexia, tu es avec nous ? l'interpella Cyrille. Nous avons la description du voilier avec lequel monsieur est parti, ainsi que son numéro de mobile. Je vous demande de ne pas le joindre, madame. Nous nous en chargeons.
- J'ai compris, dit-elle glaciale. Mais je vous assure que vous vous trompez de cible. Mon mari était en mer lorsque la petite a disparu. Retrouvez-le vite et son alibi l'innocentera ! Je ne vous raccompagne pas, vous connaissez le chemin.
- Oh, une dernière question : quelle est votre profession ?
- Je tiens un stand de poissonnerie dans un supermarché à la Teste. Pourquoi ?
- Simple curiosité, dit Cyrille d'un ton léger. Dans le cadre de l'enquête, je vous demande de ne pas quitter la ville dans les quarante-huit prochaines

heures. Vous devez rester à la disposition de la police.

Conscients d'avoir injecté un poison puissant dans le couple de cette tranquille rue bordée de lauriers, ils sortirent pour rejoindre la gendarmerie maritime cent mètres plus loin. Sur le chemin, Cyrille appela le commissaire pour le tenir au courant de cette première piste sérieuse. L'enquête devait accélérer, et vite. La course-poursuite en mer pouvait commencer.

Pauline

Mercredi 18 octobre

Où suis-je ? Un croassement m'a réveillée en sursaut à l'aube. Puis je me suis rendormie, je crois. Le soleil filtre à travers la porte fermée, à travers le petit trou du volet brisé aussi. Je me sens si faible… Allongée sur un matelas à même le sol, qu'est-ce que je fais là ? Ça pue l'humidité ici. Que s'est-il passé hier ? J'ai du mal à m'en souvenir… Je sais que je m'appelle Pauline. Ma tête me serre, c'est douloureux… Est-ce qu'on m'a frappée ? J'ai l'impression qu'un étau compresse mon front et appuie en même temps sur mon crâne. Pitié, que cette torture s'arrête ! On doit me rechercher à cette heure-ci. Depuis combien de temps suis-je dans ce taudis ? Qu'est-ce que je fais là, sans ma famille, seule entre ces murs de bois ? Je suis si lasse que chaque mouvement me coûte un effort surhumain. Mieux vaut rester comme ça, ne pas bouger, ne pas penser, attendre que ça passe…

J'ai dû m'assoupir de nouveau. Un crissement de dents

me réveille, léger, mais proche. D’où vient-il ? Oh, un écureuil sur le rebord de la fenêtre croque dans une noisette. Ou serait-ce une noix ? La minuscule poitrine visible à travers le trou du volet, il me regarde d’un air apeuré, le corps pris d’un violent tremblement. Mais tu es libre, toi ! Tu peux partir, vivre avec les tiens. Tu sais où te réfugier ! Moi, sur qui puis-je compter ? Mes petits frères, au moins, doivent s'inquiéter. Je n’ai pas pu décoiffer Enzo ce matin avant qu’il n'aille à l’école, ni préparer la tartine de Nutella de Mathis, sa préférée. Élodie aussi doit se faire du souci pour moi. Nous ne sommes pas rentrées ensemble après le lycée. Elle a eu l'air étonnée, mais je ne pouvais rien lui dire. Tout cela me paraît si loin. Ils me manquent tellement…

Grâce aux vibrations, un fil d’alerte a prévenu l’araignée cachée dans un coin. Une mouche s’est prise dans sa toile géométrique. Je l’observais depuis un moment, entre la table et le mur. Une fois assurée que sa proie est bel et bien prisonnière de ses fils de soie recouverts de gouttelettes de glu, elle s’approche tout doucement. Puis elle se précipite sur son repas, l’immobilise en lui injectant son venin, et l’entoure comme un cocon. Je n’avais jamais examiné d’aussi près une araignée. J’en ai horreur d’habitude. Mais ici, elle me tient compagnie. Si je ne bouge pas, que je la laisse tranquille, reconstruire sa toile endommagée jour après jour, elle ne viendra pas m’embêter. Je vais pouvoir retrouver l’oubli dans le sommeil…

Chapitre 3

Mercredi 18 octobre après-midi

Son rendez-vous avec le directeur de l'hôtel Impérial terminé, Hermione ressentit le besoin de respirer à l'air libre. Elle descendit sur la plage Pereire, s'assit sur le sable fin et ferma les yeux quelques instants, la caresse du soleil sur sa peau, l'odeur de sel et de pins mêlés. Après quelques minutes, elle appela de nouveau Fanny. La sourde inquiétude de sa cliente était aussi évidente que son déni de réalité. La situation était gravissime, mais à aucun moment elle n'envisagea la possibilité que Pauline soit encore absente samedi pour le défilé, qui devait s'organiser comme si de rien n'était. Il fallait bien reconnaître qu'imaginer le pire ne servait qu'à s'angoisser. Hermione aurait tant aimé se rendre utile, en plus de ce qui relevait de son travail !

Le personnel de l'hôtel lui avait offert plusieurs cafés noirs agrémentés de viennoiseries odorantes auxquelles elle avait résisté, mais, malgré cet excès de caféine dans le sang, elle avait besoin de l'énergie du soleil pour reprendre des forces. Pendant deux heures et demie, avec Alphonse Carmel, le directeur, ils avaient élaboré une stratégie, puis un plan de communication. Elle avait dû faire preuve d'une attention soutenue, ainsi que d'une bonne dose de patience. Selon un rituel bien établi, elle se déchaussa pour marcher pieds nus et partit rejoindre le sable mouillé à marée basse, contournant quelques tas de varechs humides, ces algues vertes en filaments désagréables. La valse des mouettes et l'iode l'aidaient à apaiser ses tensions.

Perfectionniste et anxieux de nature, son client passait son temps à anticiper de potentiels problèmes. Le premier était d'ordre financier : un résultat d'exploitation insuffisant ne permettrait pas de rembourser les lourdes dettes qui pesaient sur ses épaules. La tendance actuelle qui consiste à payer un décorateur vedette à prix d'or pour rénover un établissement avait cet avantage de développer une bonne année la communication, grâce à la notoriété dudit créateur d'intérieur. Cet effet d'aubaine ne durait pas. Elle rentrait alors en scène. Lorsqu'il avait fait appel à ses services, un fléchissement des réservations se faisait sentir. Les rares palaces du bassin se concurrençaient sans ménagement pour attirer la clientèle aisée, avec les ingrédients incontournables recherchés : localisation remarquable, élégance, authenticité, accueil irréprochable mais décontracté, excellence de la table, le tout associé à la modernité du design.

Absorbée par ses pensées, elle aperçut au dernier moment une aigrette garzette, dont la couleur blanche différait de celle du héron cendré, plonger sous la surface telle une flèche et ressortir le bec vide. Au loin, elle chercha en vain la plate de Yann, mais il devait être sur un de ses parcs vers l'île aux Oiseaux, ou vers le banc d'Arguin. Puis elle se remémora l'entretien qui venait d'avoir lieu. Rembobiner le film des événements et les revoir en boucle relevait d'un processus inconscient dont elle se serait volontiers passée, car il pouvait l'emmenait sur le terrain de la rumination. Lorsqu'elle s'en rendait compte, elle se forçait à se concentrer sur ce qu'elle faisait, ici et maintenant. Cela permettait de déconnecter cette activité cérébrale énergivore qui mettait son cerveau en tension.

Alphonse avait réaffirmé se charger de la partie commerciale. Il devrait étendre ses partenariats avec les intermédiaires étrangers dans le voyage de grand standing, ainsi que les agences événementielles organisatrices de séminaires d'entreprises. La plus-value d'Hermione consisterait à développer les relations publiques avec les rédacteurs de grands magazines de mode et de design, sans oublier la refonte du site web et la stratégie d'apporteurs d'affaires sur internet à intensifier. Son réseau de presse parisien avec de bons relais internationaux avait convaincu Alphonse lorsqu'il choisit de l'embaucher. Ils avaient prévu d'inviter des journalistes triés sur le volet à passer un week-end sur place, leur faire visiter les sites prestigieux, avec à la clé un papier élogieux, voire mieux, un reportage télé en prime time ! Le service de communication de la mairie excellait pour mettre en avant le bassin et ses merveilles. Chaque établissement devait en parallèle assurer sa propre promotion.

Sa marche solitaire terminée, elle reprit le chemin de l'hôtel Impérial pour récupérer ses affaires laissées à l'accueil, ainsi que son vélo. Elle se remémora l'homme aux cheveux poivre et sel qui l'avait bousculée involontairement ce matin, puis aidée avec gentillesse à ramasser ses dossiers. Il diffusait un magnétisme rare. Le visage buriné par le soleil, des rides creusées et un regard dont on se détachait à regret, il paraissait calme, empathique, mais dégageait une confiance en soi liée à sa seule présence physique. L'échange fut rapide, mais suffisant pour avoir la sensation d'avoir croisé un mâle alpha.

Après le bain hydromassant dans une ambiance tamisée, ses muscles s'étaient déjà relâchés grâce aux jets d'eau salée localisés. Il lui restait une heure avant son rendez-vous au centre de thalassothérapie, qui se situait en surplomb de la plage des Abatilles. Peu de temps après avoir quitté Paris, elle avait décidé de s'offrir cette pause bien-être mensuelle, véritable bouffée d'oxygène dans une vie professionnelle trépidante. L'année dernière, l'établissement avait été rénové avec raffinement, pour son plus grand plaisir. Elle s'installa en terrasse du restaurant le plus proche, face à la plage, et commanda un tartare de saumon, accompagné de frites et de salade. Son portable sonna, elle vit s'afficher le numéro de sa voisine Viviane et choisit de la rappeler plus tard. Aucune urgence ne nécessitait d'interrompre son déjeuner par un temps de rêve. De l'autre côté de l'eau se situait le Bélisaire, d'où partaient les nombreux bateaux chargés de relier la presqu'île aux quatre coins du bassin. Le phare du Cap Ferret la regardait, en rouge et blanc. Elle paria en souriant que sa charmante voisine allait lui donner des instructions complémentaires pour bien arroser son précieux jardin pendant son voyage à Barcelone en pleine crise catalane ! Cyclistes et skateurs roulaient sur la piste entre le restaurant et la plage, comme pour rappeler à ceux qui travaillaient qu'ils avaient la chance de vivre dans un décor de carte postale toute l'année. Elle envoya un SMS à Victor pour prendre de ses nouvelles et lui demander s'il acceptait qu'elle passe lui rendre visite en fin de journée.

Les hôtesses du centre Thalazur l'accueillirent peu après avec le sourire et lui fournirent peignoir, serviette et sac de soins avec sa fiche personnalisée. Vêtue d'un maillot une pièce, téléphone portable rangé au vestiaire, elle descendit les marches vers la piscine intérieure à remous, accolée à la seconde, à l'air libre, entourée de pins. Elle aurait le temps de penser à son rendez-vous dans la zone commerciale de La-Teste-de-Buch programmé cet après-midi. Allongée sur un transat au milieu de couples et de mères avec leur fille, elle se préparait à savourer les soins du jour : bain hydromassant avec chromothérapie, enveloppement d'algues reminéralisant sur un matelas d'eau et douche au jet vivifiante ! Elle put constater que cette détestable mais immuable habitude qu'ont certaines personnes de laisser leur serviette sur un transat pour le « réserver » pendant qu'ils se rendent à un soin perdurait. Si la plaquette de l'établissement mettait en scène une clientèle trentenaire, la moyenne d'âge restait, dans les faits, nettement supérieure. En attendant l'enveloppement d'algues, le sauna la tenta quelques minutes, le temps de réaliser que le linge de bain enroulé autour de la taille de l'homme arrivé avant elle avait la fâcheuse tendance à glisser… et qu'il ne portait pas de maillot ! Gênée, elle sortit sans tarder et rechercha une place libre à l'extérieur, une tisane drainante à la main.

Une jeune femme brune au bronzage impeccable allongée à sa droite, très enceinte, caressait sans arrêt son ventre rebondi, un sourire de pure félicité plaqué sur le visage. Hermione ne put s'empêcher de détourner le regard. Malgré le cadre enchanteur et sa farouche volonté d'en profiter, un coup de poing centré sur son plexus solaire lui coupa le souffle quelques instants. Le souvenir de cet enfant tué à cinq mois de grossesse, alors qu'elle était en couple avec Ludovic il y a trois ans, revint la hanter avec la perfidie d'un traumatisme non cicatrisé. Quand pourrait-elle faire le deuil de cet avortement thérapeutique ? Arriverait-elle à se projeter sans angoisse pour envisager d'avoir un bébé avec Yann ? La sensation du gouffre lié à cette perte la laissait à chaque fois anéantie. Elle avait beau combler ce vide par l'action, commander une gaîté bien commode dans certaines circonstances pour donner le change, au fond d'elle subsistait la douleur encore vivace d'une vie inachevée, supprimée, envolée. Ludovic manquait profondément de confiance en lui. Ce trait de caractère, associé à une jalousie maladive, avait précipité la fin de leur couple. Cela avait laissé des traces. Au-delà d'une mélancolie qui pouvait l'emporter très loin et la faire plonger dans les bas-fonds quelques heures, ou quelques jours, elle ne supportait plus de se sentir étouffée par trop de sollicitude. Devoir rendre des comptes sur son emploi du temps lui pesait. Vivre avec Yann, son amour d'adolescence retrouvé il y a deux ans, la comblait. Mais elle ne pouvait s'empêcher de sortir les griffes, ou de fuir, quand il se montrait trop anxieux, trop protecteur.

Fort heureusement, l'horloge murale vint à son aide et lui indiqua l'heure de son deuxième soin. Elle resta les yeux rivés sur la piscine tout en contournant le transat, puis se rendit dans la zone appelée « Banc d'Arguin ». Elle s'abandonna enfin aux mains expertes de la praticienne qui la badigeonna d'algues, l'enveloppa d'un film plastique, le tout sur un matelas à eau. Une alternance de couleurs au plafond finit de la détendre, dans un pur moment de lâcher-prise.

*

Fenêtres ouvertes malgré le bruit de circulation du carrefour pour évacuer les odeurs de déjeuner mêlées aux effluves de café, les rayons du soleil apportaient chaleur et clarté au chaos ambiant du commissariat. Chaque policier mobilisé par l'enquête passait des heures au téléphone pour localiser les témoins potentiels susceptibles d'avoir aperçu Pauline : autant de pistes hypothétiques à étudier de manière systématique. Dans cette atmosphère survoltée, Cyrille coordonnait les recherches, allant de l'un à l'autre pour motiver, orienter, décider. Alexia ne parlait à personne, hyper concentrée à percer les mystères de l'ordinateur récupéré dans la chambre de l'adolescente. Craquer un support informatique l'avait toujours fascinée. Gamine, elle pouvait rester des heures à analyser comment fonctionnait un Rubik's Cube, en apnée le temps de reconstruire le chemin imparable pour remettre les couleurs uniformes sur les six faces. Avant de se découvrir une passion pour l'informatique, les puzzles de mille pièces installés sur la table du salon lui permettaient de jouer au chat et à la souris avec un paysage inexistant. Ce dernier dévoilait petit à petit coins, bords, bouts de ciel ou de forêt morcelés, telle une jeune fille pudique, qui finissait immanquablement par apparaître dans son intégralité. L'image immortalisée en un instant par le photographe se reconstituait. Comme les joueurs d'échecs, elle se chronométrait pour rajouter la performance au seul exercice intellectuel qui finissait par être trop simple, donc inintéressant. Au contact des puzzles, elle avait appris que parfois nous faisons fausse route, ce qui a une incidence dramatique sur l'issue d'une enquête. Lorsqu'elle découvrait après trois heures que le bleu azuréen du ciel devait finalement se situer au niveau de l'eau, ou que le vert amande d'un buisson devait être remonté de vingt centimètres à la cime d'un arbre à côté d'un chardonneret, son père la trouvait rageuse à pester comme un charretier, mais seul son orgueil en ressortait mortifié.

Le jeu de piste dans lequel elle était immergée depuis maintenant deux heures commençait à s'éclaircir. Craquer le mot de passe avait été aisé. Restait à retracer l'historique des échanges sur les réseaux sociaux. Elle en voyait le bout, limite en transe, enfournant les fraises Haribo à un rythme effrayant. Il n'était plus question de jouer, mais de retrouver une jeune fille perdue dans la nature depuis vingt-quatre heures sans donner de nouvelles. Les statistiques connues de tous dans cette salle surchauffée renforçaient la tension exacerbée, palpable.

Cyrille prit un appel de Raymond Bouffin, adjoint au capitaine de gendarmerie maritime, à la recherche du voilier de monsieur Chanson et de ses acolytes. Les confrères du littoral atlantique proche avaient été contactés pour le localiser et le faire rentrer à bon port.

- Comment ça, au large de l'Espagne ? Tu es sûr ?
- C'est confirmé, le bateau circule à trois milles des côtes espagnoles, en Cantabrie, vers San Vicente de la Barquera, dit Raymond. Les collègues de la

garde civile viennent de me prévenir. Ils voulaient avoir nos instructions avant d'intervenir.

- Ils naviguent dans les eaux espagnoles ?
- Oui... ça nous laisse deux options : soit on recherche un navire de la marine nationale à proximité pour monter à bord et inspecter le voilier, soit on demande une commission rogatoire internationale afin que la police espagnole les appréhende dès que possible. La seconde risque d'être plus longue, et on ne peut pas franchement se le permettre. J'imagine que tu ne vas pas les laisser tranquillement se mettre d'accord sur un scénario commun, puis revenir jusqu'à Arcachon ?
- Tu vois juste. Tu penses que la première prendra combien de temps ?
- Deux heures si tout va bien. Ils semblent faire du sur place. Tout dépend si dans l'heure qui vient ils font route vers les Asturies, puis la Galice en direction du Portugal à l'ouest, où s'ils remontent vers le pays basque pour rentrer en France.
- OK. En attendant, demande aux Espagnols de garder le voilier à l'œil tout au long de la côte. Notre gars a forcément été appelé par sa femme, il sait que l'on est à sa recherche. S'il tente de fuir avec ses amis, c'est un aveu de culpabilité. On le suit à la trace. S'il est innocent, il devrait déjà avoir mis le moteur et être en route vers le bassin. Qu'est-ce qu'il fiche à stagner à cause du manque de vent ? De mon côté, je me charge de prévenir le

commissaire, puis le juge pour une commission rogatoire internationale, au cas où l'on ait besoin que la police locale intervienne physiquement. Dans tous les cas, nous devons informer le procureur sur l'affaire. Qui sait comment cela va se terminer ?

*

Hermione s'était presque assoupie sous l'effet de l'enveloppement d'algues. La chaleur associée à la lumière tamisée avec alternance de couleurs d'arc-en-ciel permettait une relaxation totale, tout autant psychique que physique. Dans la piscine intérieure remplie d'eau salée, elle se laissait aller sous un large robinet dont l'eau ruisselait sur ses épaules, dénouant les tensions qui s'y logeaient avec un acharnement rare. Après quelques brasses, elle sortit pour son dernier rendez-vous : le massage au jet. Dans une pièce carrelée tout en longueur, face au mur, elle dut tourner le dos à la jeune femme qui tenait le système d'arrosage. Des chevilles aux cuisses, puis sur la zone des mollets, du dos, sans oublier les bras et le ventre, la pression remua graisses inopportunes et muscles paresseux, pour finir de la réveiller en un temps record ! Quand elle se résolut à rejoindre les vestiaires pour se changer, elle pensa à l'appel de Viviane. Après avoir rendu peignoir et serviettes, les cheveux mouillés imprégnés d'une légère odeur de verveine et de citron, elle attendit d'être à l'extérieur pour passer son appel. Elle avait appris à connaître sa voisine il y a deux ans. En vacances pour trouver calme et solitude, Hermione avait tout d'abord été agacée par l'omniprésence de Viviane lorsqu'elle sortait de la maison familiale au Pyla. Sous la curiosité d'une veuve célibataire, en recherche de compagnie, elle avait découvert et apprécié une personne délicate, férue de jardinage et spécialiste de l'histoire d'Arcachon. Son aide avait été déterminante pour résoudre l'affaire Capucine de Champfleury à l'époque. Après trois sonneries, son amie lui répondit d'une voix vibrante d'excitation :

- Bonjour ma chère. Vous ne devinerez jamais où je me trouve !
- Si je tiens compte du brouhaha derrière vous, je dirais dans un marché ?
- Bravo ! Vous connaissez Barcelone, c'est trop simple pour vous ! Nous venons de prendre un jus de fruit frais mangue-coco à la Boqueria. Vous vous rappelez, le plus vieux marché couvert, à côté des Remblas ? L'ambiance est formidable ! C'est un véritable festival de couleurs et d'odeurs. Je n'ai jamais vu des étals d'épices aussi généreux, certaines présentées en guirlandes vert-jaune-rouge. Les jambons iberico sont exposés de manière tellement originale, la jambe entière des pieds à la cuisse, mais alors, à des prix si exorbitants qu'ils se dégustent en fines lamelles !

C'était bien la peine de venir si loin, pour ne pas en acheter ! Figurez-vous que nous avons mangé des huîtres ce midi, des cornets de friture, et les inimitables tapas. Oh, nous venons d'arriver à côté d'une triperie, avec étalage de tête d'agneau, foies et pieds de porc juste à côté des jus de fruits melon-kiwi ou banane-fraise... Et les odeurs, les odeurs... C'est très particulier ! On en prend plein les yeux.

- Votre groupe est-il sympathique ?

Elle se dirigea vers la plage pour s'installer sous les pins le temps de la discussion qui tournait au monologue. Il lui restait quelques minutes avant son rendez-vous professionnel.

- Les autres Français sont sensationnels ! L'ambiance est excellente. Et puis, il y a des moments libres dans le programme. Cela nous permet de visiter des musées en dehors du groupe avec Michel.
- Michel ?...
- Oh, oui, c'est un autre participant qui est originaire de Pau. Nous nous entendons très bien...
- Je vois... Sinon, vous aviez cherché à me joindre à propos d'un sujet précis ?
- Oui, c'est à propos de mes plantes. Je sais que vous vous en occupez très bien. Ce n'est pas que je sois inquiète, mais je me suis souvenue ce matin qu'il était important de bien surveiller les citronniers et d'arroser régulièrement les hortensias malgré la fin

de saison... Je ne me rappelle plus vous l'avoir précisé, alors...

- Je passe tous les deux jours, répondit Hermione avec patience, et je vous assure que votre jardin se porte comme un charme depuis votre départ. Sinon, qu'avez-vous le plus aimé depuis votre arrivée ?
- Gaudi m'a séduite définitivement. Cet architecte était... génial, il n'y a pas d'autres mots ! Nous avons visité le parc Güell hier, ses céramiques multicolores m'ont éblouie ! Ce matin, j'ai été fascinée par la maison Batllo et son toit en forme de dragon, une composition artistique d'une poésie rare. Je crois que je m'y serais bien plu si j'avais eu la chance de vivre dans un tel lieu !
- Et les indépendantistes ne perturbent pas trop le séjour ? Les informations diffusent tellement de nouvelles alarmantes...
- J'ai entendu dire qu'une grosse manifestation s'organisait dimanche. Mis à part ça, il y a des drapeaux catalans jaunes et rouges avec « Si ! » écrit dessus, un peu partout aux fenêtres pour signaler des séparatistes, ce qui ne nous gêne en rien. Les forces de l'ordre sont très présentes autour des bâtiments officiels et l'on assiste parfois à des mises en scène volontairement choquantes pour attirer la presse : hier sur la place du parlement de Catalogne, un vieil homme s'était

bâillonné et aspergé de peinture rouge vif ! Nous avons l'impression de vivre l'Histoire en marche !

- Les commerces et lieux touristiques restent ouverts ?
- Oui. Les manifestants nous ont juste un peu enquiquinés hier soir avec un concert de casseroles aux fenêtres... Cela a duré une heure ! Nous avons appris ce matin que c'était leur manière de protester contre l'emprisonnement de certains responsables politiques catalans.
- C'est folklorique, dites donc !
- Et sinon, quelles sont les nouvelles du bassin ?

Hermione prit quelques minutes pour la mettre au courant de la disparition de Pauline, non pour inquiéter Viviane, mais parce qu'elle faisait preuve d'une perspicacité aussi notable que sa légendaire curiosité. Très bavarde d'habitude, sa voisine restait étrangement silencieuse. Alors qu'elle lui en demandait la raison, son amie lui répondit, la voix grave :

- J'ai été témoin d'une scène que je dois vous dévoiler, afin que vous puissiez en parler à la police si vous le jugez nécessaire.
- De quoi s'agit-il ?

Hermione fut soudain plus attentive. Un soupir se fit entendre à l'autre bout du fil, tel un élan pour se donner du courage avant de poursuivre. D'une voix redevenue calme et déterminée, Viviane démarra son récit.

- D'humeur morose un jour de septembre, je suis partie en ville me changer les idées. À force de jardiner, entourée de mes chers compagnons végétaux, je finis par tourner en rond. Bref, je me rappelle que mes glaïeuls rouges étaient en fleurs, et le soleil cognait, j'avais donc mis un chapeau large. Après la classique promenade en front de mer, je suis allée au parc Mauresque profiter de la vue sur le bassin, puis en redescendant je me souviens être restée un certain temps à la Librairie Générale acheter de quoi occuper mes soirées. Les sorties littéraires sont un régal à cette période ! Oh, nous sommes sur la place Reial. Quels palmiers magnifiques avec quantité de perruches vertes ! C'est d'un exotique !
- Viviane, que s'est-il passé ce jour de septembre ? relança Hermione, perdant patience, voyant l'heure tourner.
- Oh pardon, je m'emballe. Donc, après la librairie, je suis revenue vers le boulevard de la Plage et je suis rentrée pour la première fois « Au Bonheur des dames » sur un coup de tête. Je n'avais pas vraiment besoin de quoi que ce soit, plutôt de me faire plaisir en m'offrant une parure violette ou vert pomme, vous voyez ? Le genre de sous-vêtements sexy que personne ne verra, mais que j'adorerais porter ! La patronne ressemble à Audrey Tautou, vous ne trouvez pas ? C'est une belle femme à la voix légèrement gouailleuse mais

qui dégage la douceur de ceux qui ont souffert. C'est du moins l'impression qu'elle m'a donnée en me questionnant pour comprendre ce que je recherchais, quelle était ma personnalité. Elle m'a paru très professionnelle, attachante, et je me rappelle m'être dit qu'elle avait une forme de fragilité dans le regard. C'était une femme sur le qui-vive. Je ne saurais vous expliquer pourquoi. Me voilà donc dans la cabine d'essayage en soutien-gorge pigeonnant d'un satin somptueux, quand j'entends la porte du magasin s'ouvrir, et un homme crier « Où es-tu ? Tu ne viens pas accueillir ton mari quand il te rend visite ? » avec le débit ralenti et la prononciation ramollie d'une personne qui a bu. Elle lui demanda de se taire, l'amena dans une pièce fermée à la clientèle, non sans me prévenir qu'elle s'absentait un instant, d'une voix effrayée, je vous assure. Puis il y eut du bruit…

- Quel genre de bruit ?
- Des objets lancés, tombés, brisés, explosés par terre. Tout ce qui pouvait lui venir sous la main a dû y passer. Puis des coups portés, des cris étouffés. Voilà ce que j'ai entendu. En petite tenue, j'étais non seulement terrorisée mais incapable de sortir nue pour secourir cette femme qui se faisait tabasser par son homme complètement saoul. Je ne saurais vous dire combien de temps cela a duré, une éternité pour elle qui subissait cette violence gratuite certainement. Dans ma loge, j'étais

totalement tétanisée, je priais pour que cela s'arrête, qu'il parte sans se soucier de ma présence. C'est ce qu'il a fini par faire, en claquant la porte avec cette dernière phrase : « Au moins tu te rappelles que tu as un mari ! Tu as intérêt de rentrer tôt à la maison ce soir, sinon… » Je l'ai entendue sangloter, me suis habillée à la hâte, et j'ai pris sur moi de tourner le panneau à l'entrée pour indiquer que la boutique était maintenant fermée. Elle était effondrée dans un coin au milieu de ses boîtes de lingerie, des vases brisés à terre. J'ai tout de suite vu qu'elle se tenait le ventre de douleur. La brute l'avait frappée où cela ne laisse pas de traces, vous pensez. Il avait soigneusement évité le visage, trop voyant. Je l'ai aidée à se relever, à se passer de l'eau sur les yeux et les joues, puis je l'ai faite asseoir. C'était une femme brisée qui sanglotait devant moi. Nous étions deux inconnues il y a quinze minutes, mais je me suis trouvée là à un moment où la violence conjugale n'a habituellement aucun témoin, se tapit derrière les rideaux du chacun chez soi. Le temps qu'elle se calme et retrouve ses esprits, je suis restée à ses côtés, tout en la questionnant. Comme toutes les victimes, elle lui cherchait des excuses. Le monsieur était déprimé de ne plus avoir de travail, avait perdu toute confiance en lui et picolait de la bière avec les piliers de bar du quartier quand ce n'était pas du whisky caché à la maison. Comme il n'avait plus de revenu, il était devenu jaloux de la réussite de sa femme, la persécutait jusque dans son magasin. Il délirait complètement sous l'emprise de l'alcool. Dévoré par la jalousie, il était persuadé qu'elle le trompait avec un homme à la carrière admirable ! Mais elle m'assurait que tout allait rentrer dans l'ordre le lendemain quand il aurait dessaoulé, que c'était un homme bon au fond, qu'elle l'aimait… Je lui ai proposé de l'accompagner à la police pour porter plainte, mais elle a refusé. Elle m'a dit du bout des lèvres qu'elle irait plus tard, enfin peut-être… J'ai bien compris qu'elle ne le ferait pas. Du moins, pas encore. Elle espérait trop qu'il change et se culpabilisait, favorisant son jeu de victime.

- Et puis ? souffla Hermione.
- Une fois calmée, je lui ai fait promettre de prendre soin d'elle, de ne jamais laisser quelqu'un porter à nouveau la main sur elle, et je suis partie, sans parure vert-pomme.
- Vous l'avez revue depuis ?
- Jamais. À plusieurs reprises, j'ai pensé prendre de ses nouvelles lorsque j'étais en Ville de Printemps, mais jamais je n'ai osé repasser sa porte et lui remémorer ce sinistre épisode. Je n'en ai parlé à personne. Quand vous m'avez informée tout à l'heure que sa fille avait disparu, tout est revenu. Il faut tout dire à la police Hermione. Son mari est un homme violent et dangereux. Qui sait ce qu'il a pu

faire à la petite sous l'emprise de l'alcool ? Bon, je vous laisse, le groupe part dans la vieille ville, je risque de les perdre… Tenez-moi au courant surtout !

Sonnée, les dernières paroles de Viviane résonnant encore dans sa tête, Hermione raccrocha, prit quelques secondes pour respirer et réfléchir à ce qu'elle allait faire. Puis elle composa un numéro le cœur battant.

*

Les yeux mi-clos, confortablement assis dans un fauteuil gris-bleu au dossier incliné, Anselme se reposait dans le salon de l'hôtel Impérial à côté d'un bouquet de roses fort odorantes. À demi assoupi, une musique aussi légère qu'un impromptu de Chopin le berçait avec douceur pendant cette pause volée au milieu d'une journée intense en émotions. Le piano à queue trônait, purement décoratif, et le coin des adeptes de whisky et cigares restait fermé à cette heure calme de l'après-midi.

Il se retrouva plongé dans la rue d'un village perdu du grand Ouest américain, à regarder les commerces aux façades en bois à la peinture écaillée, des pick-up garés des deux côtés de la route… Des dizaines d'individus autour de lui le fixent telle une star de cinéma, semblent le connaître et vouloir l'approcher, rentrer en contact avec lui, comme s'il était un gourou. La foule l'encercle, se presse autour de lui, Anselme s'efforce de leur échapper. De toute part, des hommes sourient, grimacent, et des femmes de tout âge, les yeux brillants d'une sollicitude gluante le caressent, cherchent à toucher ses vêtements, lui parlent et attendent une marque d'attention. Une bousculade s'ensuit et Anselme sent son bras droit agrippé avec violence, alors qu'on le tire par la chemise, et qu'une tierce personne lui tord la main gauche. Son hurlement le réveilla en sursaut. « Notre propre mort nous pousse immanquablement à quitter le sommeil pour interrompre un rêve insupportable, c'est un phénomène étrange » se dit-il. Mais quelles limites notre inconscient se fixe-t-il avant de sortir d'un cauchemar ? Quelles peurs intimes, quels dénis mis en place hors processus rationnel pour nous protéger et maintenir un équilibre précaire dans nos vies, se trouvent à ce point dérangés par la vérité nue orchestrée dans nos songes ?

En sueur après ce réveil brutal, il fit signe à un serveur de lui apporter un verre d'eau pétillante, bien fraîche. La sensation d'oppression encore présente dans son cœur, ses poumons, sa cage thoracique, il réalisa qu'il l'avait déjà ressentie dans la journée. À plusieurs reprises. Au-delà de l'étouffement, il s'était senti détaché de tout ce cirque. Chacun jouait son rôle, quémandait, flattait et culpabilisait pour exprimer une demande aiguisée, tranchante. Quel naïf il avait été ce matin ! Heureux de retrouver Martin, il souhaitait partager avec lui des joies simples sur une plage idyllique, au milieu des oiseaux migrateurs venus chercher sur le banc d'Arguin un espace de paix pour se reposer sur un périlleux chemin. Au fond de lui, il espérait revivre les moments bénis avec son fils enfant, avant que cet adulte combatif ne lui évoque un inconnu parvenu et colérique. « Nous sommes tous actifs dans une relation, n'est-ce pas ? Qu'ai-je raté à ce point pour admirer le juriste de renom et ressentir de l'écœurement face à sa soif de pouvoir et à sa capacité à mentir à la terre entière dès que cela sert ses intérêts ? Sa femme demande le divorce. Pourquoi ne suis-je même pas étonné ? La frêle Domitille a fini par en avoir assez de ses frasques à peine dissimulées et a claqué la porte avec ses enfants sous le bras ». Martin lui avait annoncé la nouvelle sans émotion apparente, entre deux remarques sur les sternes et le soleil mordant ce matin-là. Quel gâchis ! Être quitté pour ce que l'on est, pas pour quelqu'un d'autre… S'il était atteint dans sa fierté, il n'en avait rien laissé paraître. Anselme soupira avec lassitude, tant la situation le désespérait. L'argent et le pouvoir constituaient les moteurs de ce fils dont les zones d'ombre lui faisaient peur parfois, il devait bien l'avouer.

Que dire du déjeuner avec Adeline, sa femme, et Guillaume, son benjamin ? N'ayant pas eu le temps de repasser à l'hôtel, il était resté en tenue décontractée et Martin l'avait ensuite déposé à La Co(o)rniche en voiture. Un serveur l'avait guidé vers leur table. Idéalement située, elle embrassait la dune du Pilat à sa gauche, le banc d'Arguin au centre, la pointe du Ferret et ses blockhaus engloutis à marée haute à l'arrière. Ces derniers témoignaient du plan défensif de l'armée allemande lors de la Seconde Guerre mondiale sur ce site stratégique. Parmi les cent blocs de béton hideux érigés sur le bassin pour se protéger d'un éventuel débarquement allié, six furent construits sur la dune de Pilat et avaient glissé, jusqu'à rejoindre l'océan depuis des années. Ce patrimoine historique régalait les plongeurs, attirés par une faune marine d'une richesse incroyable à cet endroit. Un jour peut-être, il irait découvrir des araignées de mer, des congres ou des poulpes. Restait à trouver le courage de se lancer !

Le serveur les avait installés en lisière de piscine, avec vue sur les transats de teck, devant les passes. Adeline lui paraissait très tendue, malgré de gros efforts pour le cacher. Après trente-sept années de vie commune, des rougeurs à la base de son coup, un léger tic facial qui lui faisait cligner de l'œil de manière à peine perceptible, indiquaient à son conjoint que sous la maîtrise apparente, elle bouillait intérieurement. Quand il avait fait sa connaissance lors d'un bal, elle avait vingt et un ans et sortait tout juste de la propriété de ses parents, à dix kilomètres de chez lui. Leur association fut naturelle, elle allait de soi. De nature robuste, la silhouette ronde, sans attrait physique particulier, son énergie et sa joie de vivre l'avaient séduit. Dure à la tâche, saine, elle allait toujours de l'avant. Sa compagne avait appris le fonctionnement d'une entreprise, elle l'avait soutenu sans relâche, puis encouragé lorsqu'il avait pris des risques et développé leur patrimoine. Des secrets, il n'en avait pas eu pour elle. Sauf un. S’était-elle doutée de quelque chose ? Tout portait à croire que non. Il aimait se persuader qu'il la connaissait mieux qu’elle-même.

La conversation tourna pendant l’apéritif sur des sujets professionnels qui concernaient l’usine de caviar dirigée par son adjoint depuis sa désertion, et le réseau de franchise dont Guillaume avait la charge. Au moment du plat principal, à peine le serveur avait-il déposé son homard bleu rôti, risotto croustillant à l’artichaut et jambon bellota, Adeline l’avait fusillé du regard en lui demandant :

- La plaisanterie a assez duré. Tu rentres quand ?
- Mais… je n’en sais rien ! avait-il répondu avec honnêteté, interloqué par l’attaque frontale.
- Cette situation ridicule n’est pas tenable ! Je te rappelle qu’accessoirement tu emploies des centaines d'hommes et de femmes. Que tu te fiches de ce que ta famille ressent, en abandonnant tout ce qui constitue ta vie intime et professionnelle est juste scandaleux. Mais ces salariés qui travaillent pour nous, depuis des décennies pour certains, sont déboussolés, démotivés et, par-dessus tout, inquiets. Les bruits courent, tu penses bien, comme quoi tu serais atteint d’une maladie grave, voire incurable, pour partir comme un voleur !

Indifférent à la conversation conflictuelle qui se tenait à table, le serveur apporta deux magnifiques soles grillées à

Guillaume et son père, accompagnées d'un écrasé de pommes de terre à l'huile d'olive. Puis il leur souhaita un excellent appétit, et s'éloigna discrètement.

- Écoute, je comprends l'inquiétude de chacun, mais je vais très bien et…
- Non, tu ne vas pas « très bien » mon cher ! Tu as perdu le sens commun ! Que tu aies besoin de faire le point, de te reposer, je peux l'admettre. Les vacances sont faites pour ça. Mais ta démarche est tout autre : nous quitter du jour au lendemain, venir t'installer dans un palace en coupant les ponts sans te tenir au courant de tes affaires, voilà qui est fort de café ! Donc je le répète : quand reviens-tu à la maison ?
- Papa, c'est vrai, maman gère toute seule l'entreprise depuis quinze jours et les employés ont besoin de toi à l'usine, dit Guillaume.

Jusque-là, son fils était resté discret, comme en service commandé derrière sa mère. La première ligne étant découverte, il pouvait charger lui aussi, à sa manière, plus subtile.

- Et toi, comment t'en sors-tu avec le réseau ?
- Oh, moi, ça va. Voilà quatre ans que je pilote la franchise, je me sens à l'aise et cela me plaît. D'ailleurs, j'ai des propositions pour nous implanter au Japon, et j'aimerais que tu y jettes un œil pour me donner ton avis.

- Tu sais pertinemment que je ne suis pas favorable à une extension à l'international, dit Anselme d'un ton ferme, cherchant à tempérer son exaspération. N'essaie pas de faire comme si cela avait changé après quelques jours d'absence. C'est un gouffre financier, je te dis ! Nous exportons déjà avec succès par des distributeurs en qui j'ai toute confiance, qui connaissent leur marché et leurs interlocuteurs. Une boutique en propre est une pure folie, n'en parlons plus !
- Mais papa... Tu nous laisses gérer ou pas ? Si tu pouvais faire l'effort d'être clair à la fin !

Son plus jeune fils revenait à la charge, furieux, cherchant à se venger sur sa sole qu'il charcutait avec nervosité.

- Je m'offre une parenthèse, une respiration, une évasion, comme vous souhaitez l'appeler, parce que j'en ai besoin en ce moment. Je n'abdique pas. Si cela avait été le cas, je vous l'aurais fait savoir, rassurez-vous. Sur ce, je vous propose que l'on fasse honneur aux plats qui refroidissent. La matinée au banc d'Arguin m'a creusé l'appétit !

Il empoigna ses couverts, souriant à sa femme qui l'imita de mauvais gré. Comment la situation avait-elle dégénéré entre eux ? Les tranches de vie pendant l'enfance puis l'adolescence de ses garçons furent de belles et intenses années. Accaparé par son entreprise, Anselme s'attachait à passer le plus de temps possible avec eux, à leur transmettre sa passion pour la nature et les bêtes dont ils avaient la charge. Confrontés au caractère impétueux et colérique de Martin, ses frères cadets s'étaient construits en développant des traits de personnalité en grande partie pour se protéger de leur aîné. D'un tempérament rêveur, Antoine, l'artiste de la famille, s'isolait souvent dans son monde. Un papillon bleu, une feuille portée au gré du vent, ou un simple bruit de voiture le déconcentraient de ses devoirs. La peinture donnait à sa vie intérieure une dimension quasi mystique qui faisait sa force, mais allait de pair avec une hypersensibilité handicapante. Il avait rapidement quitté le circuit scolaire traditionnel pour se consacrer à sa passion. Si Anselme se remémorait avec les larmes aux yeux les câlins que son fils enfant lui prodiguait, il devait bien reconnaître que subvenir à ses besoins avait fini par lui sembler aliénant. Lui couper les vivres il y a cinq années pour lui permettre de prendre enfin son autonomie fut à l'époque une décision douloureuse, mais saine. Il avait tout de même vingt-huit ans ! Leur rendez-vous à dix-sept heures en ville le remplissait de joie. Ils étaient convenus de se retrouver devant les empreintes de pieds des navigateurs, façon Hollywood revisité, en face des cabanes de vente des circuits en bateau à la base de la jetée Thiers. Ils se voyaient trop peu à son goût. Antoine habitait à Aix-en-Provence, entouré de palettes de couleurs. Quant à lui, il s'occupait d'esturgeons et de canards dans les Hautes-Pyrénées... Il espérait qu'Antoine lui apporterait des photos récentes de sa petite-fille Lila, une adorable gamine blonde aux grands yeux bleus, pétillante et vive.

Que dire de Guillaume ? Il aimait son benjamin tout autant que ses frères, l'avait choyé, protégé comme un petit dernier, sans forcément lui donner toutes ses chances pour le convaincre de ses capacités à diriger. Il devait bien avouer qu'il n'avait pas voulu le voir grandir, d'où sa difficulté à lui faire totalement confiance. Peu de jeunes de son âge pouvaient se glorifier de gérer un réseau de quarante magasins en franchise à trente et un ans. Il se chargeait de le rappeler à son fils quand ce dernier se plaignait d'un manque d'autonomie pour décider d'orientations stratégiques. Anselme faisait de réels efforts pour lui laisser la main libre, mais un empire financier construit en presque quarante ans impose rigueur et prudence.

Depuis son départ précipité dont il leur cachait la raison profonde, leur incompréhension se traduisait par des réactions de peur plus ou moins violentes. Il devait porter à leur crédit que, à leur place, il aurait très probablement agi de la même manière. S'il devait assumer de jouer le mauvais rôle quelque temps pour être plus en phase avec lui-même, eh bien il l'acceptait. Un contradicteur lui aurait mis en avant son attitude égocentrée. Privilégier son équilibre, vouloir aller au bout de sa démarche sans se préoccuper des dégâts collatéraux, était-ce égoïste ? Maintenant qu'il savait, comment faire autrement ? Il n'aurait pas pu se regarder dans la glace s'il avait continué sa vie comme si de rien n'était. Dans quelques semaines tout rentrerait dans l'ordre, du moins il l'appelait de ses vœux.

Un air entraînant de Vivaldi le fit doucement sortir de sa torpeur. À sa gauche, de délicates roses et d'élégants arums voyaient leur blancheur rehaussée par le jaune flamboyant des marguerites. Il décida de monter quelques instants se rafraîchir dans sa chambre avant son rendez-vous en ville avec Antoine, espérant aussi retrouver son précieux livre *Noireclaire* de Christian Bobin, un exemplaire rare en vélin Rivoli. La poésie limpide de cet auteur contemporain le transportait et l'apaisait à la fois. Il l'avait égaré la veille sans arriver à en déterminer le lieu ni les circonstances. Gustave Bellerue lui avait conseillé d'en informer la direction de l'hôtel. S'il ne réapparaissait pas demain aussi étrangement qu'il avait disparu, c'est décidé, il s'en occuperait. Il enfila un polo noir sur un pantalon de toile camel. La joie de revoir son fils et l'espoir que tout s'arrange bientôt amenèrent un sourire sur ses lèvres. Léger et heureux en cet instant, il ferma sa porte et partit en sifflotant.

*

À cinq cents mètres à vol d'oiseau, Fanny Landon se réveilla en sursaut au bruit insistant d'un klaxon. Quelle heure pouvait-il bien être ? Bientôt seize heures... Elle avait failli rater la convocation à l'école ! Comment avait-elle pu dormir si longtemps ? Le souvenir cotonneux lui revint d'avoir rangé toutes les parures et robes livrées, certaines regroupées pour le défilé de samedi, le reste à sa place dans les armoires en bois lustrées, témoins de l'histoire de cette boutique. La douceur des matières l'avait apaisée. Elle s'était efforcée de se concentrer de manière rationnelle sur chaque carton, chaque étoffe, faisant des piles par taille, les sous-vêtements en dentelle d'un côté, les nuisettes de l'autre, les coloris vifs séparés des pastels, le confortable de l'affriolant. Puis la fatigue d'une nuit blanche et des épreuves l'avait rattrapée. À peine s'était-elle autorisé une pause, allongée sur le lit d'appoint dans sa pièce de stockage, que Morphée la happait en quelques secondes pour la plonger dans un sommeil sans rêves. À son réveil, son premier réflexe fut de regarder si sa fille avait appelé. Mais l'écran de son téléphone restait désespérément vide de toute notification.

Telle une marionnette guidée par des mains expertes, elle réussit à mettre son corps en mouvement. Elle se leva, vérifia son apparence dans le miroir, colora en trois coups sa bouche en rose, puis ferma la porte du magasin. Avant de marcher vers sa voiture garée non loin, elle fit un signe d'au revoir à Thibault qui la guettait discrètement en conseillant une cliente. Chaque geste lui demandait un effort, ses muscles chargés de toxines pesaient aussi lourd qu'une ancre. Elle fixa son attention sur le boulevard du général Leclerc, passa devant la gare, et fut agressée par un automobiliste qui l'insulta au rond-point. Elle ne s'était jamais habituée à la violence au volant de la part de personnes qui se sentent détentrices du pouvoir de vitesse. Chaque voiture et son conducteur symbolisent pour certains des obstacles qui les gênent dans leur course contre la montre. Il suffit d'être en retard pour un rendez-vous stratégique chez un client, d'être pressé de rentrer à son domicile après une journée harassante de travail, ou de retrouver un amant qui nous a manqué depuis des semaines, pour que l'autre, cet anonyme, devienne un exutoire à toutes les énergies négatives emmagasinées. Elles se libèrent alors sous des formes les plus insultantes, rarement originales, et trop souvent d'une vulgarité affligeante.

Sur la place de Verdun, elle contourna le monument dédié aux Arcachonnais morts pour la France durant la Première Guerre mondiale, complétés de ceux des victimes de la Seconde Guerre mondiale et des guerres d'Indochine et d'Afrique du Nord. L'édifice était constitué d'une ostréicultrice, d'un vieux résinier et des pleureuses sous la Victoire personnifiée, soutenue par des soldats dans leur linceul. Puis elle aperçut la façade du commissariat de police sur sa gauche. Une seconde, elle imagina s'arrêter mais se dit qu'elle passerait au retour. Elle tourna sur l'avenue de la République qui menait à l'église Saint-Ferdinand et à l'école de quartier de ses fils. Des nuages noirs se formaient à l'est, qui laissaient présager de l'orage ce soir. À peine garée, elle fut prise d'une sourde inquiétude en se remémorant les mots du directeur. Pour ne pas céder à l'affolement qui la gagnait, elle se força à respirer lentement, avec le ventre. Il avait dû exagérer, à l'âge d'Enzo, cela devait être une broutille ! Il l'attendait dans son bureau. Le visage d'habitude avenant et généreux de ce petit homme proche de la retraite paraissait soucieux, des rides profondes creusées sur le front. Il lui proposa de s'asseoir à une table ronde avant de prendre place à ses côtés, comme pour atténuer la portée de ce qu'il allait lui annoncer. Les deux mains jointes, les index contre ses lèvres, les traits anormalement crispés, ce qui n'augurait rien de bon, il laissa quelques secondes de silence déposer de perfides particules d'appréhension dans l'air. Une boule aux lames tranchantes œuvrait au fond du ventre de Fanny, tordu de crampes.

- Madame Landon, sachez tout d'abord que je suis sincèrement désolé d'avoir à vous convoquer aujourd'hui, dit-il d'une voix basse, protectrice.
- De quoi s'agit-il, monsieur Lepuech ? Qu'a fait Enzo de si terrible pour que vous me demandiez de venir séance tenante, comme s'il méritait la prison ?
- Je vous en prie, ne nous emballons pas. Vous savez que j'ai Enzo deux jours par semaine dans ma classe. Je le connais bien. C'est un enfant gai, vivant, bon camarade. Jusqu'à ces dernières semaines. Je ne vous avais pas prévenue, mais compte tenu des faits récents… je pense à la disparition de votre fille aînée, je me devais d'intervenir.

Un long silence s'installa de nouveau, qu'aucun des deux n'osa briser. Une sourde inquiétude montait sans que Fanny puisse l'empêcher, elle attendait qu'il poursuive.

- Comme je vous le disais, Enzo montrait des signes d'anxiété depuis plusieurs semaines. Cela s'est traduit par des réactions violentes, des cris, voire de l'isolement ou des pleurs. Je vous en avais touché un mot il y a dix jours. Vous lui aviez parlé, il s'était calmé. Mais ce matin à la récréation, Enzo a pincé un camarade au sang pour une histoire de ballon idiote. Et la maîtresse responsable de l'art plastique m'a apporté le dessin qu'il a produit en fin de matinée. Le voici.

Tétanisée, elle découvrit l'œuvre de son fils de cinq ans, signée de son prénom en bas à droite… Si la chaise ne l'avait pas soutenue, la sensation de tomber dans une crevasse sans fond l'aurait fait vaciller. La violence d'un coup en pleine poitrine lui aurait coupé le souffle avec autant d'efficacité. Une vague odeur de tabac froid stagnait dans la pièce, qui lui donna la nausée. Au centre de la page, un corps dessiné avec un feutre rose occupait les deux tiers de la hauteur. Son fils avait brossé d'une main maladroite une chevelure brune, des boucles d'oreilles rouges, une robe carmin, des larmes de sang démesurées. La femme se couvrait la tête de ses bras pour parer les coups portés par un homme immense aux traits noirs à sa droite, blond, plus grand qu'elle, des éclairs au bout des doigts, des cadavres de bouteilles posées à ses pieds. Dans le coin à gauche, protégés à l'intérieur d'un nuage gris, deux petits témoins, accroupis, les cheveux couleur paille. Des larmes grosses comme leurs poings dessinées sur tout le corps. Ils semblaient se cacher, avoir peur, la bouche en accent circonflexe, toute la misère du monde sur leur visage d'enfants impuissants. Derrière eux, les entourant de ses bras comme pour les protéger, une tête brune aux cheveux courts émergeait, paupières fermées. Il s'agissait selon toute vraisemblance de Pauline qui cherchait à les rassurer à l'étage, alors qu'ils assistaient terrorisés à une scène de violence. Dans un besoin inouï de transmettre cette scène vécue pour être compris, il avait tenu à écrire les rares mots qu'il connaissait, fort utiles dans le cas précis : « papa » sous le bonhomme noir, « maman » sous la femme battue. Paniquée, Fanny ne put prononcer un mot devant ce dessin par lequel son fils de cinq ans avait hurlé son désespoir. La situation était critique, et le directeur donna le coup de grâce d'une voix douce :

- J'ai prévenu les services sociaux, madame Landon. Les procédures sont rédigées ainsi, je n'avais pas le choix, croyez-moi. Reconnaissez-vous la scène ?
- Oui, chuchota-t-elle.
- Est-ce vous et votre mari qu'Enzo a dessinés, ainsi que son petit frère et Pauline ?

Elle hocha la tête, le regard tourné vers les platanes de la cour, incapable de croiser les yeux de son interlocuteur.

- Je pensais que les enfants ne voyaient pas, qu'ils n'entendaient pas... j'espérais qu'ils ignoraient tout et se sentaient protégés de tout ça, murmura-t-elle avant d'éclater en sanglots.

Monsieur Lepuech se leva pour lui proposer un paquet de mouchoirs. De longues minutes s'égrenèrent. Lorsque la sonnerie de son téléphone assourdie au fond de son sac rompit le silence, elle semblait calmée, avait recouvré ses esprits et prit l'appel. Le policier Cyrille Trousseau s'annonça. Elle lui demanda pleine d'espoir :

- Avez-vous de bonnes nouvelles ?
- Nous sommes en train de récupérer les informations contenues dans l'ordinateur de Pauline, et nous nous efforçons toujours de reconstituer son trajet, ses horaires, des rencontres éventuelles. Personne ne dit l'avoir vue en ville pour l'instant, mais nous continuons nos démarches pour retrouver certains employés de transport, ou de terrasse de café, qui sont en congés...
- Comme nous en avions discuté ce matin, nous avons collé des affiches d'appel à témoins. Vous allez forcément recevoir des appels.
- À propos de votre mari, madame Landon, je dois vous informer qu'il est interrogé au commissariat en ce moment même.
- Que lui reprochez-vous ?

Fanny retenait son souffle.

- Nous avons été mis au courant qu'il avait commis des actes de violence sous l'emprise de l'alcool. De plus, un signalement nous est parvenu dans la foulée par l'assistante sociale affectée à l'établissement scolaire de vos fils. Nous avons donc besoin d'investiguer. Il a demandé que l'on vous prévienne afin que vous puissiez aller chercher les garçons à l'école.
- Je suis sur place. Rassurez-le, je me charge de les récupérer, dit-elle froidement. Peut-on savoir de quoi vous l'accusez précisément ?
- Pour l'instant, comme je vous le disais, nous souhaitons juste l'interroger. Nous aurons également besoin de recueillir votre témoignage sous peu, madame Landon. Avez-vous des proches qui peuvent s'occuper de vos fils ?
- J'ai des amis qui pourront les garder.
- Pas de famille ?
- Non.
- Bien, rappelez-nous dès que vous serez disponible.

Durant la conversation, le directeur n'avait pas prononcé un mot. Lorsque Fanny se leva tel un automate, il proposa :

- Si je peux vous aider en quoi que ce soit…
- Vous en avez fait bien assez pour aujourd'hui !

Elle s'en voulut de l'avoir coupé aussi sèchement, mais ses ressources se vidaient à une vitesse croissante. Elle se sauva pour récupérer Enzo et Mathis qui l'attendaient tranquillement dans leur classe respective. Ses fils lui firent la fête, heureux que leur maman leur fasse la surprise de venir les chercher.

*

Le gendarme maritime basque Eneko Lissardy espérait de l'action pour sa première intervention en mer. Incorporé dans l'équipe de Biarritz depuis lundi, il sentait l'impatience le gagner. Pas de tempête ni même de houle ce mercredi 18 octobre, mais une attente interminable avant de démarrer l'approche de ce voilier qui naviguait dans les eaux espagnoles et était recherché par les autorités françaises. Depuis l'enfance, il rêvait de travailler en mer et de remplir une fonction physique en intégrant une organisation au service de la population, qui faisait respecter la loi. Ses amis surfeurs, restaurateurs ou commerçants avaient choisi, comme lui, d'allier ce lieu de vie avec un métier compatible. Il ne comprenait pas ses parents, ballotés au gré de multinationales qui avaient fermé leurs succursales en dehors des grandes métropoles pour faire toujours plus de profit, les obligeant à des trajets quotidiens longs et coûteux pour conserver leurs postes. Comme une majorité de jeunes de sa génération, Eneko s'était orienté vers un métier qui lui plaisait et lui laissait surtout le temps de faire du surf avec ses copains, de boire des canons dans les bars d'été face à l'océan. Il donnait un coup de main en soirée pendant la saison à la pizzeria de son ami Bixente. On pouvait dire qu'il profitait de la vie entre amis, sans stress professionnel ramené à la maison.

Les règles et la hiérarchie militaire lui apportaient un cadre rassurant, et l'ambiance sur le navire, véritable bureau en mer, n'était pas sans lui déplaire. À son arrivée dans cette unité des douanes, son capitaine lui avait confié sa devise personnelle issue de sa formation initiale en école de santé navale : « Sur mer et au-delà des mers, toujours au service des hommes ». Il espérait néanmoins avoir rapidement l'occasion d'arrêter des trafiquants d'armes ou de drogue, des contrebandiers, de protéger l'environnement en mettant à quai des bateaux qui pratiquaient le dégazage sauvage. En attendant, la fonction de police de navigation permettrait certainement de vivre des interventions chargées d'adrénaline.

Au large de la Galice, au niveau de Santander, son navire s'approchait du voilier blanc référencé comme celui de monsieur Chanson et ses amis, partis mardi matin en mer. Les baraques sur le littoral diminuaient à vue d'œil. Un cormoran les suivait au milieu d'un groupe de mouettes, toutes plus bavardes et bruyantes les unes que les autres. Lors de l'explication collective avant de quitter la côte, il avait compris que le skipper du bateau était suspecté d'avoir enlevé et de séquestrer une lycéenne disparue à Arcachon hier après-midi. La commission rogatoire avait mis quatre heures à être débloquée. Maintenant que les autorités espagnoles étaient prévenues, tout était en règle pour un accostage en bonne et due forme. L'objectif fixé par la police d'Arcachon, en lien avec la gendarmerie maritime pour cette opération, était simplissime : arrêter le voilier, monter à bord et vérifier la qualité des occupants, pour s'assurer de la présence, ou non, de la jeune fille. Doté d'une très bonne condition physique, Eneko appelait de ses vœux une interpellation musclée, pendant laquelle il pourrait enfin agir, se rendre utile, et prouver sa valeur. Arrivés à hauteur du bateau, lorsque le capitaine ordonna avec un haut-parleur aux marins de ne plus bouger puis de mettre leurs mains en évidence sur leur tête, ils obéirent l'air de ne pas comprendre ce qu'il se passait. La scène semblait trop simple à Eneko. Il monta à bord et maintint en joue les trois hommes éberlués pendant qu'un collègue inspectait l'habitacle. « Rien à déclarer, si ce n'est quelques boulettes de shit, mon capitaine. Aucun occupant dans la cabine ! » dit le gendarme maritime. En trois minutes chrono, tout était bouclé. Mais aucune trace d'une fille dans cet espace restreint. « Tu parles d'une première intervention ! Espérons que la prochaine fois, on arrête des trafiquants de cocaïne, au moins j'aurai un truc à raconter aux copains » se dit-il, dépité par la rapidité de cette intervention qui faisait chou blanc, mais fier du compliment que le capitaine lui fit, une fois la police de terre informée du résultat de l'opération : « Continuez comme ça Lissardy ! C'était parfait ». Puis il ajouta, amusé : « Ne vous inquiétez pas : vous tomberez sur de vrais méchants bien assez tôt… »

Pendant les heures qui suivirent à escorter le voilier jusqu'à son port d'origine, brûlé par le soleil encore fort à cette époque de l'année, il crut apercevoir un banc de dauphins au loin. Il pensa à la dénommée Pauline (il avait entendu son capitaine mentionner son prénom), toujours introuvable. Une ancienne petite amie dont il avait été follement amoureux portait ce prénom. Cette disparition le touchait au fond plus qu'il ne voulait bien l'admettre. Bien au-delà d'une simple opération de terrain sans intérêt, il se surprit à prier pour cette inconnue : « Protégez-la, faites que personne ne lui fasse de mal, et qu'on la retrouve saine et sauve au plus vite. Amen. »

Pour ne pas se laisser abattre, il se força à réfléchir aux préparatifs pour le dîner ce soir-là chez lui avec une dizaine d'amis à l'occasion de son premier jour de travail : feuilletés au piment d'Espelette et comté, tortillas aux poivrons, planches de jambon cru, fromage de chèvre accompagné de confiture de cerises noire d'Itxassou, et l'incontournable gâteau basque cuisiné par sa mère. Si la vie de gendarme ne lui plaisait pas autant que prévu, il savait qu'il pourrait se reconvertir dans la restauration !

*

Au commissariat, l'électricité dans l'air était palpable.

Alexia avait réceptionné l'appel du capitaine et informé Cyrille, toujours en train d'interroger Jérôme Sartoren, interpellé une heure auparavant à son domicile. Elle s'apprêtait à aller chercher monsieur Chanson pour boucler cette piste en bonne et due forme. La gamine n'était pas dans le bateau, mais ils devraient tout de même prendre les dépositions des trois marins du dimanche pour s'assurer qu'ils n'avaient en rien trempé dans sa disparition. L'aide à domicile responsable d'administrer les médicaments de son père et de préparer ses repas en son absence l'avait prévenue qu'il avait eu un malaise et se reposait maintenant dans sa chambre. Elle ne pouvait s'empêcher de penser que sa place était auprès de lui, malgré son travail. Le jour où une situation d'urgence l'obligerait à quitter son poste pour l'accompagner, elle serait contrainte d'en parler à l'équipe. Pour l'instant, moins elle leur en disait, mieux elle se portait. Loin d'elle l'envie qu'on la plaigne pour faire oublier sa mutation fort rapide dans ce commissariat. Cela lui valait encore des regards en coin, voire des conversations qui s'achevaient brutalement dès qu'elle rentrait dans une pièce. Alexia avait beau chercher à se convaincre qu'elle n'en avait cure, la réalité était tout autre. L'absence de soutien et de complicité avec ses collègues lui pesait de plus en plus.

Dans cette enquête, Christine Pintier, l'assistante de l'équipe se démenait pour les soulager des démarches fastidieuses. Si elle en croyait les ragots, elle s'était mise à la boxe après avoir quitté son mari qui la battait. Son nez en gardait des séquelles, qui tournait bizarrement sur la droite et lui donnait l'air d'un rugbyman égaré dans un commissariat. De nature plutôt revêche, avec des humeurs extrêmement changeantes, chacun en venait à évaluer la possibilité de se faire remballer avant de lui présenter une requête. Alexia rêvait parfois de glisser des médicaments qui soignent la cyclothymie pilés dans son thé, pour le bien collectif ! En attendant que Christine la prévienne d'aller chercher son ex-suspect présumé au port lorsqu'il arriverait sous bonne escorte des douanes, elle se dirigea vers la salle d'interrogatoire. Derrière une glace sans tain, en position d'observatrice, elle pouvait à la fois écouter et voir la scène sans possibilité d'intervenir.

Alexia imaginait sans difficulté ce qui avait pu séduire Fanny Landon chez Jérôme Sartoren. L'homme qui lui faisait face était grand, bien bâti, le visage poupon, tellement enfantin qu'il lui rappelait celui de ses fils. Son regard clair et droit plongeait dans celui de Cyrille de l'autre côté de la table en bois, celui d'un homme à qui l'on donnerait le Bon Dieu sans confession, à l'aise en toutes circonstances. Pourtant, les larges épaules s'étaient voûtées sous l'épreuve et les soupçons qui pesaient sur lui : alcoolisme, actes de violence sur sa femme, enlèvement, séquestration, voire meurtre sur la personne de sa belle-fille... Bien conscient que toute cette affaire prenait un tournant qui ne lui était pas favorable, il avait décidé de tout nier en bloc. Après son interpellation, les policiers l'avaient fait mariner seul dans une pièce, avant que Cyrille ne décrète qu'il devait être à point pour commencer l'interrogatoire. Il n'avait pas demandé d'avocat pour l'instant, comme bon nombre d'innocents présumés qui pensent sortir sous quelques heures. Lorsqu'il réaliserait qu'il ne pouvait pas prouver ses déclarations, il ferait comme les autres, et leur marge de manœuvre en serait réduite.

- Quelle heure est-il ? Je dois aller chercher mes fils à l'école !

Le ton du prévenu laissait supposer son niveau de déni quant aux charges qui pesaient contre lui.

- Nous avons prévenu votre femme, dit Cyrille, vaguement compatissant. Elle s'en occupe. Revenons à notre discussion, voulez-vous ? Nous avons besoin de reconstituer l'emploi du temps de votre belle-fille, et je dois bien avouer que pour l'instant, nous faisons chou blanc. Si Pauline est allée en ville hier après la classe, elle a forcément parlé à quelqu'un. Cette personne aurait dû venir au commissariat. J'ai bien du mal à croire que personne ne l'ait aperçue. Arcachon n'est quand même pas une mégapole ! Et pourtant, c'est le silence complet.
- J'ai imprimé des appels à témoins que nous avons affichés un peu partout avec Fanny et des voisins, cela devrait porter ses fruits !
- Pour être plus clair, je commence à me demander si Pauline n'est pas tout simplement rentrée chez

vous après la classe. Cela expliquerait que l'on ne retrouve sa trace nulle part en ville.

- Je vous répète depuis tout à l'heure que c'est faux ! Je suis sorti en ville sans mon mobile, puis j'ai été chercher mes fils à l'école à seize heures trente. Nous sommes allés faire des courses et, une fois de retour, j'ai pris connaissance du message que ma femme m'avait laissé. J'ai cherché à joindre Pauline en vain, appelé chez ses amis, mais personne n'avait de nouvelles. Là, j'ai fini par m'inquiéter pour de bon.
- Rappelez-moi à quelle heure vous avez prévenu votre femme...
- Un peu avant dix-neuf heures, je crois.
- Vous croyez, ou vous êtes sûr ?

Cyrille adoptait volontairement un ton provocant pour tester son témoin, d'autant plus qu'il avait déjà cette information.

- Je... je suis sûr... vous n'avez qu'à regarder dans mon portable.
- Cela vous arrive souvent de sortir sans votre portable ?
- Parfois, oui, ça vous étonne ?
- Comment décririez-vous vos relations avec Pauline ? demanda le policier en changeant de tactique.
- Disons qu'elle était plus proche de sa mère. Nos relations se limitaient au strict minimum ces

derniers temps, je vous l'ai déjà dit. C'était une ado…

- C'était ?
- C'est une ado. Ne me faites pas dire ce que je n'ai pas dit ! J'ai utilisé le passé car nos échanges ont déjà eu lieu, répondit Jérôme, montrant des signes de nervosité.

Cyrille faisait semblant de se concentrer sur ses notes, pour se ménager une pause avant de changer de sujet.

- Depuis votre déposition hier soir, les langues des voisins se sont déliées sur le fait que vous alliez souvent au bistrot du coin. De plus, nous avons reçu un témoignage tout à l'heure indiquant que vous avez tabassé votre femme à son magasin sous l'emprise de l'alcool.
- Qui vous a dit ça ? explosa Jérôme, soudain moins confiant.
- Je ne vous citerai pas son nom, mais cette personne est prête à témoigner. Si votre question est « Est-ce ma femme qui vous a prévenus ? », je peux vous rassurer : ce n'est pas elle. Elle couvre votre long déclin depuis que vous avez perdu votre travail, et j'imagine que, comme une majorité de femmes battues, elle espère encore que vous redeveniez comme avant…
- N'exagérez pas. C'est arrivé une seule fois. Et je ne l'ai pas « tabassée », nous nous sommes disputés, c'est tout. Je vous mets au défi de me citer un

couple chez lequel il n'y a pas une mésentente par-ci par-là.

- Je ne vous parle pas d'une dispute, je vous parle d'un homme qui bat sa femme sous le coup de l'alcool au point qu'elle se retrouve avec des bleus, se tord de douleur par terre et a besoin d'aide pour se relever après les coups. Donc cet homme-là, voyez-vous, lorsque sa belle-fille, avec laquelle il est en froid depuis quelque temps, disparaît, oui, nous lui demandons des comptes, car il est suspect !

Abasourdi par ces accusations à peine voilées, Jérôme sentit la transpiration humidifier son front. Il observa ses ongles comme s'il les découvrait pour la première fois. Puis il abandonna sa position de déni initiale, pour basculer sur une stratégie de défense qui s'imposait face aux éléments détenus par la police.

- Je n'ai pas fait de mal à Pauline, si c'est ce que vous insinuez !
- Où est-elle ?
- Mais je n'en sais rien ! Comment dois-je vous le dire ? Je n'y suis pour rien, moi, dans cette affaire ! Nous avons des soucis avec Fanny depuis que je ne travaille plus, je le reconnais. Mais qui n'en aurait pas après deux ans de chômage ? Vous avez déjà été sans emploi, vous ? Non, je le vois bien. Vous vous retrouvez inutile, humilié, rabaissé aux tâches ménagères. Malgré vos relances à vos anciens

clients et partenaires fidèles, plus personne ne vous rappelle, vous sortez purement et simplement du paysage professionnel, comme si vous n'aviez jamais existé… La majorité des gens met son réveil, s'habille pour aller travailler, eh bien moi, c'est pour emmener mes fils à l'école. Alors les jours où Pauline m'envoyait paître, oui, j'avoue, nous n'étions pas les meilleurs amis du monde. Mais cela ne fait pas de moi un tueur d'enfants pour autant !

- J'aimerais vous croire, monsieur Sartoren, je vous assure. Mais compte tenu des éléments qui s'accumulent contre vous, je vais avoir besoin d'un peu plus que ça.
- Bon, ça suffit, je ne dirai plus un mot tant que je n'aurai pas vu un avocat, lança Jérôme, désabusé, à bout d'arguments et conscient de la gravité de la situation.

Cyrille prit son temps pour se lever, puis rejoignit Alexia de l'autre côté du miroir. Alors que l'on entrait dans la deuxième journée de disparition de Pauline, les yeux du principal suspect, isolé dans cette pièce borgne, reflétaient un affolement croissant. Un sentiment de peur effroyable s'abattit sur lui, le broyant aussi sûrement qu'un casse-noix brise un cerneau en mille morceaux.

*

Tandis que Cyrille établissait son rapport après l'interrogatoire de Jérôme, Alexia se concentrait sur l'ordinateur de Pauline en attendant l'appel du port. L'état de santé de son père la souciait. Elle cherchait le bon moment pour s'éclipser sans avoir à se justifier. Dans ses fichiers, on pouvait trouver des photos, de multiples vidéos sauvegardées depuis son téléphone, ainsi que des chansons qu'elle affectionnait, quelques devoirs de français et d'histoire rendus au lycée, des dossiers de gestion élaborés en groupe. Rien d'intéressant pour l'enquête. Seulement des extraits de la vie sociale on ne peut plus normale d'une jeune fille comme des millions d'autres. Dans ses échanges sur les réseaux sociaux, elle eut plus de difficultés à s'y retrouver, car la plupart de ses conversations s'étaient probablement déroulées depuis son mobile, comme leur avait précisé sa mère. Sur les conseils d'un collègue plus spécialisé qu'elle dans ce type de recherche pointue, elle avait lancé une demande expresse auprès d'Instagram, Snapchat et WhatsApp, les principaux canaux de communication des jeunes, pour avoir les dernières interactions de Pauline. Elle se leva et dit à Cyrille :

- Je sors un moment. Ça m'insupporte d'attendre ! Tu as eu les autres en ligne ?
- Oui, ils continuent leur travail de fourmi. Pour l'instant rien de détonnant. C'est comme si la gamine s'était évaporée ! Franchement, je penche de plus en plus vers la thèse d'une dispute qui aurait mal tourné avec le beau-père.

- Tu le conserves en garde à vue, j'imagine ?
- Tu imagines bien. Et je vais demander une mise en examen par le juge.
- OK. De mon côté, j'attends l'appel du port pour réceptionner le marin du dimanche. Toujours aucune trace du mobile de Pauline, ce qui ne sent pas bon du tout. Les vingt-quatre heures sont écoulées, sa carte SIM n'a pas refait surface.
- Je sais. De moins en moins d'indices, et de plus en plus de risques que tout cela se termine mal…
- Au moins la presse n'est-elle pas encore sur le coup.
- À mon avis, ça ne va pas tarder. Si la mère parle pour faire un appel à témoins, tu peux être sûre qu'on aura des conférences de presse à gérer en plus de tout ça ! Je récupère mon fils après l'étude, je finirai mon rapport chez moi. Tu peux me joindre sur mon portable si besoin. Sinon on se retrouve demain.

Étonnée que son collègue livre pour la première fois une information personnelle, elle le trouva soudain plus humain. Quelques minutes de trajet en voiture plus tard, dans le quartier du Moulleau, elle ouvrit la porte d'une maison typique du coin, de plain-pied, avec des parements en briquettes roses sur la façade, nommée « Mon refuge ». Violette, la jeune aide-soignante de son père, l'attendait au salon.

- Il est toujours dans sa chambre. Mais ne vous inquiétez pas, cela va mieux. C'était un petit malaise sans conséquences. Je pense qu'il a fait une légère fausse route en mangeant...

Elle la libéra et entra retrouver son père, assis en pleine lecture du roman de l'année d'un écrivain à succès contemporain qu'il adorait. Son visage buriné par la mer et le soleil combinés se tourna vers sa fille en souriant.

- Alors, tu nous fais des frayeurs ? lui demanda-t-elle en l'embrassant.
- Oh, rien de grave. Violette n'aurait même pas dû t'en parler ! Je vais parfaitement bien comme tu vois.
- Hum... Laisse-moi deviner, l'intrigue de ton auteur préféré se passerait-elle à New York par hasard ?
- Je ne peux rien te cacher. Tu as beau ne pas l'apprécier, il n'a pas son pareil pour mener un thriller avec un suspense incroyable à chaque fin de chapitre. Et puis, ça me fait voyager, que veux-tu !
- Je vais finir par lire celui-là, au moins je me ferai une idée plus précise que celle des critiques.

Lorsqu'elle sentit qu'il fatiguait, elle quitta sa chambre, non sans l'avoir prévenu qu'elle devait ressortir sous peu. Cette pause salutaire la rassura sur son état de santé et lui redonna de l'énergie pour continuer les recherches. La sensation de marasme ne devait pas l'empêcher d'avancer, même à petits pas. Première impasse avec monsieur Chanson, aucune piste sérieuse en ville, un beau-père en garde à vue, et Pauline toujours introuvable. Le tableau finissait de la déprimer. Elle avait beau savoir que les travaux d'investigation comportent des hauts et des bas, que l'espoir d'un dénouement proche est intimement lié aux infimes indices et témoignages récoltés, elle n'arrivait pas à s'habituer à ces phases où l'on a l'impression d'être dans le brouillard, voire de reculer. Après un homicide, au moins peut-on travailler sur du concret, un corps, des traces, de l'ADN, des empreintes laissées par l'assassin que les techniciens détectent à coup sûr. Dans les cas de disparitions, elle supportait avec difficulté cette désagréable sensation d'enquêter sur du vent, avec des statistiques angoissantes qui ne vous lâchent pas. La tension emmagasinée lui tapait sous les tempes crescendo. Un cachet contre le mal de crâne vite avalé, elle ferma les yeux sur le canapé du salon. Au bout de cinq minutes, son portable sonna, qui la fit sursauter. Une voix masculine inconnue, habituée à donner des ordres annonça :

- Les douanes à l'appareil ! Nous vous ramenons votre suspect au port dans un quart d'heure devant la capitainerie. Vos collègues de la gendarmerie maritime seront sur place. À tout à l'heure !

Le temps d'écrire un mot à son père pour le prévenir qu'elle devait repartir, Alexia quitta son domicile sans fermer la porte à clé. Les pompiers avaient déjà dû briser la porte lors d'une précédente intervention pour sauver son père qui avait eu la présence d'esprit d'appuyer sur le bouton d'alarme pendu à son cou. La facture du serrurier lui avait laissé un douloureux souvenir. Elle s'était donc habituée à laisser tout ouvert, partant du principe qu'il n'y avait rien à voler, et que l'accès devait rester simple pour les secours en cas de besoin.

Son trajet quotidien entre le Moulleau et le centre-ville intégrait la Ville d'Hiver. Elle adorait cette partie d'Arcachon, témoin d'une époque ancienne. Des familles bourgeoises et leurs employés, mais aussi des malades atteints de tuberculose avant la découverte de la pénicilline, avaient séjourné dans les majestueuses maisons aux caractères très différents, véritables châteaux plus excentriques les uns que les autres, tout droit sortis de la fin du 19e siècle. À l'abri des courants d'air, dans une atmosphère hygiéniste étudiée, profitant de la protection des pins qui atténuaient le climat océanique, les tuberculeux venaient en famille des mois durant. Un sanatorium à ciel ouvert, qui donnait à Arcachon la réputation d'une ville de moribonds et de pestiférés, bien avant de devenir la station balnéaire huppée que nous connaissons. Le génie visionnaire des frères Pereire permit de transformer une dune boisée à deux kilomètres de la plage, en un village constitué d'une centaine de chalets. À l'époque, leur objectif était de rentabiliser la ligne de chemin de fer Bordeaux-La Teste, qui venait d'être prolongée jusqu'à Arcachon. Les trop courtes activités balnéaires estivales d'Arcachon pouvaient alors se poursuivre toute l'année.

Les mâts des bateaux cliquetaient, l’odeur iodée ainsi que les cris des mouettes indiquaient que le port approchait, lorsqu’un présentateur radio évoqua la journée internationale pour la résolution des conflits, concomitante à celle de la ménopause. Alexia ne put s’empêcher de sourire, toujours intriguée par le choix des thèmes tout au long de l’année. « Qui décide d’instaurer une telle journée ? » Des sujets de fond comme la paix, les premiers secours, la justice internationale ou l’éducation côtoyaient des thèmes aussi farfelus que le chat noir, le topless, la sensibilisation aux vautours, l’orgasme, le « parler pirate », la journée jaune ou la procrastination. Un jour glacé d’hiver, elle s’était amusée à lire la liste de ces journées si spéciales et fut étonnée que le vingt et un mars récolte la palme, avec neuf thèmes différents, sans aucun lien avec le printemps !

Sur sa gauche se tenait le port debout, cet alignement de bateaux de petite taille parqués sur trois étages. Elle continua vers la croix des marins à l'embouchure du port. Les pins et palmiers de ce bout de terre s’harmonisaient parfaitement avec le toit végétalisé de la capitainerie à l’architecture moderne. Cet emplacement stratégique permettait de surveiller les entrées et sorties de chaque embarcation. La brise de mer apportait jusqu’à Alexia l’effluve ensorcelant des immortelles des dunes, ces petits buissons aux fleurs jaunes à la senteur d’épices, de café et citron. Raymond Bouffin, l’adjoint du capitaine de gendarmerie maritime, l’attendait en plein soleil, accompagné de Patrick Meunier. Ce dernier lui sourit à sa descente de voiture. Lorsque le voilier de monsieur Chanson rentra dans le port, le capitaine des douanes leur remit l'ancien suspect avec les formalités d'usage. La policière ne put s'empêcher de lui trouver un air sympathique. Il ressemblait à un vieux loup de mer. La mèche éclaircie par le soleil, la peau bronzée, il semblait néanmoins soucieux. À sa place, Alexia se serait aussi inquiétée de ce que pourraient apprendre ses collègues de navigation, qui ignoraient tout de ses antécédents judiciaires. Il fit profil bas et se laissa embarquer avec les deux autres marins dans les locaux de la gendarmerie maritime pour un interrogatoire. Les trois amis livrèrent la même version dans des salles séparées et sentaient la bonne foi à plein nez. Partis mardi matin, ils avaient mis le cap au sud-ouest vers l'Espagne, n'avaient fait monter personne dans leur voilier et ne comprenaient pas ce qui justifiait ce retour anticipé sous escorte. La policière et les gendarmes leur expliquèrent la raison de cette démarche : une jeune fille avait disparu mardi ; ils devaient vérifier tous les bateaux sortis en mer ce jour-là. Ils se gardèrent d'évoquer le profil particulier de l'un d'entre eux. Leurs témoignages imprimés et signés, ils purent rentrer chez eux. Sur le trottoir, avant de parcourir les cent mètres qui le séparaient de son domicile, monsieur Chanson soupira. Il semblait enraciné, soulagé que son secret ait été protégé, mais paniqué à l'idée de l'explication à venir avec sa femme. À celle-ci, il ne pourrait pas se soustraire.

À l'intérieur, Alexia s'attarda avec l'équipe, qui demandait des nouvelles de l'enquête.

- Pour l'instant on patine sur place. Le portable de la gamine est toujours déconnecté, impossible de la géolocaliser. On ignore où la chercher avec précision ! Les témoignages des commerçants en ville ne donnent rien. On garde espoir, mais la thèse d'un drame familial reste la piste la plus chaude à l'heure actuelle.
- Et sinon, le travail avec Cyrille ça se passe comment ? lui demanda Raymond, une fois Patrick parti faire des photocopies.
- On bosse ensemble, c'est tout. Son espace personnel reste très étanche. Je ne le fréquente pas en dehors du boulot. Pour tout te dire, je le trouve plutôt froid et distant. Mais je ne suis pas non plus un modèle extraverti qui évoque sa vie privée à tout bout de champ !
- Il ne faut pas lui en vouloir s'il a une attitude fermée en ce moment. Depuis que sa femme l'a quitté avec son fils il y a six mois, il a la vie dure. C'est une mauvaise période pour lui.
- Bien sûr... On a tous nos moments difficiles, pas vrai ?

Elle fit un effort pour rester de marbre, alors qu'elle ignorait tout de la face intime de son collègue.

- L'important est de ne pas les imposer aux autres, de continuer à avancer, intervient Patrick. Si je peux me permettre, je pense que Cyrille cherche surtout à se protéger.

- Nos hélicoptères et les vedettes continuent leurs rondes sur le bassin, précisa Raymond. Aucun signe de bateau à la dérive, ou en mer sans raison la nuit, et heureusement pour nous, pas de corps non identifié... On se tient au jus !

À peine sortie dans la petite rue du Figuier, la policière respira à pleins poumons. Les fleurs de laurier amenaient un peu de couleur dans un tableau qui se troublait de plus en plus. Ils avaient clôturé une piste cette fin d'après-midi. Restait le beau-père, qui refusait d'avouer une quelconque implication, malgré l'affolement évident dans son regard lorsque son addiction à l'alcool fut démasquée. La lenteur de cette enquête allait la rendre folle ! Elle décida d'aller à son cours de self-défense. Se défouler avant de rentrer chez elle lui ferait le plus grand bien ! Sculpter son corps grâce à un entraînement cardio, puis appliquer une technique pointue alliée à un instinct défensif pendant des simulations d'attaques au corps à corps la laissaient épuisée, mais vidée des tensions accumulées pendant la journée.

*

En rendez-vous avec le responsable marketing de cette entreprise du bâtiment, Hermione était déconcentrée pour un rien. La collaboratrice au décolleté plongeant qui se levait, un rouge-gorge derrière la vitre, les feuilles orangées tombant des arbres, chaque voiture qui passait dans la zone industrielle de La Teste, tout était prétexte à sortir du sujet. Le bienfait de sa halte en thalasso se perdait à vitesse grand V. Hermione fit un effort énorme pour venir à bout des demandes du client et lui proposer une stratégie de communication en cette fin d'année. Au même moment, sur son mobile, des journalistes exigeaient des photos dans la minute pour boucler des articles à paraître le lendemain. Elle avait beau savoir que la réactivité faisait partie intégrante des relations presse, le travail dans l'urgence constituait une source de stress permanente. Peut-être faudrait-il embaucher un stagiaire pour la seconder ? Elle y réfléchissait sérieusement. Partir en vacances tranquille ? Impossible à l'heure actuelle. La connexion restait indispensable sous peine de perdre la confiance de ses clients ainsi que le réseau de journalistes développé avec ténacité depuis la création de sa société. Tout en les sachant versatiles, elle se devait d'entretenir de bonnes relations avec ces partenaires, faute de quoi elle ne trouverait plus dans leurs journaux les articles dont ses clients avaient besoin.

Les propos de Viviane virevoltaient sans fin dans sa tête, avec un écho assourdissant. « Sous l'emprise de l'alcool », « dévoré par la jalousie », « il la harcelait », « homme violent et dangereux ». De quel droit avait-elle prévenu la police ? Comment allait-elle pouvoir regarder Fanny dans les yeux après cela ? Devait-elle l'informer, ou laisser les professionnels faire leur travail ? Chacun ses compétences après tout ! Histoire de bien brouiller le peu de neurones opérationnels qu'il lui restait, l'image de cette femme enceinte au bord de la piscine la brassait plus qu'elle ne voulait bien l'avouer. Quand le sujet de la maternité cesserait-il de la troubler à ce point ? Son client, d'humeur à bavarder une fois le gros de leurs dossiers terminé, cherchait à prolonger la discussion. N'ayant pas la tête à cela, elle abrégea en prétextant une contrainte professionnelle impérative pour amener la réunion à sa conclusion.

Au milieu de ses gigantesques rectangles de tôle aux couleurs criardes, elle reprit la piste cyclable pour s'éloigner en direction d'Arcachon. En voiture ou à vélo, il lui suffisait d'emprunter la voie rapide vers la dune du Pilat à l'ouest pour rentrer en dix minutes à son domicile dans le quartier attenant de Pyla-sur-mer. Aujourd'hui, elle avait besoin de se changer les idées en pédalant un peu ; elle choisit un itinéraire plus long en passant par la forêt, puis les Abatilles et la vue superbe sur le bassin depuis le boulevard de l'océan qui longeait la côte.

Soudain lui revint à l'esprit la conversation du matin avec Yann à propos de Victor. Voilà l'occasion de rendre visite à son ami ! Peut-être pourrait-il l'aider à régler son conflit de conscience. Avant ses soucis de santé, elle serait passée chez lui à l'improviste mais, ce jour-là, elle l'appela pour vérifier s'il était disponible. Il accepta avec plaisir, en précisant tout de même qu'il fatiguait vite, aimable formulation pour lui faire comprendre qu'elle ne devrait pas s'éterniser. Un petit quart d'heure plus tard, elle garait son vélo dans le quartier du Moulleau, proche de l'église Notre-Dame des passes, en ligne droite sur la jetée. Victor l'attendait sur le perron de sa maison et se leva en l'apercevant. En jean et tee-shirt blanc, sa carcasse musclée tout en longueur bougeait avec lenteur. Une barbe rousse d'une semaine, peu structurée, lui mangeait le visage, de sorte que l'on se trouvait hypnotisé par ses yeux verts. En l'embrassant, Hermione se rappela l'enfant qu'il était sur la plage, tous ces étés partagés avant de déménager à Paris avec ses parents à l'adolescence. Aîné d'une fratrie de cinq, il avait très tôt aidé sa mère, lorsque son père avait abandonné la famille pour une jeunette. Rieur, généreux, bon camarade, il avait toujours su prendre des décisions, orienter un groupe en sollicitant l'avis de chacun, sans se faire d'ennemis. Du moins jusqu'à son épuisement lié à des relations conflictuelles à son travail, s'était-elle laissé dire. Son regard conservait une grande douceur, mais la détermination avait cédé la place au doute.

- Comment vas-tu ? lui demanda-t-elle en l'embrassant.
- Oh, cet après-midi, je me sens plutôt en forme. Je prends chaque heure comme elle vient, tu sais. L'une après l'autre, c'est encore la meilleure manière que j'ai trouvée !

Hermione le suivit jusque dans la cuisine, puis au jardin derrière la maison. Son hôte lui proposa de la bière ou de la citronnade au frais. Elle fut agréablement surprise en apercevant des saladiers remplis de fruits, poivrons, tomates et oignons. Son intérieur était rangé, simple et propre.

- Tu prends soin de toi, à ce que je vois…
- J'essaie. Sommeil, nourriture, c'est la base. En tout cas, c'est ce que me dit mon médecin.
- Tu es bien suivi ?
- De ce côté-là, je n'ai pas à me plaindre. Il cherche à bien comprendre le contexte et les symptômes avant de poser son diagnostic. L'avantage, c'est qu'il a accompagné plusieurs patients en burn-out depuis deux ans. Du coup, il connaît le mode d'emploi.
- C'est-à-dire ?
- Il prescrit des arrêts maladie suffisamment longs pour se rétablir. D'après lui, l'épuisement fait son lit sur une période qui se compte en mois, voire en années. Chaque patient doit accepter de lâcher prise le temps nécessaire afin de se soigner durablement. Certains confrères arrêtent par tranches de quinze jours… Et là, tu te sens juste un peu plus reposé, la date butoir approche et, par anticipation, tu te mets dans un état d'anxiété dingue à l'idée de devoir y retourner.
- Tu prends des médicaments ?
- J'ai un traitement pour relancer les neurotransmetteurs hors service, entre autres.
- Ils servent à quoi précisément ?

- Ces substances permettent à ton système nerveux de recevoir des informations qu'elles transmettent aux neurones. La dopamine, par exemple, c'est l'hormone du plaisir qui active le circuit de la récompense. La sérotonine, son truc c'est de réguler l'humeur, l'anxiété, le sommeil, et j'en passe.
- Je crois que j'en connais une : l'ocytocine, pour l'attachement, l'amour, voire même la spiritualité ! Je t'assure, je l'ai lu dans un article très sérieux dans le magazine *Elle* cette semaine !
- C'est ça ! Du coup, si tu rajoutes les endorphines pendant une activité physique intense, en cas de douleur ou d'excitation, tu peux même t'injecter légalement une drogue aux effets proches de l'opium qui joue le rôle d'antalgique !
- J'avais déjà entendu parler des grands sportifs qui ont besoin de leur dose... Mais comment peux-tu produire naturellement ces neurotransmetteurs sans antidépresseurs ? demanda-t-elle en sirotant sa citronnade, installée entre les fleurs éclatantes d'un bougainvillier et un arbuste zen japonais.
- Je prends mon traitement. Et chaque jour, je marche un peu, je m'arrête souvent, je regarde de bons films. Voir des amis me fait du bien aussi, même si je dois rester très attentif aux signaux de fatigue qui me rattrapent sans prévenir ! La convalescence sera peut-être longue, mais au moins je ne me sens pas embrumé par la chimie. Si

cela ne va pas, j'accepte ce qui est là, sans m'épuiser à lutter contre.

- Je ne sais pas comment tu fais…
- J'apprends… je n'ai pas vraiment le choix, tu me diras. Je mets mon cerveau de côté, comme l'on pose un plâtre sur une jambe brisée, afin qu'il se répare. Et je m'occupe du corps. Sans me projeter, sans objectifs. Je dors beaucoup. Je suis juste là, sans faire grand-chose. Je réapprends la lenteur ! C'est fou comme je vivais à cent à l'heure avant de craquer. Je le réalise un peu tard.

Dans une relative fraîcheur, les amis savouraient en silence ce moment paisible. Les pensées d'Hermione l'emportèrent dans des souvenirs d'enfance, insouciants, l'été sur la plage. Puis à son retour en tant que vacancière. Victor venait d'être muté au poste de capitaine suite au départ précipité de son prédécesseur, pour raisons de santé. Certains collègues lui en avaient tenu grief à l'époque. Victor avait la responsabilité de l'enquête sur le décès de la petite Capucine. Touchée par cette noyade, Hermione n'avait pu s'empêcher de rechercher des indices qui l'aideraient à élucider ce mystère. Cette curiosité mal placée avait porté ses fruits, mais aurait pu lui être fatale. Aujourd'hui, le sentiment de mal-être depuis l'appel de Viviane la tenaillait. Elle se sentait au bord de la nausée en pensant à Fanny Landon, sa cliente, qu'elle venait de poignarder dans le dos.

- Quelles sont les nouvelles de ton côté ? lui demanda Victor en reposant sa bière.

Elle prit alors une grande inspiration et raconta. Son travail exigeant, mais passionnant. Yann adorable, mais parfois trop protecteur, jusqu'à l'étouffer. Son bonheur de vivre ici. La liberté qu'elle s'accordait seule, ces pauses régulières, sorte de bulles en dehors du monde pour respirer, se retrouver, se ressourcer. Pauline disparue depuis un jour et demi. Et Fanny, la boutique de lingerie « Au bonheur des dames », le défilé VIP maintenu samedi. Viviane en goguette à Barcelone, témoin d'une scène choquante. Jérôme, le mari brisé par le chômage qui se venge sur sa femme et boit plus que de mesure, jusqu'à devenir violent. Son appel à la police pour les en informer. Pour dénoncer. Sa honte.

- Je n'arrive plus à déterminer si j'ai eu raison, tu comprends ?
- Viviane t'a bien donné son accord pour prévenir les forces de l'ordre si tu le pensais nécessaire ?
- Oui. C'est le problème. Si Viviane avait témoigné seule, je n'aurais pas à me justifier auprès de Fanny. Je me sens tellement mal vis-à-vis d'elle...
- Écoute, les policiers ont probablement déjà embarqué le mari violent à l'heure qu'il est, sous un prétexte simple : sa belle-fille est toujours recherchée ! À ta place, je ne m'inquiéterais pas de savoir s'ils ont indiqué leur source. Ils vont l'interroger pour qu'il avoue ses vices dissimulés.

Voire plus, s'il est réellement coupable. Si tu as besoin de te rassurer, contacte Cyrille Trousseau.

- Celui-là, c'est hors de question ! Il ne me porte pas dans son cœur depuis l'affaire Capucine, rappelle-toi !
- Je pense que tu t'inquiètes à tort. Écoute, tu peux toujours te renseigner auprès d'Alexia, sa jeune collègue arrivée il y a peu. Elle te donnera des nouvelles fraîches. Et tu pourras lui demander que ton nom n'apparaisse pas dans cette enquête, du moins pour l'instant. Bon, ne le prends pas pour toi, j'étais ravi que tu me fasses le plaisir de ta visite, mais là j'ai besoin de m'allonger… Quelle misère d'être un vieillard à trente-trois ans, dit-il d'un ton faussement léger en se levant pour la raccompagner. Repasse me voir pour me donner des nouvelles… Ou appelle si tu te fais du souci, d'accord ?

Après quelques coups de pédale pour se rapprocher du front de mer, elle réalisa que le soleil avait disparu derrière le Cap Ferret, éteignant les éclatantes couleurs et lueurs dorées du jour. Sur la plage du Moulleau, puis celle des Abatilles en longeant le parc Pereire, la marée descendait depuis une bonne heure, emportant ses tonnes d'eau au large de l'océan Atlantique, jusqu'au prochain cycle lunaire. Après un bon moment de marche les pieds nus dans le sable, bercée aux cris des mouettes et des cormorans, elle sentit son esprit éclairci et remonta en selle pour retrouver Yann.

Son vélo rangé dans la cave, elle claironna « C'est moi ! » et fut accueillie par une agréable odeur de sardines grillées, un de ses plats préférés. Yann les concoctait à la perfection, marinées avec des herbes de Provence dans de l'huile d'olive, puis cuites à la plancha, accompagnées de riz et de ratatouille. « Tu es là ? », demanda-t-elle à la cantonade, la cuisine éclairée mais vide, elle le chercha à l'étage. Rien dans leur chambre. Personne dans la salle de bains. Bon... Elle en profita pour se déchausser et se passer un peu d'eau sur la figure avant de redescendre. L'obscurité du salon l'étonna. Lorsqu'il lui parla depuis un fauteuil club, seul le découpage de son buste ressortait sur la relative clarté de l'eau, la bande sombre des pins du Ferret en arrière-plan. Elle sursauta.

- Je suis là, murmura-t-il.
- Ça ne va pas de me faire peur comme ça ! s'exclama-t-elle. Tu ne m'as pas entendue rentrer ?
- Si... Mais je t'ai surtout attendue, je craignais qu'il te soit arrivé quelque chose.
- Quoi ? Mais enfin, j'ai quitté le travail puis j'ai rendu visite à Victor, tu n'as pas à t'inquiéter, dit-elle en allumant la lampe rouge au coin du canapé, déstabilisée par son immobilité dans la pénombre.
- Eh bien, excuse-moi de me tracasser justement ! Tu ne réponds pas à mes messages, tu roules la nuit à vélo, je ne peux pas m'empêcher de m'angoisser pour toi, tu le sais parfaitement. Ça serait trop te demander de me prévenir pour me rassurer quand tu penses rentrer tard ? À moins que tu ne te

contrefiches de ce que je ressens, c'est peut-être ça ?

- Mais, enfin qu'est-ce que tu racontes ? Je n'ai pas consulté mon téléphone depuis la fin de mon rendez-vous à La Teste. Et tu veux la vérité ? Oui, cela me fait du bien de ne pas toujours avoir ce fil à la patte ! Tu me fais une scène digne d'un père à sa fille de quatorze ans qui revient après la permission de minuit, c'est dingue ! D'ailleurs, quelle heure est-il pour un tel psychodrame ?
- Vingt heures trente passées, répondit-il en se levant pour se diriger vers la cuisine.
- OK... Tu sais quoi, j'ai eu une dure journée. Et je suis passée voir Victor à l'improviste. On en avait parlé ce matin. Il t'embrasse. Si ça t'intéresse, je lui ai trouvé un bon moral, mais il se fatigue vite.
- Hum...
- Donc, tu n'en as rien à faire ?
- Tu es hors sujet pour éviter la discussion. Si l'on doit continuer à vivre ensemble, j'ai besoin de savoir si je compte pour toi, ou non. Parce que j'ai de plus en plus de mal à supporter un courant d'air qui disparait tôt le matin et rentre de plus en plus tard sans se préoccuper de son compagnon...

Estomaquée par l'attaque, Hermione se sentait aussi mal que s'il l'avait frappée physiquement. Comment ça « si » on doit continuer à vivre ensemble ? Yann se servait une assiette de sardines sans lui en proposer avant de s'affaler à la table de cuisine. Ce comportement était celui d'un étranger. Il aurait suffi de craquer une allumette pour que l'électricité statique présente dans l'air s'embrase pendant leur première scène de ménage. Les émotions et la fatigue des derniers jours remontaient à la surface : un rendez-vous difficile avec le directeur hyper exigeant de l'hôtel Imperial, la femme enceinte qui l'avait troublée au-delà de ce qu'elle voulait bien admettre au bord de la piscine, l'appel à la police après les révélations de Viviane. Et maintenant Yann qui lui faisait une crise de possessivité aiguë... Depuis leur emménagement ensemble au Pyla, le soir chacun racontait sa journée au salon, l'échange allégeait chacun des petits tracas quotidiens. Rien que le fait de les nommer, d'être écouté de manière attentive, inconditionnelle, permettait de faire place nette avant le grand nettoyage de la nuit. La bonne attitude consistait à crever l'abcès pour décoder la source d'une telle aigreur chez son compagnon. Pour cela, elle avait besoin d'énergie, et ses batteries étaient à plat. Demain, elle pourrait lui expliquer et, surtout, essayer de comprendre de quelle manière continuer leur histoire sans que l'un ne blesse l'autre involontairement. L'angoisse exprimée par Yann faisait resurgir la possessivité de son précédent conjoint, Ludovic. Elle l'avait quitté suite à une crise de jalousie maladive, lassée de subir des excès systématiquement suivis de demandes de pardon. « Jamais plus », s'était-elle dit à l'époque. Qu'arrivait-il à Yann, d'habitude si doux, attentif, pragmatique ? Ses cauchemars le persécutaient-ils plus qu'il ne voulait bien l'avouer dans la journée, en particulier depuis la disparition de Pauline ? Pourquoi n'était-elle pas capable de le rassurer quand il exprimait sa colère, son inquiétude profonde ?

- Écoute, je n'ai pas la force d'avoir cette discussion ce soir, dit-elle en prenant sur elle pour qu'il n'y ait pas de trémolos dans sa voix. On en reparle demain à tête reposée, si tu veux bien. J'ai besoin de liberté... J'étouffe vite. Donc je suis désolée si je t'ai blessé, c'était involontaire.

Ils dînèrent tristement, une première dans leur vie commune. Hermione se sentait désemparée. Chacun restait concentré sur ses couverts et les arêtes de sardines, le regard tourné vers le large. Un lourd silence construisait sournoisement un mur invisible entre eux. À l'extérieur, une brise de mer chargeait le ciel de nuages gigantesques aux formes inquiétantes. Une angoisse sourde montait telle la marée, inexorablement.

Pauline

Mercredi 18 octobre

Une bête grogne contre le mur depuis de longues minutes. Elle cherche à creuser, elle sent ma présence. Sanglier ? Renard ? Je sais qu'elle ne peut pas rentrer, mais ça me terrifie ! La nuit est de nouveau tombée. La fraîcheur revient, tout comme ces oiseaux qui hululent, ces animaux qui traquent une proie plus faible, se lancent à sa poursuite, les pupilles dilatées capables de vision nocturne. Je commence à avoir froid. Je vais devoir utiliser cette couverture miteuse qui pue l'humidité, remplie de poussière. Au moins, elle me tiendra chaud cette nuit. La faim n'aide pas. Un soir, à la maison, je me souviens avoir été empêchée de dormir, car je tremblais sans pouvoir me contrôler… Les jours précédents, j'avais essayé de moins manger pour perdre quelques rondeurs imaginaires. Et l'hypothermie m'avait très vite rappelé qu'un corps a besoin d'énergie pour bien fonctionner, mais aussi pour lâcher prise et tomber dans le sommeil sereinement.

Qu'est-ce que je fais là ? Impossible à localiser puisque mon portable n'a plus de carte SIM, au milieu de nulle part, et pourtant si proche si l'on me cherchait ! Mais qui s'inquiète de ma disparition ? Ma mère ? Obnubilée par son travail, incapable de m'écouter quand j'ai quelque chose à lui dire de vital, pour une fois ? Élodie ? Elle doit se faire un sang d'encre. J'aurais peut-être dû me confier à elle. Qu'est-ce qui m'a pris de lui cacher ce qui se tramait ces dernières semaines ? À quoi sert une meilleure amie si l'on garde ses espoirs et ses peines pour soi ? Mes frères ? Trop petits... Est-ce qu'ils pensent à leur grande sœur en se couchant dans leur chambre de pirate et d'aviateur ? L'histoire que je leur racontais avant la nuit doit leur manquer. Ne pas pleurer. C'est inutile. Au moins sont-ils en sécurité, eux. Je l'espère en tout cas... La vie est tellement remplie de saletés, de trahisons bien dissimulées, qu'ils peuvent se prendre une claque en pleine figure au moment où ils ne s'y attendront pas. C'est comme ça.

L'araignée a pris une mouche au piège cet après-midi. Je les ai scrutées un bon moment. Que faire d'autre ? Silencieuse, d'une agilité fascinante sur ses huit pattes, elle l'a enroulée dans un fil qu'elle tissait tout autour d'elle pour l'immobiliser, puis l'a imbibée d'un suc pour la tuer et l'a engloutie. Monstrueux. Je me faisais l'effet d'une voyeuse observant un prédateur minuscule porter le coup fatal à sa proie d'une naïveté confondante.

Deuxième nuit dans ce taudis. Loin de tous. Quand se

sont-ils rendu compte de mon absence ? Qui a donné l'alerte ? Je me demande bien... Demain le cours de gestion démarrera à huit heures au lycée. Ils apprennent tous à vivre sans moi. C'est terrible, mais c'est ma vie. Ma courte existence... À quoi bon penser à l'avenir ? Rien n'a de sens. Je vis chaque instant entre quatre murs pourris, au milieu des araignées, dans la poussière et la crasse de cet endroit où l'on n'entend jamais personne.

Chapitre 4

Jeudi 19 octobre matin

Inspirer, expirer, inspirer, expirer... Se concentrer sur le souffle, pas sur le point de côté qui lui tiraille le flanc gauche avec l'envie de s'installer. « Pourquoi ai-je autant de mal à courir ce matin ? », se demande Sophiane Lambrosso. Après vingt minutes sur la piste cyclable parallèle à la route, elle pénètre dans la forêt qui mène à la plage Robinson, au sud de la dune du Pilat, équipée d'une lampe frontale. Quelques cigales l'accueillent au son de leurs violons grinçants. La brise de mer fait bruisser les fougères dans tous les sens, telles des vagues vertes affolées. Le paysage prend un aspect inquiétant sous un plafond de pins de quinze mètres de haut. Elle fait attention à ne pas les toucher sous peine d'être piquée par des tiques, friandes de cet habitat. Ses cheveux blonds mi-longs maintenus en une lourde tresse, elle porte un short orange fluo et un haut rose qui reflètent la lumière, ce qui la rend visible des automobilistes. Ce matin, elle avait commencé plus tôt que d'habitude son footing quotidien depuis le quartier de Pyla-sur-Mer. Sportive, belle femme au visage de madone, la quinquagénaire avait toujours entretenu sa silhouette élancée et musclée, ce qui lui valait de paraître quelques années de moins. Fidèle à son circuit habituel, elle avait démarré côté terre, puis revenait en effectuant une boucle sur le sable meuble du bord de mer après s'être bien échauffée.

La sensation de fatigue n'avait pas de cause physique, malgré l'insomnie qui l'avait tenue éveillée jusqu'au petit matin. Elle subissait une profonde lassitude accumulée ces dernières semaines. Toute la nuit, elle s'était tournée et retournée, avait cherché à se calmer. Se forcer à ne pas regarder l'heure sur son chevet. Se dire qu'être là sans dormir, c'était tout de même du repos. À quelques centimètres, son mari était dans les bras de Morphée, tel un bienheureux. Elle avait découvert son aventure avec une trentenaire début juin. Ce n'était pas nouveau. Jusqu'à présent, lorsqu'elle le démasquait, il rompait. « C'est la dernière fois, je te le jure. Tu es pour toujours la femme de ma vie. Cette incartade n'a aucune importance à mes yeux, elle ne t'enlève rien. Je suis un imbécile narcissique qui a besoin du regard d'une autre pour vivre pleinement, me retrouver, me sentir vibrer, pour me nourrir des sensations enivrantes de ma jeunesse passée... Je suis tellement désolé que cela te fasse souffrir. Et puis quelle idée aussi de fouiller dans mon téléphone ? Je te promets de ne pas recommencer. Que dirais-tu de dîner dans cet excellent restaurant dont nos amis nous ont parlé ? Et si je t'offrais cette robe superbe qui t'avait plu en ville samedi dernier ? » Le scénario découverte/rupture/mea culpa/excuse/cadeaux était écrit depuis une bonne dizaine d'années, si elle en jugeait la date à laquelle elle avait mis au jour sa première infidélité. La fameuse crise de la quarantaine, on ne s'en méfie jamais assez !

Tous les magazines féminins traitent du sujet sans apporter de réponse valable à l'usure inéluctable d'un couple, voilà la vérité. Au-delà des premières années de pur bonheur, d'attirance physique et chimique irrépressible, l'arrivée des enfants soude les parents à vie, c'est évident. Leur amour s'était modifié avec le temps. La passion initiale avait laissé la place tout naturellement à la tendresse et la complicité d'un tandem partenaire de vie, qui élevait sa progéniture et bâtissait des projets ensemble. Lorsque son mari avait montré des signes de coquetterie inhabituels, voulait transformer sa garde-robe, achetait seul des sous-vêtements, et s'était absenté plus régulièrement pour des raisons professionnelles deux ou trois jours d'affilé, elle avait commencé à trouver ça louche. La technologie l'avait démasqué. Elle était tombée de haut en découvrant des SMS torrides échangés avec une nouvelle recrue au travail, l'avait confronté, fut dévastée, et pour finir, pardonna… Devait-elle se séparer d'un conjoint qu'elle continuait à aimer, bon père pour leurs quatre enfants, par fierté mal placée ? Ses amies la jugeaient perdue pour la cause féministe. Elle avait donc arrêté de leur en parler, faute d'une écoute compréhensive et bienveillante. Un sentiment de fatalité doublé d'une mélancolie soignée à grandes foulées quotidiennes avait remplacé l'abattement initial.

Des hululements de chouette la firent sursauter dans ce bout de forêt avant d'atteindre la plage. Elle devrait partir plus tard la prochaine fois. Les jours raccourcissaient vite. À presque sept heures, les ténèbres remplissaient encore ces fourrés. Se concentrer sur sa respiration, fixer le bassin et la ligne d'horizon au loin… Inspirer, expirer… Cette nouvelle amourette durait depuis trop longtemps. Elle découvrait de plus en plus souvent son mari en flagrant délit d'inattention, voire d'agacement, comme si le quotidien en famille lui pesait et qu'il s'imaginait dans un monde meilleur. Elle avait alors envie de le forcer à la regarder au fond des yeux et de lui crier « Si l'herbe était plus verte ailleurs, cela se saurait ! » Certainement le vert était-il plus tendre, plus doux, plus ferme mais, après la phase d'excitation liée au secret et à l'interdit de l'adultère, parce qu'elle devait appeler les choses par leur nom, que resterait-il de cette énième passade ? En attendant, elle le sentait s'éloigner d'elle inexorablement et devait agir sans tarder !

Absorbée par ses pensées, elle trébucha sur une racine, tomba et roula tout au fond d'un ravin de sable recouvert d'épines de pins, jusque dans un fourré de fougères. La lampe frontale, brisée dans sa chute, n'éclairait plus. Enveloppée par des nuances de gris et de noir, saoulée de hululements d'oiseaux nocturnes angoissants, elle aurait tout donné pour entendre quelqu'un dans ce bout de forêt. Une fois immobilisée, une douleur intense la fit crier, au-delà de la terreur. L'angle formé par son poignet droit, incliné de manière grotesque, était tout sauf normal… Affolée, elle cherchait à récupérer son téléphone portable en tâtonnant le sol de la main gauche, lorsqu'elle sentit une matière molle, longue de plusieurs dizaines de centimètres. Elle hurla et recula instinctivement, seule à cette heure matinale si près de la plage de Robinson. Elle devait pourtant retrouver ce fichu téléphone qui avait glissé de son étui au bras. Malgré la douleur, elle s'accroupit. Ses yeux s'habituaient doucement à l'obscurité. Ce qu'elle vit alors, loin de la rassurer, la fit hurler telle une bête en prise à un effroi irrépressible.

*

Cyrille dansait langoureusement le tango avec une créature de rêve, en totale communion avec la musique et le corps de sa partenaire. Au son des instruments à cordes, sur un rythme à quatre temps, il la guidait en marchant vers une direction imprévue. La belle fit claquer sa somptueuse chevelure bouclée, tout en laissant aller naturellement son poids en harmonie avec lui, selon une trajectoire aléatoire. Au loin, une sonnerie connue, décalée… Il perdit le tempo. La magie du moment fut rompue. Il se réveilla fort mécontent d'être arraché à ce songe si agréable, se retourna et attrapa son téléphone de service. Dans un demi-sommeil, il décrocha et se présenta encore cotonneux, étonné qu'il soit déjà sept heures compte tenu de sa fatigue :

- Ici le central, lui annonça une voix féminine. Une joggeuse vient de nous appeler : elle a trouvé un corps sans vie.
- Où ça ?
- Dans la forêt Robinson, juste au sud de la dune.
- Je connais l'endroit. OK, j'y serai dans quinze minutes. Prévenez les équipes techniques, qu'elles se rendent sur place immédiatement.
- C'est fait. Une ambulance arrive en parallèle, la femme est sous le choc et blessée.
- Attendez ! Vous a-t-elle précisé s'il s'agit d'un corps de sexe féminin ou masculin ?
- On l'ignore pour l'instant.

Le temps de se passer de l'eau sur le visage pour finir de se réveiller, il s'habilla. Les clefs dans la main, son arme de service contre son flanc, il allait ouvrir la porte d'entrée lorsqu'il réalisa que Raphaël dormait chez lui cette nuit. Impossible de le laisser seul dans la maison à huit ans ni de l'emmener avec lui sur une scène mortelle. Il se trouvait piégé. Une solution s'imposa : appeler Alexia pour qu'elle se rende sur le site à sa place. Il la rejoindrait peu après huit heures. À contrecœur, il téléphona à sa collègue et lui expliqua la situation. Si elle fut étonnée que sa femme ne puisse pas garder Raphaël, elle n'en laissa rien paraître. Il la remercia sincèrement de se montrer si coopérative, soulagé de sa discrétion.

Cette journée en milieu de semaine avec son fils en plus des week-ends leur permettait de garder le contact régulièrement. La veille, il avait interrompu son travail pour aller le chercher après l'étude à l'école. Ils avaient bien bavardé, se racontant leurs anecdotes respectives, puis ils avaient dîné en tête-à-tête devant une série que le garçon appréciait tout particulièrement. Avec innocence ou pas, Raphaël avait avoué que sa mère se disputait souvent avec son compagnon ces derniers temps, avant de passer à un tout autre sujet. Cyrille s'était bien gardé de lui demander des précisions alors qu'il en mourait d'envie. Il avait enregistré l'information et s'était autorisé à espérer... Bien qu'il sache lire de manière fluide, Raphaël adorait que son père lui raconte une histoire le soir. Ils maintenaient ce rituel précieux avant la séparation nocturne. Pour Cyrille, il était inenvisageable de laisser son fils se réveiller seul avec un mot sur la table lui disant de se débrouiller et d'aller chez la voisine qui l'amènerait à l'école. Le cadavre attendrait, et sa curiosité avec ! En son for intérieur, il espérait que le corps ne soit pas celui d'une jeune fille brune disparue depuis deux nuits. « Pitié, pas ça ! », se dit-il en réveillant Raphaël, ses pensées focalisées sur Pauline.

*

En route sur le boulevard de l'Océan, Alexia roulait à la vitesse maximum autorisée. Cinq minutes après l'appel de Cyrille, le temps de s'habiller, elle avait sauté dans sa voiture. Elle lui était reconnaissante de l'avoir sollicitée. Sortant de Pyla-sur-mer, au rond-point menant à la dune, elle continua vers le sud, en direction de Biscarrosse. Elle faillit manquer la discrète bifurcation vers la plage Robinson. Avec le peu d'informations communiquées par son collègue, elle se préparait à trouver une joggeuse affolée sur le site. Allait-elle découvrir le corps sans vie de Pauline ? Sa mâchoire se crispait à l'idée de devoir prévenir sa mère pour lui annoncer une nouvelle aussi terrible qu'insoutenable.

La jeune policière avait toujours pensé que l'on pouvait faire face à la mort de ceux que l'on aime de deux façons distinctes. La première consiste à les pleurer, à vivre dans le passé, le regret, la douleur, à se focaliser sur le vide ressenti dû à leur absence, et à se consumer dans la peine les longues années, voire décennies, d'une vie sans eux. La seconde se concentre sur chaque journée, « ici et maintenant ». N'est-ce pas plus facile si l'on arrive à intégrer le décès prématuré de nos proches sans tristesse, en se disant que, peut-être, les départs sont programmés, de parler d'eux au présent puisqu'ils sont lovés au plus profond de notre cœur, telle une famille invisible qui nous tient chaud, à laquelle on peut s'adresser et demander conseil lorsque l'on en a besoin ? Chaque personne en deuil fait du mieux qu'elle le peut pour continuer à vivre. Certaines blessures ne cicatrisent jamais. En cas de meurtre prémédité, sadique, par des esprits détraqués et pervers, comment pardonner ?

À peine sortie de sa voiture, elle entendit des sanglots compulsifs à l'entrée du sentier avant d'entrevoir un corps vêtu de rose et orange accroupi au pied d'un pin. Le visage de la joggeuse restait dans la pénombre. Seule sa tenue fluo se reflétait sous les lumières des phares.

- Je suis de la police, vous ne craignez rien ! annonça Alexia assez fort, se rapprochant d'elle. Je suis là pour vous aider. Une ambulance va arriver.

Avec sa lampe torche, elle découvrit une très belle femme, le regard tétanisé par l'effroi.

- Comment vous sentez-vous ? lui demanda-t-elle d'une voix douce. Votre poignet semble fracturé. Ne le bougez pas. Racontez-moi ce qui s'est passé et ce que vous avez vu.

Elle devrait rester avec le témoin en attendant les secours avant d'inspecter la forêt. Sophiane réussit à parler de plus en plus distinctement pour expliquer ce qu'elle avait senti, ce qu'elle avait pu voir dans la pénombre, sa certitude d'avoir été en contact direct avec un cadavre. Une fois son téléphone portable retrouvé, elle avait appelé la police pour donner l'alerte, paniquée, puis avait rebroussé chemin pour être visible. La sirène de l'ambulance se fit enfin entendre. Les secours prirent en charge la joggeuse qui serait amenée à témoigner une fois que des soins lui seraient prodigués. L'équipe de techniciens arriva juste après. Alexia put donc pénétrer dans la forêt. Sa formation l'avait préparée à ce type de situation. Il n'empêche, son cœur battait frénétiquement, sa poitrine faisant office de caisse de résonnance. Le front en sueur, un léger tremblement dans les mains, elle avança profondément dans les ténèbres, à la recherche de la scène mortelle, éclairant le sentier avec sa torche. Les derniers instants avant de trouver le corps, l'adrénaline envoie des doses qui permettent de tenir la pression, d'être rapide, efficace, et enrayent le phénomène de peur. Grâce aux instructions de Sophiane, trop choquée pour les guider, ils localisèrent sans difficulté le ravin rempli de fougères. Les techniciens scientifiques délimitèrent le périmètre et en bloquèrent l'accès pour fouiller le terrain à la recherche d'indices. Empreintes, traces corporelles, mégots, bouts de tissus, tout type de caillou laissé à son insu par un Petit Poucet assassin pourrait aider à reconstituer ce qui avait amené cette personne à se retrouver allongée, sans vie, au milieu des fourmis qui arrivaient en lignes serrées. La priorité au photographe. Il était chargé de prendre le maximum de clichés pour fixer la zone mortelle dans sa configuration globale (arbres, chemin, ravin, flore, luminosité, etc.), jusque dans les moindres détails : posture du corps inanimé, sur le flanc droit, le bras recourbé sur la tête, comme pour se protéger d'une éventuelle attaque, yeux grands ouverts, figés dans la stupéfaction. Si la science arrivait à extraire la dernière vision des pupilles éteintes à jamais, les enquêtes seraient fortement accélérées ! Puisque des chercheurs avaient réussi à identifier l'ADN des personnes présentes dans un espace fermé grâce à leur odeur, on pouvait espérer de belles avancées dans la police scientifique.

- Individu de sexe masculin ! annonça Cédric, un des plus anciens techniciens, à Alexia qui le suivait sans rien toucher, les chaussures recouvertes de chaussettes pour ne pas polluer la scène.

« Dieu merci », se dit-elle, allégée d'un poids sur le thorax. Elle envoya un SMS à Cyrille : « Homme sans vie retrouvé. Techniciens sur site ».

- Il me fait penser à un acteur ce type, pas vous ? demanda le photographe.
- En tout cas éluda Cédric, la raison du décès est liée aux blessures infligées au ventre. Le médecin légiste vous en apprendra plus. Pour l'instant, j'imagine bien la victime se prendre des coups de couteau par surprise, puis tomber avant d'atterrir en contrebas. Regardez l'empreinte sur les épines de pin ici, et les buis et fougères écrasés tout du long sur la pente là. On voit nettement que le corps s'est affaissé sur le chemin, puis qu'il a roulé (seul ou avec une aide, c'est à déterminer) jusqu'à sa position finale, bien camouflé. Vous pouvez remercier le témoin car, sans elle, on aurait pu mettre un bout de temps avant de le retrouver !
- Des empreintes ? intervint Alexia.

- Mis à part celles de la joggeuse, très marquées entre la route et l'endroit où elle a chuté, j'en ai aperçu des dizaines dans le sable mou, totalement inexploitables. Rien qui puisse nous ramener à l'auteur du crime.
- Celui qui trouve un couteau a gagné ma reconnaissance éternelle ! lança Alexia pour détendre l'atmosphère.

Chacun était concentré sur sa tâche, à la lumière des torches qui trouaient la nuit, balayant le sol de part en part. À l'horizon, la bande sombre du Cap Ferret les observait derrière la ligne verticale des pins. Méticuleux, les techniciens cherchaient des indices. Le photographe regardait la scène, distancé grâce à la focale de son objectif. Alexia tentait d'imaginer la scène pendant laquelle cet homme avait perdu la vie.

- Au fait, où est Cyrille ? Il est en congés ou son réveil n'a pas sonné ? demanda Cédric, un brin ironique.
- Contrainte personnelle. Il arrive un peu plus tard.
- Ça y est j'ai trouvé ! s'exclama le photographe en se relevant d'un bond.
- Quoi ? Tu nous as fait peur, merde ! l'invectiva Cédric, comme pour conjurer l'appréhension du noir qui les enveloppait.
- L'acteur dont je vous parlais. J'avais son nom sur le bout de la langue. Ça m'est revenu d'un coup : ce type, il ressemble étrangement à Sean Connery !
- James Bond ?

- Ouais, c'est ça. *Jamais plus jamais, On ne vit que deux fois, Goldfinger*. Vous avez forcément vibré devant un de ses films mythiques ! C'est un des acteurs les plus séduisants du monde ! Tous les mecs ont un jour rêvé d'être James Bond. Dire qu'il avait un sosie...
- Et que ledit sosie a fini un couteau dans le ventre au milieu des fougères sur la dune ! Ça ferait un excellent début de scénario, non ?
- Bon, les gars, si on veut retrouver le méchant qui a assassiné 007, je vais avoir besoin d'un peu plus d'informations, intervint Alexia. Une idée de l'heure du décès par exemple ?
- La rigidité cadavérique est déjà bien avancée au niveau des membres supérieurs et inférieurs, lui répondit Cédric. Je dirais au moins six heures. Mais tu verras avec le légiste pour avoir un horaire précis.

Cyrille venait d'arriver et prenait connaissance des lieux discrètement, laissant à Alexia la direction des opérations. Même pendant quelques minutes, il était fondamental de s'imprégner de l'atmosphère, des volumes, des distances, des odeurs, pour se mettre à la place de la victime, de l'assassin, afin de reconstituer le fil des événements. Avec la permission de l'équipe technique qui avait terminé son travail d'investigation, Alexia s'approcha du corps. Équipée de gants, elle entreprit de palper ses poches et le léger blouson qu'il portait. Elle en extrait un portefeuille en cuir.

- OK les gars. Le sosie de Sean Connery s'appelle en réalité Anselme Boquart, domicilié à Vic-en-Bigorre en Occitanie. Pas à côté de chez lui... Nous allons devoir détricoter la raison de sa présence sur le bassin et lancer une recherche dans les hôtels du coin.
- Il reste de l'argent dans le portefeuille ? demanda Cédric.
- Non, il est vide.
- Vous tenez peut-être le mobile ?
- Hum, crime crapuleux... Je ne sais pas vous expliquer pourquoi, mais cela me semble trop simple, intervint Cyrille.
- C'est vous qui voyez, on vous passe le relais ! rétorqua Cédric. Nous, on remballe ! Vous pouvez faire enlever le corps. On a prélevé tout ce que l'on pouvait, et franchement, on n'a pas pléthore d'indices pour l'instant. On vous envoie le résultat des analyses sous quarante-huit heures, comme d'habitude ?
- Sans vouloir te presser, demain matin serait idéal, répondit Alexia. On a une adolescente dans la nature depuis mardi, alors plus vite on pourra lire tes résultats, mieux ça sera.
- OK, M'dame. On fera notre possible. Vous n'auriez pas un assassin qui kidnappe des jeunes filles ?
- Déduction un peu rapide, mais intéressante. Je ne vois pas de similitude dans les deux affaires. On les gère de manières séparées jusqu'à nouvel ordre. Et

nous avons coffré notre suspect principal dans l'enquête sur la disparition de Pauline cette nuit...

- Donc ?
- Donc, soit on a fait fausse route et on devra le relâcher, soit le kidnappeur et le meurtrier sont deux personnes distinctes !
- OK, pigé. C'est juste que pour Arcachon, cela fait beaucoup coup sur coup ! Moi j'dis ça, j'dis rien, hein ?
- Oui, bon, ne le prends pas mal Cédric, mais je crois que je préfère quand tu ne dis rien finalement ! conclut Alexia avec son plus beau sourire.

Le corps d'Anselme fut emporté, direction la morgue de l'hôpital d'Arcachon. Alexia regarda sa montre : huit heures vingt. Ses yeux, habitués à la nuit, commençaient à y voir clair. À travers les pins majestueux, témoins silencieux du meurtre perpétré sur leurs épines, une douce lumière se diffusait, en total décalage avec la tragédie qui venait d'avoir lieu. Bientôt le soleil allait embraser une journée dont cet homme ne pourrait plus profiter. Son décompte de vie s'était brutalement arrêté. « Combien de matins vais-je me lever ? », se demanda Alexia. « Environ vingt mille si je meurs prématurément à cinquante-cinq ans, plus de trente mille si je dépasse les quatre-vingts ans. » Le chiffre paraît énorme mais, tel un sablier, le temps écoulé semble toujours trop court pour celui qui ne savoure pas la chance de se réveiller comme un présent. Cet homme ne pourra plus apprécier une douche chaude, sentir les effluves de café dans la cuisine tout en faisant craquer sa baguette fraîche, abandonner son visage aux embruns un jour de grosse mer, faire la planche porté par l'eau salée et les courants, boire un bon vin blanc avant d'entamer une douzaine d'huîtres, se glisser dans des draps propres aux agréables odeurs de lessive... Tout cela était bel et bien fini pour Anselme Boquart. Accompagnée par le roucoulement entêtant des tourterelles, Alexia rejoignit son véhicule garé dans le sable en bord de route. Elle monta le son à fond avec *Wild World* de Cat Stevens dans l'habitacle, et promit à Anselme de tout mettre en œuvre pour coffrer son assassin.

*

Un double expresso fumant devant elle, Hermione maintenait avec difficulté ses yeux ouverts après une nuit d'un sommeil trop léger et peu réparateur. « Hello, je pars à la cabane. À ce soir », avait écrit Yann sur un mot lapidaire juste signé et posé sur la table. Le souvenir de leur dispute la veille lui serrait la gorge et lui donnait envie de pleurer. Sa journée s'annonçait extrêmement chargée, avec un faible niveau d'énergie en ce début de matinée. Hier, plusieurs clientes de Fanny l'avaient contactée pour des précisions logistiques concernant le défilé (pouvaient-elles venir avec leur fille, leur mari, leur amant, leur chien ? Pourrait-on acheter sur place les modèles présentés ou les commander ? etc.). Le traiteur réclamait une confirmation du nombre de convives à quarante-huit heures de l'événement, du champagne choisi et rajoutait sournoisement une ligne de frais pour un extra non prévu. À rappeler fissa et à recadrer selon les termes du contrat.

Trois prospects stratégiques attendaient sa proposition de plan de communication assortie d'un devis d'ici la fin de semaine. Chacun demandait un début de prestation en janvier. S'ils retenaient tous son offre, ce qui était peu probable, elle serait dans l'incapacité matérielle d'assurer le service vendu, sauf si elle y consacrait nuits et week-ends. Elle espérait préserver sa soirée pour se réconcilier sans délai avec Yann. Face à tout le travail à abattre en un temps contraint, elle en venait à regretter sa longue pause la veille en thalasso. L'urgence de la matinée consistait à faire signer un contrat au directeur de l'hôtel Impérial afin d'acter les décisions prises mercredi. Comme elle avait trente minutes à lui consacrer, elle devrait forcer son esprit de synthèse.

Le regard vers l'horizon, elle vit passer trois corbeaux, qui se posèrent sur la pelouse. Malgré la température agréable dans la pièce, un frisson lui parcourut l'échine. Envahie par un souvenir terrifiant, elle repensa à l'appel de Viviane depuis Barcelone la veille pour lui demander d'arroser ses fleurs. La dernière fois que cet oiseau avait fait irruption dans son jardin, il n'avait apporté que des catastrophes, fidèle aux traditions millénaires qui le précèdent ! En espadrilles, elle sortit de chez elle précipitamment, s'assura qu'aucun volatile de malheur n'avait eu la mauvaise idée de mourir sur place, puis poussa le portail de l'autre côté de la rue. Elle était rassurée de savoir que l'horrible chien de Viviane soit absent, probablement mis en pension dans le quartier. Le nécessaire à jardinage l'attendait dans la cabane sous les glycines. Arroser au petit matin le magnifique parc que son amie entretenait chaque jour avec passion la calmait. Elle prit donc soin de donner à chaque arbuste un peu d'eau, se nourrissant en retour des couleurs vives et odeurs enivrantes, de la paix ressentie dans cette nature domestiquée, sans oublier citronniers et hortensias. Si son emploi du temps l'avait permis, elle aurait volontiers sorti une chaise longue pour s'installer dans un coin, fermer les yeux et respirer simplement, mettant de côté soucis et obligations. « Peut-être un jour ! », soupira-t-elle, se résignant à rentrer, déterminée à abattre chaque tâche l'une après l'autre pour venir à bout de cette journée marathon.

Peu de temps après, elle était installée dans son bureau quand son téléphone sonna :

- Cela tombe bien que vous appeliez, j'étais justement en train de compléter les termes de notre contrat, répondit-elle. Il traduit notre plan presse pour relancer les réservations et l'événementiel à l'hôtel Impérial, comme convenu !
- Vous pouvez rajouter une partie communication de crise, répliqua monsieur Carmel d'une voix paniquée.

- Pourquoi cela ?
- Un de mes clients n'est pas rentré cette nuit. Ce sont des choses qui arrivent. Je ne donne pas l'alerte d'habitude. Ils ont bien le droit de découcher, s'ils paient leur chambre. Mais celui-ci avait prévenu qu'il partait toute la journée avec sa famille fêter son anniversaire !
- Donc quel est le problème ? s'impatientait Hermione.
- La police a diffusé il y a un quart d'heure un avis de recherche aux hôtels du bassin pour savoir où séjournait ce client.
- Et ? relança-t-elle, espérant qu'il en vienne au fait avant la nuit.
- Et il est mort, assassiné !
- Dans votre établissement ?
- Non ! Pas chez moi, Dieu merci ! Vous imaginez le scandale si c'était le cas ? Je pourrais tout de suite mettre la clé sous la porte !
- Bon, calmez-vous. Si je résume, vous souhaitez que j'intervienne pour minimiser l'effet médiatique négatif de ce... fâcheux événement, c'est bien cela ?
- Oui. Faites vite, c'est urgentissime ! conclut-il d'une voix plaintive.

Elle prit le temps de rajouter un paragraphe sur la prestation demandée, avec en bas de page un montant agréable à l'œil et imprima le contrat.

Trois minutes plus tard, elle était en route vers la Ville de Printemps, excitée par cet imprévu.

*

Revenus au commissariat de police sitôt le corps d'Anselme emporté, Cyrille et Alexia avaient déclenché un avis de recherche qui porta ses fruits sans attendre. Ils montèrent ensuite chez leur supérieur, Didier Longblanc pour l'informer des événements récents. Ce dernier décida que la jeune policière serait en charge de l'enquête sur l'assassinat de monsieur Boquart puisqu'elle s'était rendue sur les lieux la première. Cyrille se consacrerait à retrouver Pauline saine et sauve après déjà deux nuits d'absence. Ce dossier constituait la priorité numéro un des équipes. Le binôme devait se seconder avec intelligence, chacun reportant au commissaire sur l'affaire qui le concernait le plus. Étonnamment, Cyrille accepta cette répartition sans broncher. Inquiète de sa réaction, sa collègue le regardait en coin pour s'assurer de son soutien lorsque Didier Longblanc l'annonça. Il hocha la tête sans protester, soulagé qu'elle l'ait remplacé avec brio et discrétion ce matin.

- J'attends de l'efficacité, une rapidité d'exécution, et des rapports réguliers sans que j'aie besoin de vous les demander ! Cyrille, je compte sur vous pour me ramener la petite au plus vite. Quant à vous, Alexia : ne me décevez pas !

Ils laissèrent leur supérieur appeler le procureur, maintenant que des éléments concrets pouvaient lui être communiqués sur cet homicide, puis convoquèrent séance tenante tous les effectifs disponibles pour un point collectif. Avec deux enquêtes sur les bras à la veille des vacances de Toussaint, il était indispensable qu'un maximum de policiers occupe le terrain dans les prochains jours. Cyrille avait prévu de demander à certains collègues de décaler des congés dès le soir même pour effectuer des heures supplémentaires. Sans surprise, ils allaient grincer des dents, quels que soient ses arguments. Cette décision allait s'appliquer à lui-même, ce qui allait immanquablement provoquer des remarques acerbes de sa femme et une vive déception pour son fils s'il ne pouvait pas l'emmener au Futuroscope dimanche. Ils se réjouissaient tellement de ce voyage tous les deux ! Mais une priorité de service, cela ne se discutait pas. Il avait choisi ce métier pour être sur le terrain et avoir la satisfaction de participer au maintien de l'ordre dans cette ville. La contrepartie était claire depuis le début : des horaires légaux de travail fixés impossibles à respecter et des heures supplémentaires cumulées non récupérables. L'effervescence des fonctionnaires de police pouvait se sentir en entrant dans la salle de réunion. Certains étaient déjà au courant qu'un touriste avait été assassiné. D'autres débarquaient avec un café serré, prêts à être secoués par le brief du jour.

- J'espère que vous êtes au maximum de votre forme, car je préfère vous le dire d'emblée : nous avons du travail sur la planche les jours qui viennent, démarra Cyrille. Oui, je sais, nous avons tous une famille à retrouver, certains ont posé des congés. C'est mon cas, figurez-vous ! compléta-t-il face à la grogne des effectifs. Plus tôt nous aurons résolu ces affaires, plus vite nous pourrons rentrer chez nous !
- En ce qui concerne Pauline Landon, la jeune fille a disparu et reste introuvable depuis deux nuits. Aucun signal mobile pour le moment, ce qui laisse à penser que sa carte SIM a été déconnectée. Nous ne pouvons pas la géolocaliser. Élodie nous a indiqué que son amie était distante, perturbée ces dernières semaines, sans en connaître la raison. Pas de petit copain identifié pour l'instant. Des difficultés scolaires liées à sa dyslexie, non reconnue par un de ses professeurs qui s'en est excusé, mais sinon, rien à déclarer. Pauline est donc partie à quatorze heures trente boulevard Deganne vers l'ouest, en direction du centre-ville. Depuis, personne ne l'a vue. Sa mère a déposé des avis de recherche en ville mercredi en fin de matinée, aidée de voisins, avec son mari Jérôme Sartoren, le beau-père de la jeune fille. Où en est-on des appels à témoins, Christine ?
- On reçoit un peu de tout et n'importe quoi, patron ! Difficile de démêler les illuminés qui l'ont

aperçue au même moment en terrasse au restaurant Chez Pierre, au Cap Ferret à L'Escale, à Bordeaux au musée du vin et au marché de la Teste. À les croire, la petite aurait des dons de dédoublement ! Je vous passe les détraqués qui cherchent à connaître des informations personnelles sur Pauline. Certains ont besoin d'une oreille qui prête attention à leur vie gâchée... Je les expédie et leur explique que le Samu social, c'est pas chez nous ! Aucun n'est fichu de décrire précisément comment la gamine était habillée, sa taille, si elle avait un sac, était accompagnée, enfin des détails crédibles et utiles, quoi ! C'est le problème avec ces affiches pour trouver des témoins à l'initiative des parents ! On est abreuvés d'appels totalement farfelus au lieu de se focaliser sur des pistes plus sérieuses !

- OK, Christine, merci pour ton travail précieux, l'apaisa Cyrille, conscient que leur assistante pouvait vite partir en escalade négative et polluer le *briefing*. On continue à répondre à chaque appel. Des témoins fiables peuvent tomber sur les avis de recherche dans les prochains jours. Avançons dans le bilan : peu avant seize heures, très remontée, Pauline contacte sa mère, Fanny Landon. Elle veut passer la voir, sans dire pourquoi. Madame Landon refuse, car elle est très occupée avec sa consultante en communication Hermione Belgarde.

- Chef, cette Hermione, est-ce la même que dans l'affaire Capucine de Chamfleury ? demanda Guylain, très introverti d'habitude. Je me rappelle que vous étiez furax, car elle s'immisçait dans l'enquête à l'époque... Elle n'était pas suspecte d'ailleurs ?
- Oui, c'est elle, répondit Cyrille, sans s'éterniser. Bon, revenons à nos moutons : Jérôme Sartoren appelle sa femme peu avant dix-neuf heures pour lui signaler la disparition de sa fille. Elle nous contacte en suivant.
- L'enquête de voisinage a fait ressortir un dénommé monsieur Chanson qui avait d'anciens antécédents de violence, compléta Alexia. Il était parti en mer mardi matin avec deux amis, qui valident tous son alibi. Pauline ne se trouvait pas dans le bateau intercepté par les douaniers basques. C'était une fausse piste.
- Entre-temps, Hermione Belgarde nous a appelés pour déclarer un témoignage d'une proche, Viviane Longcoeur, actuellement en voyage à Barcelone, reprit Cyrille. Celle-ci l'a informée qu'elle avait assisté à une scène au magasin de Fanny Landon. Cette dernière aurait été brutalisée par son mari. Il était saoul et aurait proféré des menaces à son encontre. Elle est prête à passer devant un tribunal si besoin. Des voisins attestent également de l'alcoolisme de monsieur, au chômage depuis deux ans. Et pour finir, le directeur de l'école primaire

des fils Landon a signalé un dessin de l'aîné, décrivant très précisément des violences du père sur leur mère. Avec ces éléments, nous avons décidé d'interpeller Jérôme Sartoren hier après-midi. Je l'ai interrogé. Il nie avec beaucoup d'énergie être impliqué dans la disparition de Pauline, bien que leurs rapports soient tendus ces derniers temps.

- L'enquête informatique, ça donne quoi sinon ? demanda Manuel, son côté organisé et zélé prenant le dessus. Vous aviez récupéré l'ordinateur de la fille, non ?
- C'est exact, répondit Alexia. Je viens tout juste de recevoir un mail des techniciens à qui j'avais envoyé une requête : ils confirment qu'elle entretenait une conversation régulière avec un individu de sexe masculin, d'après le pseudo utilisé, et qu'ils avaient rendez-vous en ville mardi après-midi.
- Je suppose que l'homme en question possède une adresse mail qui protège son identité ? Pas du style « prénom.nom@opérateur.fr », bien trop commun, demanda Maud, la jeune recrue qui travaillait avec Guylain.
- Tu imagines bien, trancha Cyrille. Nous n'avons pas pu mettre la main sur le contenu des messages, seulement sur les titres. Le dernier s'intitulait « notre rendez-vous », comme ça, c'est clair. Reste à identifier l'inconnu et l'objet de cette rencontre.

Rendez-vous galant ? Traquenard orchestré par un obsédé ? Simple rencard avec un ami qui n'ose pas se manifester par crainte d'être suspecté ? Nous sommes encore dans le brouillard, je dois bien l'avouer…

- Patron, mis à part la piste du beau-père alcoolique, si la gamine n'avait pas d'ennemi au lycée, et qu'aucun témoin n'est franchement pertinent, avez-vous envisagé qu'elle ait pu faire une mauvaise chute dans le bassin ? demanda Lisa, d'une voix douce qui contrastait avec son physique imposant.
- Nos homologues de la gendarmerie maritime ont exploré cette piste. Ils continuent à effectuer des recherches sur mer et à sillonner le bassin avec des hélicoptères. À l'heure actuelle, Pauline semble s'être volatilisée. C'est très déstabilisant et inquiétant. Nous ne pouvons exclure qu'elle ait fait une rencontre inopportune.
- On ne peut quand même pas arrêter toutes les personnes louches, intervint Lisa.
- C'est exact. En revanche, nous tournons en rond sur son mobile. Qu'est-ce que la jeune fille voulait dire à sa mère de visu ? Elle s'est disputée violemment avec elle sans lui donner le motif de l'échange qu'elle exigeait. Fanny Landon n'a aucun début de piste à nous fournir.
- C'est sûr que si elle ne nous dit même pas que son mari la tabasse quand il a bu un coup de trop, on

est mal barré pour qu'elle nous aide, non ? ricana Manuel pour détendre l'atmosphère

- Je te dispense de ce genre de commentaires, trancha Cyrille d'un ton qui ne supportait aucune réplique. Cela ne fait vraiment pas avancer l'affaire ! Madame Landon fait du mieux qu'elle peut à l'heure actuelle.
- Donc on continue dans quel sens, chef ? demanda Guylain.
- Continuez vos recherches de fourmis pour trouver des témoins en ville, dans les stations de bus et à la gare. Je suis persuadé que cela va finir par payer.
- Mais une autre affaire démarre, non ? Comment voulez-vous que l'on se répartisse les rôles ? demanda Lisa.
- Maud et Guylain, vous mettez le paquet pour débusquer un indice, un témoignage fiable, un chauffeur de bus, une mamie qui se promenait, un serveur, qui vous voulez, mais quelqu'un qui ait vu Pauline accompagnée, seule, heureuse, effondrée, à vélo, en voiture, bref, tous les morceaux qui permettront de remettre le puzzle en place et de la retrouver au plus vite. Notre commissaire l'a réaffirmé ce matin : c'est notre priorité ! Chaque heure compte et nous éloigne d'une issue positive, vous comprenez ?
- Et donc, nous on travaille sur quoi ? interrogea Manuel, son corps sec tendu, le visage en avant.

Alexia lui répondit fermement pour que tous

comprennent qu'elle était responsable de cette seconde enquête :

- Tôt ce matin une joggeuse a découvert le corps sans vie d'Anselme Boquart sur le chemin qui mène à la plage Robinson, entre la route et le bassin. La victime avait cinquante-huit ans, était originaire de Vic-en-Bigorre. L'assassin l'a transpercé de plusieurs coups de couteau. Un avis de recherche lancé auprès des établissements hôteliers entre autres a permis d'apprendre qu'il séjournait à l'hôtel Impérial. Je réquisitionne donc Lisa et Manuel sur le terrain pour mener l'enquête avec moi sur-le-champ. Le corps est chez le médecin légiste à l'heure qu'il est. J'espère avoir un rapport au plus vite sur l'heure du décès et l'ustensile avec lequel il a été tué. Avec ces informations, nous pourrons avancer.
- Et moi ? Personne ne me réquisitionne ? demanda Christine, vexée.
- Tu nous seras plus précieuse ici, à réceptionner les appels de témoins sur Pauline, lui répondit Alexia. J'ai besoin que tu fasses des recherches sur la victime : situation professionnelle, femme, enfants, maîtresses, ennemis potentiels, réseaux, pratiques religieuses, problèmes d'argent, tout ce que tu pourras trouver d'utile, d'autant plus que je vais devoir prévenir la famille sans tarder.
- C'est comme si c'était fait ! rétorqua Christine avec son plus beau sourire, persuadée d'avoir plus de

pouvoir derrière son ordinateur que ses collègues sur le terrain.

- Le brief est terminé. Chacun sait ce qu'il a à faire. Ne perdez pas de temps, il est précieux ces jours-ci, clôtura Cyrille, le visage crispé.

Comment allaient-ils faire face à ces deux enquêtes simultanées ? Et si la boutade de Cédric avait un début de commencement de vérité ? Si l'assassin du touriste avait également enlevé Pauline ? Un tueur fou, tapi dans l'ombre... Pure extrapolation. Rien ne permettait de le penser. Mieux valait procéder avec méthode pour chacune des affaires. Si un dangereux psychopathe avait décidé d'œuvrer sur ses terres, la dernière phrase prononcée pendant le briefing résumait tout : la course contre le temps ! En revanche, s'ils devaient faire face à un troisième homicide, ses équipes se trouveraient en sous-effectif. Ils auraient besoin de renfort. Rester calme, en maîtrise et organisé, la clé de son succès résidait dans ces mots. Aucune raison que cela change !

*

Fanny respirait doucement, enveloppée d'une réconfortante chaleur, le poids de la couette sur son corps, le bras droit d'Enzo abandonné sur sa poitrine, Mathis, en position fœtale, la tête blottie dans son cou. Immobile pour préserver le sommeil de ses fils, elle cherchait à étendre cet instant à l'infini. Le malheur n'avait jamais empêché le soleil de se lever. Le jour perçait à travers les volets. Il devait bien être huit heures trente. Tant pis pour l'école. Elle n'avait pas le cœur à les presser en ces heures grises. Être ensemble, se serrer les uns contre les autres, cela au moins la faisait se sentir vivante. Ils avaient posé de nombreuses questions hier en rentrant après la classe. Comme il lui avait coûté de leur mentir ! Impossible de leur avouer la vérité. Sa fille disparue, son mari en détention, les services sociaux à sa porte, elle devait se rendre à l'évidence : la vie qu'elle avait construite pierre après pierre avait explosé. Désagrégée. Détruite. Cerise sur le gâteau, elle se retrouvait exposée aux yeux de tous !

La chambre de Pauline désespérément vide, silencieuse, la radio éteinte, les signes de son absence lui vrillaient le cœur. Où pouvait-elle être à cette heure-ci ? Qu'avait-elle de si important à lui dire mardi ? Quelle idiote elle avait été de refuser de lui répondre... Qui sait, on n'en serait pas là aujourd'hui si elle avait fait passer sa fille avant son travail. Si cela pouvait se résumer à cette monumentale erreur de jugement, elle allait en porter la responsabilité toute sa vie.

Que se passe-t-il dans la tête de nos enfants ? Quelle part secrète de leur vie nous échappe ? Lorsque l'image d'une mauvaise rencontre affluait à son esprit, elle renvoyait l'inconcevable au loin. Cela ne pouvait pas être cela. Pas à sa fille. Pas ici. Dans d'autres villes, d'autres campagnes, d'autres pays, avec d'autres déséquilibrés. Les horreurs avaient forcément lieu ailleurs. Cela ne pouvait pas arriver dans notre vie.

En attendant, les voisins devaient bien rigoler, le visage collé aux voilages tirés derrière lesquels ils vous observent sournoisement sans être vus. Elle ne voulait pas savoir qui avait dénoncé l'alcoolisme de Jérôme. C'était la vérité après tout ! Elle avait été trop faible pour s'y opposer, le faire changer, le détourner de cette drogue légale dans laquelle il avait perdu sa fierté et cherchait à oublier son naufrage professionnel. Aurait-elle été capable de changer le cours de l'histoire ? Paniquée par l'abandon, elle avait coûte que coûte soutenu ses efforts, tenté de le rassurer alors que le problème venait d'elle... Comment pouvait-elle l'aider ? Alors qu'ils étaient en couple, Jérôme avait continué à travailler plusieurs années quatre jours par semaine dans la capitale, ce qui permettait de maintenir son réseau. Avec le temps, il n'avait plus supporté d'être séparé d'elle et des garçons, avait résilié son studio parisien et s'était installé à Arcachon. Ce fut le début de la fin. Les commandes de scénarios se raréfièrent, il perdit deux gros contrats, le téléphone ne sonna plus pour lui.

Ses garçons dans les bras, Fanny se sent coupable de n'avoir rien dit. Fautive d'avoir cru en ses multiples demandes de pardon après les soirs de beuverie. Comment avait-elle pu supporter les premières violences verbales, les humiliations répétées, suivies d'objets lancés avec l'intention manifeste de la toucher. Jusqu'au crescendo inéluctable, les coups portés pour la punir de sa propre réussite qui ne faisait que souligner la déchéance de son mari. Le tort de ne pas avoir détecté une relation toxique entre son mari et Pauline lui revenait-il ? Sa responsabilité dans l'effondrement de sa famille pouvait-elle aller jusque-là ? Une larme glissa sur sa joue et mourut dans son cou. Elle risquait de réveiller Mathis... Elle se sentait coupable de ne pas avoir réagi lorsqu'il dépassa les bornes. Mais était-il possible que Jérôme s'en soit pris à sa fille pendant une crise de fureur alcoolisée ? Si tel était le cas, qu'avait-il fait d'elle ensuite ? Son esprit refusait de croire à cette version. Alcoolique, mari violent, elle devait regarder la vérité en face et en convenir. Mais il restait un père aimant, un beau-père patient et présent, affectueux pour sa belle-fille. Aurait-elle pu être aveugle à ce point ? Si sa voisine acceptait de garder les garçons un moment, elle irait le voir ce matin. Elle saurait lire au fond de ses yeux s'il avait fait du mal à sa petite fille.

*

Quelques minutes après la fin du point avec l'équipe, Alexia se gara près de la plage Pereire avec Lisa et Manuel. En saison, ils auraient eu bien du mal à trouver une place disponible. La beauté naturelle du paysage, la possibilité de profiter de la mer après le travail, une météo agréable six mois de l'année constituaient des avantages évidents à vivre dans une station balnéaire huppée. Les aoûtiens envieux oubliaient souvent que ces bons côtés allaient de pair avec des inconvénients non négligeables : les prix courants suivaient les pics touristiques (la population était multipliée par dix en été) et le coût de l'immobilier devenait prohibitif, peu éloigné des tarifs parisiens, ce qui contraignait les locaux à habiter dans les villages alentour. Quant au centre-ville, il était impératif de l'éviter en voiture pendant les périodes estivales si l'on voulait garder son calme, voire arriver à l'heure.

- Dis donc, je ne cracherais pas sur des vacances dans un hôtel de ce standing ! souffla Manuel à sa coéquipière, émerveillé par le faste du lieu.
- Atterris ! lui répondit Lisa. Ton salaire de flic suffirait à peine à régler la note d'un week-end dans ce palace.

L'atmosphère feutrée de l'établissement était perceptible à chaque endroit où se posait le regard. Lustres grandioses, colonnes en marbre, bouquets élégants dans tous les coins, salons intimistes avec fauteuils en velours colorés, senteur de cèdre, tout respirait le luxe et le raffinement. Une créature à la crinière blond vénitien, toute droit sortie d'un défilé de Victoria Secret, se dirigeait vers l'entrée au bras d'un riche septuagénaire. Ce dernier, fier qu'une jeunette aussi splendide l'accompagne quelque temps, était-il dupe de cette affection intéressée ?

- Je vous rappelle que l'on est là pour enquêter, pas pour prendre l'apéro, dit Alexia en allant se présenter à l'accueil.

Ces endroits avaient le chic pour la mettre mal à l'aise. Trop beaux. Trop élégants. Trop chers pour le commun des mortels. Trop clivants pour ceux qui sont nés dans un simple milieu de pêcheur où l'on se lève à l'aube pour nourrir sa famille. Dépenser une fortune pour dormir et être servi comme un prince la dépassait. Le directeur de cet établissement prestigieux ne fut pas long à apparaître. Taille moyenne, musclé, nerveux, son regard inquiet transperça Alexia lorsqu'ils se serrèrent la main. Pressé d'évacuer les forces de l'ordre du hall de réception où ses clients circulaient en ce début de journée, il demanda à Alexia de ranger sa carte tricolore. Puis il les orienta dans un salon privé décoré dans des dégradés de vert avec quelques touches couleur framboise, dont il ferma les portes une fois des cafés commandés pour ses convives.

- Merci de vous rendre disponible dans un délai aussi court, monsieur Carmel, dit Alexia. Nous enquêtons sur le meurtre d'Anselme Boquart et allons avoir besoin d'informations le concernant. Je vous serai reconnaissante de nous faciliter la tâche.
- Soyez assurés que je vous aiderai de mon mieux, répondit le directeur. Si je peux me permettre une requête, pour des raisons évidentes de quiétude de mes pensionnaires, je vous demanderai de rester

discrets. La réputation d'un établissement de notre standing est si fragile…

- Bien entendu. Plus vite nous mettrons la main sur l'assassin de votre client, plus tôt vous pourrez refermer cette mauvaise page.
- Parfait, dit-il soulagé. Ma conseillère en communication gérera les relations avec la presse, je préfère vous en informer.
- Son nom ? demanda Manuel.
- Hermione Belgarde. C'est une professionnelle et…
- On connaît, l'interrompit Manuel, un regard en coin à Alexia.
- Oh, c'est aussi bien. Nous nous en tiendrons au strict minimum. La mort de notre client a eu lieu à l'extérieur, Dieu merci, et nous coopérerons avec vous dans le cadre de l'enquête.
- Vous devez comprendre que la police organisera des conférences de presse, intervint Alexia. J'entends votre préoccupation légitime concernant l'image de marque de ce palace, mais que les choses soient claires : un homme a été assassiné cette nuit. Il est hors de question que quelque information que ce soit filtre des employés de votre établissement. Sommes-nous bien en phase monsieur Carmel ?
- Oui, bien sûr… bafouilla-t-il, dépassé par les événements. Je les réunirai ce matin pour exiger leur totale coopération avec vous. Et je leur

interdirai de s'épancher auprès des journalistes sous peine d'être renvoyés.

Un serveur frappa à la porte ; le silence se fit pendant qu'il disposait quatre expressos sur les tables basses, agrémentés d'une assiette de mini-viennoiseries et chouquettes.

- Depuis combien de temps monsieur Boquart résidait-il à l'hôtel Impérial ? demanda Alexia, qui se laissa tenter par un croissant.
- Il est arrivé il y a deux semaines, le 3 octobre au soir.
- Était-ce un client régulier ?
- Première fois chez nous... et dernière, malheureusement.
- Connaissez-vous la raison de son séjour ?
- À l'écouter, il avait besoin de repos, de tranquillité. Il souhaitait faire une pause dans une vie professionnelle exigeante.
- Dans quel domaine travaillait-il ?
- Vous n'avez pas entendu parler de l'entreprise Boquart ? demanda le directeur, comme pour souligner son ignorance crasse. C'est une référence dont nous sommes fiers dans la région !
- Eh bien, je vous laisse éclairer ma lanterne.

Alexia resta imperturbable, un sourire de circonstance qui n'atteignit pas ses yeux, alors qu'elle imaginait lui appliquer une prise de krav-maga surprenante et douloureuse pour lui faire cracher des informations plus rapidement.

- La multinationale Boquart est spécialisée dans les produits du terroir landais, en France, mais aussi à travers le monde. Les franchises Boquart, cela ne vous dit vraiment rien ? demanda-t-il d'un air désolé… Bref, son PDG s'était diversifié dans le caviar d'Aquitaine, au goût bien spécifique avec des notes de noisette et d'iode. Notre restaurant en propose à la carte d'ailleurs, si cela vous tente un de ces jours de le découvrir. Une pure merveille…
- On élève du caviar en Aquitaine ? s'étonna Manuel.
- Tout à fait ! Figurez-vous qu'au 19e siècle, l'esturgeon abondait dans la Garonne et la Dordogne. On le pêchait pour sa chair. Mais ce sont les émigrés russes au début du 20e, qui ont appris aux pêcheurs à s'intéresser à leurs œufs, puis leur enseignèrent les techniques de production du caviar. Depuis les années 90, l'élevage permet de répondre à la demande et d'exporter ce produit d'exception. De nos jours, les Russes adorent tester nos spécialités locales, et…
- Revenons à notre victime, s'il vous plaît, l'interrompit Alexia en regardant ostensiblement sa montre.
- Bien sûr. Vous trouverez des informations qui le concernent en tapant son nom sur Google sans problème.

- Que pouvez-vous nous dire sur ses fréquentations à l'hôtel ? Avec qui dînait-il ? S'était-il lié en particulier avec certains pensionnaires ?
- Je n'ai pas pour habitude d'espionner ma clientèle, et nous avons eu beaucoup de départs et arrivées ces quinze derniers jours, je dois dire...
- Peut-être votre personnel de salle saura-t-il nous renseigner, suggéra Lisa, restée silencieuse jusque-là.
- Oui, vous pourrez interroger Odile sur ce point. Je peux vous dire qu'il fêtait son anniversaire avec ses fils et sa femme hier.
- Sa famille lui avait-elle rendu visite depuis quinze jours ? demanda Alexia.

Elle avait la désagréable sensation que son interlocuteur leur cachait quelque chose, s'attachait à rendre l'homme trop lisse.

- Comme je vous l'ai dit nous...
- Vous n'espionnez pas vos clients, bien entendu. Je pense que nous en avons fini pour le moment. Nous aurons besoin d'accéder à la suite occupée par monsieur Boquart, conclut Alexia en se levant.

À ce moment, un employé toqua à la porte et prévint le directeur qu'Hermione Belgarde attendait dans le hall. Ils la rejoignirent et ce dernier présenta la jeune femme aux enquêteurs. Comme convenu, il demanda à la réceptionniste, une dénommée Odile, de répondre à leurs questions, puis d'organiser la visite de la chambre dix-sept.

Soulagé de quitter la police, il les salua et s'enferma de nouveau dans le salon vert avec sa conseillère en gestion de crise.

*

Odile, une charmante brune à la peau caramel en pantalon et chemisier noirs, appela un collègue qui la remplaça à la réception, afin de se mettre à leur disposition. Emportant avec elle un large cahier de cuir, elle les fit passer par une issue qui menait aux pièces de services. Alexia fut saisie par le contraste entre le palace et l'espace réservé au personnel. Dehors, le décor d'un établissement luxueux, d'un confort hors du commun, avec une musique douce en arrière-fond, fleuri, élégant. Chaque détail était pensé pour satisfaire les exigences les plus pointues des clients habitués à un haut standing de prestation. À l'intérieur, une entreprise classique, des pièces sans âme aux bureaux fonctionnels, des ordinateurs, une véritable ruche constituée d'employés qui s'interpellent, des odeurs de café et des sandwichs posés sur un plateau, des bruits de photocopieuse... Alexia eut l'impression de se trouver dans les coulisses d'un théâtre. Odile leur proposa de s'asseoir dans une salle de pause collective exiguë, mais relativement calme.

- Pouvez-vous nous décrire votre client, Anselme Boquart ? questionna Alexia.
- Monsieur Boquart était charmant. Bel homme, affable, d'un charisme hors du commun, il ne tombait jamais dans la séduction, du moins avec le personnel. Il restait classique dans ses attentes. Vous savez, dans un établissement haut de gamme comme le nôtre, nous enregistrons parfois des demandes surprenantes...
- De quel type ? rebondit Manuel.
- Des exigences individuelles farfelues que nous facturons à un prix astronomique, vous l'imaginez. Un couple d'habitués commande régulièrement des langoustes en chambre à quatre heures du matin. Hier, une Anglaise a fait envoyer au pressing une robe pour une réception dans l'heure. Un homme d'affaires suit actuellement un régime alimentaire sans sel/vegan/sans gluten, la cuisine doit pouvoir lui proposer un menu adapté du petit déjeuner au dîner. Nous personnalisons les chambres de quelques délicats qui veulent se sentir partout chez eux, dès leur arrivée. Certains exigent des draps violets, des caramels mous à la fleur de sel sur leur table de nuit, un minibar rempli de bordeaux rouge, blanc, de Coca light... Pendant « La plage aux écrivains », le festival littéraire d'Arcachon, nous recevons quelques originaux ! Nous devons être prêts à rechercher un blazer en urgence pour une soirée improvisée, à dégoter un

réflexologue plantaire un dimanche, ou à servir un menu dégustation en salle pour le caniche nain d'un sportif. Tout a un prix, voyez-vous, et nous devons faire le maximum pour satisfaire nos clients.

- La présence de compagnie particulière fait-elle partie de ces exigences ? intervint Lisa.
- Si vous voulez parler de prostitué(e)s, nous n'accédons pas à ce type de demande, vous l'imaginez bien. Nous ne sommes pas une maison close. Il n'en est pas moins vrai que vous trouverez des couples assortis d'une manière étrange comme dans tout hôtel de luxe.
- Vous pouvez être plus précise ? demanda Lisa.
- De riches hommes, ou femmes, peuvent avoir envie d'être accompagnés quelque temps d'une personne jeune, belle, avec de l'esprit, qui amène de la légèreté et de la joie dans leur quotidien, et avec qui ils peuvent partager des sorties, de bons repas…
- Et à qui l'on achète des tenues, bijoux, scooters, etc. en retour, c'est bien cela ?
- Je pense que vous avez compris l'idée. Mais n'est-ce pas le cas dans la vie en général ? Les humains sont des animaux sociaux après tout. Ils se regroupent, trouvent des partenaires pour une durée aléatoire, se sentent plus forts à deux que tout seuls. Disons que, ici, les facteurs d'âge et d'argent sont plus décalés, voilà tout !

- Que les choses sont ainsi élégamment présentées ! conclut Lisa. Monsieur Boquart avait-il recherché « la compagnie » de jeunes personnes ?
- Non. C'était un homme qui dégageait une énergie hors du commun. Lorsqu'il vous regardait dans les yeux, vous aviez l'intime conviction d'être un interlocuteur privilégié. Il était tout à vous. À un tel niveau, je pense que l'on peut parler de magnétisme. Pour compléter le tableau, je dirais qu'il donnait surtout l'impression de rechercher le calme. Il se promenait souvent le matin sur la plage, sortait en ville l'après-midi, et pouvait rester dans sa chambre de longues heures. Après un apéritif en solitaire, il retrouvait d'autres clients pour dîner.
- Avait-il des ennemis dans l'hôtel, ou en dehors ?
- Pas à ma connaissance. Il se liait peu, voulait qu'on lui fiche la paix !
- Savez-vous quel était son emploi du temps le jour de sa mort, voire les précédents ?
- Mercredi j'étais de service, vous avez de la chance. Je me souviens qu'il se réjouissait de passer une journée avec sa famille. Il a démarré avec une sortie au banc d'Arguin avec l'un de ses fils.
- Quel est son nom ?
- Attendez, je dois l'avoir écrit ici, répondit-elle en cherchant dans son large cahier. Nous proposons des prestations externes à nos clients, et travaillons avec des partenaires. Tout est noté là-dedans. Ah,

voilà : Martin Boquart ! J'ai son numéro si vous voulez. C'est lui qui avait organisé cette activité avec son père.

- À quelle heure ont-ils quitté l'hôtel ?
- Je dirais vers huit heures trente. Anselme Boquart nous avait précisé qu'il ne déjeunerait pas au restaurant, car sa femme l'avait invité à La Co(o)rniche. En revanche, je me souviens l'avoir vu rentrer se changer vers quinze heures, avant qu'il ne ressorte une heure après.
- Savez-vous s'il retrouvait quelqu'un ?
- Un de ses fils en ville, me semble-t-il. C'était un peu l'événement de la semaine cette journée spéciale pour son anniversaire, donc il en parlait avec plaisir. Quand je pense qu'il a été assassiné, je n'arrive pas à y croire ! lâcha-t-elle les larmes aux yeux, sincèrement émue. À ce propos, je dois vous dire...

Elle fut interrompue par un homme sec, dans les quarante-cinq ans, en costume, à la chevelure coupée en brosse poivre et sel qui entra brusquement dans la pièce.

- Je vous présente Nelson, notre responsable des équipes d'entretien, dit alors Odile sans finir sa phrase précédente.
- Monsieur Carmel a demandé que je fasse visiter la dix-sept à la police ? demanda-t-il sans s'encombrer de formules de politesse.

- Oui, en effet, confirma Odile. Tu peux attendre deux minutes, s'il te plaît ?

Puis, s'adressant aux policiers :

- Je vais devoir y retourner. Je vous prépare la liste des clients que monsieur Boquart fréquentait. Vous passerez par l'accueil pour la récupérer ?

La charmante hôtesse partie, ils emboîtèrent le pas du dénommé Nelson et traversèrent la ruche dans l'autre sens.

- La dix-sept est une suite avec vue sur le bassin, les informa leur guide en ouvrant la porte, sans quitter sa réserve toute professionnelle.

Dans la pièce de trente mètres carrés, décorée dans les teintes beige et bordeaux, de lourdes tentures encadraient les portes-fenêtres qui donnaient sur un balcon face à la mer. Alexia étudia les tables de nuit, le bureau sur lequel traînait un stylo qui avait servi, un bloc-notes au logo de l'hôtel entamé sur lequel était griffonné à la hâte « prévenir l'accueil ». Elle pensa à en parler à Odile. Qu'avait-il à signaler ? Une demande anodine, ou un élément qui pourrait être lié à sa mort ? Les magnifiques fauteuils Louis XVI recouverts de velours écarlate entouraient un canapé sur lequel traînait un magazine de promotion immobilière. Anselme Boquart avait-il l'intention d'investir sur le bassin ? Cette pièce respirait l'ordre. Son locataire avait pour habitude de ranger ses affaires au bon endroit. Rien ne traînait. Seul un Pléiade de Camus restait posé sur la table de chevet, attendant d'être ouvert de nouveau. Dans la salle de bains aux dimensions adaptées à la chambre, un flacon d'eau de parfum Habit Rouge accompagnait un nécessaire de rasage à la main, avec savon et blaireau. À l'ancienne.

- Est-ce que la chambre est en l'état ? demanda Alexia. Quelqu'un a-t-il fait le ménage depuis le départ de votre client ?
- J'ai vérifié dans nos registres : elle a été faite hier matin à dix heures, comme tous les jours depuis l'arrivée de monsieur Boquart.
- Rien ce matin ?
- Non. L'accueil nous a prévenus tôt de son décès, donc j'ai bloqué l'équipe de nettoyage.
- Je vous remercie. Cela sera tout pour aujourd'hui. Si autre chose vous revenait, voici ma carte, conclut Alexia en sortant de la chambre avec ses collègues.

La réserve de Nelson laissait à Alexia un arrière-goût de frustration. Aucun indice flagrant ne traînait dans cette suite immense, mis à part une annotation. Cet homme soigneux devait gérer ses affaires avec ordre et rigueur. Odile l'avait décrit comme étant séduisant, affable, en recherche de solitude mais intégré dans la vie de l'hôtel. Si cela permettait de cerner sa personnalité, ils devraient fouiller dans les replis plus troubles de sa vie pour espérer comprendre la fin tragique de ce patron multimillionnaire.

*

À l’accueil, Odile s'entretenait avec un couple enrobé et habillé d’une manière bariolée qui détonnait dans cet environnement raffiné. Le fameux adage de Chanel « *less is more* » n’était pas arrivé jusqu’à leurs oreilles. Lorsqu’elle aperçut Alexia et ses collègues, accompagnés de Nelson, elle les interpella pour leur présenter ces clients :

- Roland et Christine Vigneau ont passé plusieurs soirées en compagnie de monsieur Boquart et sont disposés à répondre à vos questions, si vous le souhaitez.
- Merci à vous, dit Alexia en leur serrant la main. Odile, tant que j’y pense, est-ce qu’il avait appelé l’accueil sur un sujet particulier hier ?
- Pas que je sache, non.
- Il n’aura pas eu le temps de le faire, c'est dommage… Dernière chose, avez-vous une photo de votre client ?
- Je regarde dès que j’aurai deux minutes. Je crois qu’un photographe professionnel a couvert une soirée récemment. Repassez me voir à votre départ, répondit-elle en faisant patienter les clients suivants.

Elle leur indiqua où ils pouvaient s'installer discrètement, dans un coin du salon au plafond de cinq mètres, à côté de la cave à cigares et du bar sur lequel trônaient de prestigieuses bouteilles de whisky. Chacun prit place dans de confortables fauteuils autour d'une table basse en acajou, non loin du piano à queue. Un air de jazz accompagnait la discussion en arrière-plan. Consciente de ses réticences initiales vis-à-vis de cet endroit luxueux, Alexia devait bien reconnaître qu'elle s'y sentait à l'aise. « Dès que cette enquête sera bouclée, je reviendrai avec papa déguster un bon whisky face au bassin », se dit-elle avant de se concentrer sur ses interlocuteurs. Le slogan inscrit sur le tee-shirt de madame « Avis de Recherche ! Mers et océans : morts ou vivants ? » lui rappela une journée mondiale de l'environnement à laquelle elle avait participé dans son lycée. Un pantalon de type ethnique marron et des Birkenstock complétaient la tenue de cette cliente à la chevelure trop longue pour son âge. Personne ne lui avait dit que plus on vieillit, plus la coupe doit être courte, bon sang ? Son mari accusait un embonpoint certain, mais n'en avait cure. À l'aise dans son short de sport et son tee-shirt rose qui avait du mal à couvrir la totalité de son abdomen, il avait adopté une stratégie capillaire de dissimulation à la fois touchante et inutile, consistant à étaler généreusement ses rares cheveux sur toute la surface de son crâne. Le sourire aux lèvres, tout comme Manuel et Lisa qui réfrénaient avec difficulté des regards narquois, elle ne pouvait s'empêcher de trouver ce couple attachant.

- Anselme était à l'aise avec tout le monde, même avec nous ! déclara Christine Vigneau. Courtois avec le personnel, là où certains ne se gênent pas pour les traiter comme des larbins, je vous assure. Et puis, toujours avec un mot aimable pour ceux qui partageaient sa table, curieux des convictions de chacun, il nous faisait presque croire que l'on était l'un des leurs...
- Que voulez-vous dire ? demanda Lisa.
- Mon mari et moi avons gagné au Loto. Nous sommes ce que l'on appelle dédaigneusement de « nouveaux riches ». Certains ne se gênent pas pour nous le faire sentir dans un palace, je vous assure ! Nous n'avons pas les codes des « de machin chose » qui ont baigné dans les bonnes manières depuis l'enfance, ni de ceux qui les ont appris en fréquentant la haute société une fois leur situation professionnelle établie parmi les nantis.
- Quand avez-vous gagné au Loto ? relança Lisa pour les mettre en confiance.
- J'avais toujours en tête le fameux « 100 % des gagnants ont tenté leur chance », voyez-vous. Alors un samedi matin pluvieux de janvier, similaire aux précédents depuis des semaines à Reims, le ciel bas, l'absence de lumière et la morosité ambiante me pesaient. À ce moment, comme je le rappelle à mes étudiants, je me suis dit : « Pourquoi pas moi ? » Je suis entrée dans un bureau de tabac et j'ai joué un flash, vous savez, quand la machine

détermine les chiffres au hasard. Le soir même, j'avais déjà oublié le bout de papier que m'avait remis le buraliste. Ces quelques instants de rêve éveillé s'étaient dissous dans le quotidien. Ce n'est que le jeudi suivant, en lisant dans le journal que le gagnant de plusieurs dizaines de millions d'euros, localisé à Reims, n'avait toujours pas donné signe de vie, que j'ai fouillé dans mon sac plein de vieux tickets de bus, de courses, de prospectus, de mouchoirs et j'en passe. Là, j'ai retrouvé le précieux papier tout chiffonné, qui n'était pas passé loin de la destruction ! Notre existence a basculé en un instant...

- Vous parliez de vos étudiants, puis-je vous demander quelle matière vous enseignez ?
- À l'université, en Master 2 « Éthique et développement durable ». C'est un cursus dans lequel nous accueillons des jeunes, mais aussi pour moitié des professionnels en reconversion. J'écris également des ouvrages techniques.

Lisa cacha son étonnement en reprenant la main sur l'interrogatoire.

- Vous deviez avoir quelques divergences avec monsieur Boquart quant au processus de gavage des oies pour produire du foie gras, non ?
- Nous avions quelques désaccords, il est vrai.
- Oh, rien de méchant, compléta son mari bonhomme, le visage rougi d'un coup de soleil. On

discutait, c'est tout ! Moi j'adore le foie gras. Je n'irai pas me fâcher avec un patron d'industrie comme lui pour une histoire de volaille. Je travaille dans le BTP. Nous cherchons aussi à faire dans l'écologie avec les nouvelles normes environnementales. Mais je ne suis pas jusqu'au-boutiste comme ma femme !

- Que pourriez-vous nous dire sur les fréquentations d'Anselme Boquart ?
- Mon Dieu, pas grand-chose... Nous le croisions après une promenade en ville ou les pieds dans l'eau. Après une journée en plein air, chacun avait plaisir à rejoindre une table pour converser au dîner, répondit Christine Vigneau.
- Fréquentait-il certains clients en particulier ?
- Je l'ai vu plusieurs fois au moment de l'apéritif ou dans l'après-midi avec Gustave Bellerue, un charmant professeur de littérature à la retraite. N'est-ce pas Roland ?
- En effet. Ils avaient l'air de s'entendre. Ce monsieur Bellerue est quelque peu misanthrope, si vous voulez mon avis. Il préfère la compagnie de ses livres à celle des hommes !
- Oh, tu exagères ! La pluie et le beau temps ne constituent pas un sujet de conversation suffisamment consistant pour qu'il daigne ouvrir la bouche. Et le BTP ne le passionne en rien, alors forcément, vous n'aviez pas grand-chose à vous dire !

- En revanche, la petite Nina s'intéressait quand même de près à Anselme, glissa Roland.
- Qui est Nina ? intervint Alexia.
- Oh, c'est juste une poule russe qui cherchait un protecteur ! dit Christine sur un ton qui montrait le peu d'importance donné à ce personnage.
- Tu y vas un peu fort, la rabroua son mari. C'est une jeune femme au physique très avantageux, qui a du temps, pas mal de jugeote et de la conversation…
- Ça, je confirme ! rajouta son épouse, excédée.
- Je disais donc que Nina dînait souvent avec nous et faisait du gringue à Anselme.
- Vous a-t-il donné l'impression d'être intéressé par ses avances ?
- C'est difficile à dire. Il semblait amusé par son jeu. J'ai bien vu que mardi soir elle avait fait en sorte de prendre l'ascenseur avec lui après le repas.
- Tu as fait attention à ce genre de détail, alors que tu ne remarques même pas quand je sors de chez le coiffeur ? répondit sa femme, sur le point d'exploser.
- Je vous propose que l'on change de sujet car, là, je risque le divorce, répliqua son mari avec un large sourire. Et avec la fortune que l'on vient de gagner, ça serait compliqué chez le notaire ! Avez-vous encore besoin de nous ? Pour tout vous dire, nous avons prévu de nous rendre à l'hippodrome de la Teste. Une course de haies démarre en fin de matinée, et j'ai bien envie de parier !

Alors qu'ils repassaient par l'accueil avant de retrouver l'air libre, Odile les fixa d'un regard perçant, comme si elle les guettait depuis de longues minutes. Tout en renseignant ses clients, elle leur fit un signe gracieux pour qu'ils s'approchent et tendit deux enveloppes à Alexia. À l'extérieur, les rayons du soleil et les palmiers assortis d'une légère brise leur rappelèrent que la vie continuait. Des touristes se promenaient sur le front de mer, équipés de chapeaux de paille à cette heure matinale.

Des Arcachonnais bronzés, en short, couraient sur la plage, tandis que de jeunes parents portaient leur bébé sur le ventre à la manière des kangourous. Les petits pieds potelés pendaient et se balançaient, cet être minuscule lové contre eux en totale confiance. Un cours de yoga avait lieu sur le sable. Les pieds en l'air, les bras en soutien de leur dos, une vingtaine de yogis pratiquaient la chandelle. « Je n'irai pas me risquer à ces exercices d'équilibre, le corps inversé » se dit Alexia.

Ils s'assirent sur la rambarde qui délimitait la route et la plage. Dans la première enveloppe, Alexia sortit une courte liste de noms de clients ayant fréquenté Anselme. Sur une photo de taille A4, elle le découvrit souriant, séduisant, attablé avec d'autres convives, pendant une soirée « black & white ». De bonne qualité, ce tirage était daté de samedi 14 octobre. Il permettrait d'obtenir un portrait indispensable pour l'enquête. Dans la seconde enveloppe, Odile avait inscrit sur un bristol : « Appelez-moi ce soir après vingt heures » suivi de son numéro de mobile personnel. Quelle information d'importance avait-elle à livrer, qu'elle n'avait pu donner à la police devant ses collègues ?

*

Ils décidèrent que Manuel resterait à l'hôtel Impérial pour interroger la clientèle désignée sur la liste d'Odile. La belle réceptionniste originaire des îles lui avait tapé dans l'œil. Il ne se fit donc pas prier. Alexia et Lisa prirent le boulevard de l'Océan pour rentrer en voiture au commissariat. Sous le soleil généreux de ce début d'automne, alors que les nuances infinies de bleu emplissaient leurs pupilles, elles gardaient le silence, happées par la magnifique chanson d'Orelsan diffusée sur les ondes radio, tristement d'actualité. À la façon de Roberto Benigni qui, dans son film *La vie est belle*, crée des journées faites de jeux perpétuels pour protéger son fils jusque dans les camps de concentration, les paroles scandées par le poète rappeur pour bercer un enfant repeignent la terrible réalité du monde moderne pour le rassurer et préserver son innocence :

« Si la voisine crie très fort, c'est qu'elle a pas bien entendu. Si elle a du bleu sur le corps, c'est qu'elle a joué dans la peinture. Et si, un jour, elle a disparu, c'est qu'elle est partie en lune de miel. En attendant les jours de pluie, elle met ses lunettes de soleil. Tout va bien, tout va bien. Petit, tout va bien. »

Si l'on peut convaincre un enfant d'une réalité enjolivée et repeinte de rose, les jeunes femmes étaient confrontées à des faits crus, froids comme la mort, intégrés dans leur quotidien. Avec le rôle de découvrir « qui » avait tué un homme et « comment » cet assassinat s'était déroulé, la poésie n'avait pas de place dans leur travail. Alexia allait devoir affronter la lourde tâche de prévenir la famille Boquart du drame qui la frappait. Elle n'avait que trop tardé, mais avait priorisé une première analyse de la vie menée par Anselme Boquart sur le bassin avant de passer cet appel funeste. Dès qu'elles furent garées, Alexia rejoignit son bureau et trouva les coordonnées de madame Boquart déposées par Christine sur son ordinateur. Après une courte pause, Lisa repartit enquêter auprès des amateurs de parapente qui s'élançaient de la partie sud de la dune du Pilat. Elle avait également prévu de se rendre au camping qui surplombait la plage Robinson pour rechercher d'éventuels témoins. Alors qu'Alexia buvait un double café brûlant pour enrayer un mal de crâne invasif, la voix tonitruante du commissaire Didier Longblanc retentit à l'étage et la fit sursauter. Elle faillit renverser sa tasse sur son jean noir :

- Qui a écrit ce papier de m… ? hurla-t-il de rage. Cyrille !

Convoqué sur-le-champ, son collègue lui lança un regard inquiet et interrogatif, avant de monter voir son supérieur.

Il redescendit quelques minutes plus tard, un journal à la main, l'air abattu.

- Alors ? demanda Alexia en sirotant son café.
- Il fallait s'y attendre. *Sud-Ouest* titre en première page : « Que fait la police ? Une adolescente disparue depuis deux jours et l'enquête patine. » Didier a le procureur sur le dos toutes les heures. Il exige des résultats. Tu vois le genre...
- Hum. Du style qui met la pression, je compatis... Des indices depuis ce matin ?
- Un grand-père persuadé d'avoir aperçu Pauline au Moulleau mardi à dix-sept heures.
- Excellente nouvelle ! Enfin un témoignage...
- Je vais l'interroger de vive voix tout à l'heure. Il a déclaré qu'elle sanglotait, le visage trempé, enfoui dans une étole légère, assise sur la rambarde qui délimite le front de mer et la plage. Il a essayé de lui parler, a proposé son aide et elle lui aurait répondu que « ça allait ». Bouleversée pour une raison inconnue, elle avait déjà appelé sa mère, devait être furieuse qu'elle ait refusé de la voir. Reste à découvrir ce qui justifiait un tel désespoir.
- Au Moulleau, tu dis ? C'est loin de chez elle, un jour de semaine après l'école. Elle avait probablement rendez-vous avec son correspondant anonyme... Mais cela peut tout aussi bien être une histoire de devoir de français raté, une mesquinerie lâchée au lycée par un garçon auquel elle tient, une autre fille jalouse qui l'aurait rabaissée. À cet âge, un petit

événement peut se transformer en montagne si l'on rumine en boucle sans pouvoir relativiser avec une tierce personne. Elle a peut-être tout simplement marché sur la plage pour se calmer, être seule, et avait besoin d'échanger avec sa mère pour faire retomber la tension.

- Ce qui me préoccupe, c'est de savoir ce qui est arrivé après. Dans une telle confusion, elle a peut-être suivi quelqu'un qui voulait l'aider, son beau-père qui serait passé la chercher ?
- Si c'est lui, pour quelle raison l'aurait-il fait disparaître ?
- Je ne sais pas. Elle a pu être odieuse en chemin ou en rentrant à la maison, et il aura perdu les pédales. Dans son état dépressif, s'il était sous l'emprise de l'alcool, c'est plausible.
- La piste d'une jeune fille désespérée qui rencontre la personne qu'il ne fallait pas et monte dans la mauvaise voiture au mauvais moment aussi, c'est possible. On n'est pas plus avancé. Bon, je dois appeler la femme du PDG assassiné. Première fois... Et je subodore que je ne vais pas aimer du tout !
- Bon courage ! Qu'est-ce que ça a donné sinon à l'hôtel ?
- Déjà, l'endroit est superbe. On a eu une première prise de contact avec le directeur, plutôt tendu vu les circonstances. Pas d'indice dans la chambre. La victime semblait appréciée par tous. J'ai laissé

Manuel enquêter sur place. La réceptionniste a été coopérative pour reconstituer l'emploi du temps le jour du meurtre. Ah, sinon, j'oubliais : Hermione Belgarde conseille le directeur dans sa gestion de crise. Il craint la mauvaise publicité pour son établissement.

- Hermione… décidément, elle s'est bien implantée dans le coin depuis deux ans : prestataire chez Fanny Landon dont la fille disparaît, conseil dans l'hôtel où résidait un homme assassiné. Elle est maligne et saura nous fournir des informations si nécessaire. Elle l'a déjà fait en nous livrant un témoin de la violence de Jérôme Sartoren sur sa femme.
- Bien noté ! Après ce fichu coup de fil, j'irai à l'hôpital pour voir la légiste. Elle m'a laissé un message. La journée va être longue…
- Bon courage. Et fais attention, *Sud-Ouest* risque de se ruer sur le créneau du magnat du foie gras poignardé dans nos forêts ! dit-il pour se détendre après le recadrage subit quelques minutes plus tôt à l'étage supérieur.

Elle respira profondément pour contenir les battements de son cœur, assise à son bureau, le bout de papier entre les mains. Lorsqu'elle était enfant, un pic d'hyperglycémie lui donnait du courage. Un coup de pouce infaillible. Elle ouvrit son tiroir, mangea six fraises Tagada d'affilée.

Apaisée par la douceur du sucre et l'acidité du dernier

bonbon, elle décrocha le combiné du téléphone d'une main ferme, et attendit qu'une voix confiante lui réponde.

*

Fanny donna un déshabillé de satin crème et un ensemble en dentelle vert amande à sa cliente installée dans le salon d'essayage. Pendant les travaux de décoration du magasin, elle avait choisi chaque couleur de tenture, chaque siège en velours, chaque miroir, afin que ses clientes soient à leur aise. Telle la mariée du jour, toute femme qui passait sa porte devait pouvoir acheter LA pièce avec laquelle elle se sentirait belle au contact de textures nobles, tendres et colorées qui influenceraient positivement son humeur.

Ce matin, la chaleur animale de ses fils lui avait redonné de la force. Pendant ce corps à corps, les pores de leur peau si douce lui avaient transmis leur énergie inépuisable. Son mari détenu par la police, sa fille disparue, un abyme dans le ventre, la gorge nouée, elle continuait tant bien que mal à se tenir droite, à nourrir ses enfants de céréales et de lait chaud, à les écouter babiller comme si de rien n'était, leur expliquant que « Papa reviendrait bientôt » et « Pauline voyageait avec des amis quelques jours », pieux mensonges dans une morne journée. La sensation d'impuissance la consumait aussi sûrement que les rapaces dépècent une carcasse de mouton fracassée, abandonnée dans un ravin.

En début de matinée, sa voisine avait accepté de bon cœur de garder les garçons chez elle pour leur épargner d'inévitables commentaires perturbants à l'école et lui permettre de se rendre au commissariat. En revanche, elle s'était heurtée à un refus lorsqu'elle avait sollicité la permission de voir Jérôme. « Rappelez plus tard » lui avait-on dit, « Il est indisponible », « En cours d'interrogatoire ». Désemparée, elle était montée dans la chambre de sa fille puis s'était assise sur le lit. Elle avait ouvert sa couette, froissé sa taie d'oreiller, déposé là un pantalon à même le sol, ici un sweat sur une chaise, dans un coin des chaussettes, sur le sol un magazine de mode... Ces signes de vie dans l'espace d'une adolescente normale, dans son monde si éclectique.

Elle se laissa glisser, recroquevillée au pied du lit de Pauline. Un son inhumain jaillit du plus profond de ses hanches, là où l'existence prend forme à partir de quelques cellules minuscules, un cri de bête qui s'envola, incontrôlable, dans lequel tout son désespoir se déversait. Cette plainte hurlée la vida de ses forces pendant de longues minutes. Puis, mystérieusement, elle sentit l'énergie vitale revenir par vagues. Ses jambes se remirent debout, elle redressa ses membres meurtris, ce corps encombrant qui plombait chacun de ses pas quelques instants auparavant. La décision de sortir et d'ouvrir « Au bonheur des dames » s'imposa. Que faire d'autre ? La police et la gendarmerie maritime menaient l'enquête de concert. La presse et la radio relayaient l'appel à témoins. Quant à Jérôme, elle n'était plus très sûre de vouloir le regarder au fond des yeux. Lasse de ses promesses non tenues, épuisée de se battre contre sa violence croissante, fatiguée de cacher sa réalité de femme blessée, elle était tentée de l'obliger à réfléchir, à mariner dans son jus seul dans une cellule froide. Quant à penser qu'il avait pu faire du mal à Pauline, sa conscience ne pouvait se résoudre à en effleurer l'idée... Laisser la police faire son travail. Laisser son mari regretter jusqu'aux premières humiliations, aux injures qu'il lui avait fait subir, avant les coups, les bleus, les nuits sans sommeil. Laisser ses fils chez la voisine quelques heures. Laisser faire...

Une fois dans son magasin, elle accueillit avec soulagement une cliente à peine la pancarte « C'est ouvert » tournée. Venue sur le conseil d'une amie depuis Facture-Biganos, cette dame recherchait quelques centimètres carrés de luxe pour se faire plaisir. Fort heureusement la visiteuse ignorait tout de la tragédie qui avait lieu dans cette paisible commune balnéaire au décor paradisiaque. Fanny avait l'esprit plus léger, dans ses murs si rassurants, et oubliait le cours des choses à l'extérieur. Si la vie s'écroulait, il resterait son magasin, ses boîtes dorées et parfumées dans lesquelles les clientes achetaient du confort, de l'estime de soi et du rêve. Elles faisaient appel à son savoir-faire pour des occasions spéciales : le mariage d'un fils qu'elles accompagneraient à l'autel, une soirée avec robe de cocktail. Plus souvent, elles s'offraient pour leur seul regard un soutien-gorge rouge écarlate qu'elles porteraient sous un pull angora gris, par des températures négatives.

La vente conclue, sa nouvelle cliente repartit, enchantée. Fanny posa le regard sur le bouquet de l'entrée offert par Thibault la veille, il y a une éternité. Soudain, les roses rouges et la blancheur indolente des lys qui dégageaient leurs effluves entêtants, fièrement dressés dans un vase transparent, lui donnèrent envie de sortir. Elle ouvrit sa porte et salua Thibault, en train d'installer des plantes sur le trottoir.

- Oh, ma belle voisine est de retour. J'étais inquiet… Comment vas-tu ? lui demanda-t-il en l'embrassant, tandis qu'elle s'abandonnait quelques instants dans ses bras.
- C'est un véritable cauchemar… Pauline est toujours introuvable et…

Elle hésita à lui confier la suite, honteuse d'une réalité si atroce qu'elle avait du mal à passer ses lèvres.

- Les policiers ont interrogé Jérôme. Ils préfèrent le garder pour s'assurer qu'il n'a rien à voir avec tout ça. Oh, je n'arrive pas à croire que je viens de prononcer ces mots ! Je navigue en plein brouillard, mais je ne peux pas m'autoriser à sombrer pour les garçons… La terre ferme doit se trouver à proximité, je vais me réveiller, accoster, et ce mauvais rêve se terminera enfin…

Le regard noisette et bienveillant de Thibault perdit sa gaieté naturelle, comme frappé par la situation intenable que vivait Fanny.

- Et donc tu as préféré venir travailler plutôt que de te morfondre chez toi, c'est ça ?
- Tu as tout compris ! lui répondit-elle, stupéfaite que cet homme si mystérieux sur sa vie passée soit si perspicace, tout en respectant sa douleur. C'est dur d'en parler. Je crève de ne rien pouvoir faire pour accélérer les recherches. J'ai besoin de m'occuper pour rester debout !
- Quelle est ton intime conviction sur ce qui se passe ?
- Pauline est vivante. Je le sens, je le sais. Mais où ? Avec qui ? Elle est en danger. Le temps presse. C'est si dur d'être à ce point impuissante !
- Et ton mari, quel rôle aurait-il pu jouer ?
- Depuis plus d'un an notre vie commune est disons… compliquée. J'ai parfois du mal à reconnaître l'homme que j'ai épousé tant il se noie dans sa frustration de ne pas exercer un métier qu'il adore, et cherche un bouc émissaire. Il exècre dépendre de moi financièrement et que je m'épanouisse chaque jour ici. L'alcool ravage et détruit. Et puis l'alcoolique regrette, demande pardon, refuse ne serait-ce que l'idée d'être accro à sa dose quotidienne… Quant à parler de se soigner, on ne l'évoque même pas, tu penses.

- Tu ne réponds pas à ma question, lui dit-il avec douceur.
- En effet. Et j'en suis incapable. Jérôme est dépressif et malade, parfois violent avec moi. Mais il n'a jamais porté un coup aux enfants.
- Tu as été le voir au commissariat ?
- Non. J'avais prévu d'y aller ce matin, mais ils ont refusé, puis le courage m'a manqué.
- Le courage ?
- Oui, j'appréhendais aussi, probablement. Mais pour être honnête, je préfère laisser la police faire son travail. Et qu'il croupisse dans une cellule ne peut pas lui faire de mal. Le déni a ses limites. Je compte sur un électrochoc, qu'il admette enfin être malade et dépendant d'une drogue légale, qu'il se soigne.

Une musique latino retentit dans la poche de Fanny et interrompit leur discussion. Le regard plein d'espoir, une ébauche de sourire prêt à s'épanouir, elle attrapa son téléphone, faisant signe à Thibault d'attendre un instant. Lorsqu'elle prit connaissance du contact qui cherchait à la joindre, la déception figea son beau visage.

- Je dois prendre cet appel, dit-elle à Thibault, désolée que cette conversation se termine. Heureusement qu'elle gère tout pour le défilé à ma place !

Puis à son interlocutrice :

- Bonjour Hermione ! Merci de me donner des nouvelles…

Le fleuriste ne la quitta pas des yeux lorsqu'elle tourna les talons, un pot de bégonia recouvert de touches rose orangé dans les mains. Fanny referma la porte de son magasin sans bruit.

Pauline

Jeudi 19 octobre

Il me reste un fond de bouteille d'eau, mais je sens bien que je m'affaiblis. J'ai la tête qui tourne. Le moindre geste me demande un effort surhumain. Je fonctionne au ralenti, en économie de mouvement. Hier matin entre ces murs mon estomac gargouillait, appelait son bol de nourriture habituel. Des pancakes au sirop d'érable. Un fruit. Des tartines de beurre à la confiture de framboise. Je ne dois pas trop y penser. Après combien de jours sans manger meurt-on de faim ? En un mois, je crois. J'ai encore de la marge. Mon dernier repas date « seulement » de deux jours. Mardi, à la cantine, ils servaient un morceau blanc avec des épinards. Je ne savais pas si c'était de la viande ou du poisson. Donc je l'ai laissé. Quelle idiote ! Qu'est-ce que c'est long quarante-huit heures… Hier midi, j'ai savouré les madeleines inespérées, retrouvées écrasées dans leur emballage au fond de mon sac à dos.

De toute manière, à quoi bon économiser l'eau ? Pour

quoi faire ? Je n'ai rien accompli jusqu'à maintenant. Sans projet, sans passion, ma mort ne serait pas une grande perte ! Lorsque je repense à mon enfance, un doux sentiment d'éternité et d'insouciance m'envahit. Nous étions toutes les deux avec maman. Tranquilles. À l'adolescence, tout s'est compliqué. J'adore mes petits frères, mais si j'avais pu me passer de beau-père, tout aurait été différent. Ne pas trop penser à eux. De toute manière, j'ai tellement pleuré que mes yeux sont vides et secs comme le lit d'une rivière en pleine canicule. Personne ne me cherche. Et s'ils le font, ils ne me trouveront pas ici. C'est si silencieux. Il n'y a personne. J'entends vaguement une voiture au loin de temps en temps. Si loin…

À quoi bon rester en vie ? Tiens, encore une mouche idiote qui a réussi à rentrer et vole bruyamment. Qu'est-ce qu'elles peuvent m'agacer à tourner, virer, incapables de retourner d'où elles viennent, à faire des loopings bêtement et bourdonner sans cesse. Dans ma chambre, je leur proposais de les faire sortir en ouvrant la fenêtre. Mais allez savoir. Flemme de retrouver l'air froid, ou volonté de nuisance délibérée, tel le moustique qui vous nargue depuis le plafond en vous disant « Je mesure trois millimètres, mais je vais bousiller ta nuit », elles refusaient obstinément de repartir. Dans cette baraque pourrie, tout est cadenassé. Je ne pourrais même pas les pousser à regagner l'air libre. Au moins pourrais-je assister au supplice prévisible de l'araignée qui finira par l'engloutir. Y a-t-il un sens à tout cela ? Le plus fort mange le plus faible.

L’adulte détient le pouvoir de détruire votre vie. De faire exploser votre futur, jusqu’à ce que le vide, la nuit et la faim prennent toute la place.

Chapitre 5

Jeudi 19 octobre après-midi

Superbe trentenaire à la longue chevelure rousse bouclée contenue en chignon par un simple crayon, le médecin légiste Ombline Dufleur attendait Alexia à l'accueil du centre hospitalier d'Arcachon et lui sourit avec douceur. Inquiète à la perspective de devoir visiter la chambre frigorifique, la policière fut désarçonnée par ce médecin aux antipodes des figures masculines blafardes côtoyées pendant sa formation. « Quelle personne sensée a envie de se lever le matin pour ouvrir des cadavres ? L'aversion à la discussion ? Le plaisir de triturer des chairs mortes dans un espace fermé, aseptisé et carrelé ? », s'était-elle toujours demandé. Cela restait un mystère pour cette jeune femme engagée dans l'action. Après des dédales de couloirs, elles arrivèrent dans une pièce lumineuse aux rebords de fenêtres remplis d'orchidées dont les fleurs variaient du blanc le plus pur, au jaune moucheté de points noirs, en passant par un fuchsia éclatant. Alexia reconnut une légère odeur de pivoine.

- Je me suis permis de vous contacter sans traîner. Vous avez de la chance : l'activité est plutôt calme en ce moment ! introduit le médecin légiste derrière son bureau. Je vous en prie, mettez-vous à l'aise. J'aime me ressourcer entre ces quatre murs, entourée de lumière. Le contraste avec la salle dans laquelle nous côtoyons la mort n'en est que plus apaisant. On nous demande souvent quel plaisir l'on peut trouver dans ce métier si particulier.
- Je n'aurais pas osé vous poser la question, mais je vous avoue que cela m'a traversé l'esprit un instant.
- Bien entendu, je ne peux répondre à la place de mes confrères mais, voyez-vous, le corps des hommes, des femmes et des enfants me parle. Mon travail est d'analyser avec finesse le message parfois bien caché au plus profond de ces êtres de chairs, de liquides et de muscles, afin d'éclairer l'enquête. Le testament de la victime est inscrit dans son corps. Mon rôle est de vous transmettre ces informations, pour que vous coffriez son meurtrier. On peut le voir comme un passage de relais !
- Dans tous les cas, je vous remercie de me recevoir si rapidement. Tout ce que vous pourrez m'apprendre sur le mode opératoire de l'assassin et l'heure de la mort sera le bienvenu. Nous avons

deux affaires en parallèle. Le temps et les bras nous manquent pour avancer aussi vite que nous le souhaiterions.

- Les conclusions intermédiaires auxquelles je suis arrivée dès ce matin devraient vous être utiles, dit le légiste en ouvrant son dossier. Votre client, si je puis m'exprimer ainsi, est décédé des suites de lésions internes ayant entraîné une hémorragie qui lui a été fatale. Il a été poignardé à plusieurs reprises à l'abdomen. Mais ce n'est pas tout. Son crâne présente un hématome important sur le côté droit. Ce coup aurait pu le tuer.
- Je ne comprends pas. L'assassin l'a d'abord frappé à la tête, puis poignardé ?
- Tout à fait. Il était de constitution robuste, en très bonne santé, musclé comme un homme qui vit à l'air libre et pratique une activité physique régulière. Je dirais qu'il avait encore trente années devant lui ! Le meurtrier a dû l'étourdir avec un objet lourd, avant de sortir une arme blanche à large lame pour lui porter les coups mortels.
- Combien de fois a-t-il été frappé ?
- À trois reprises. L'arme du crime est un couteau tout ce qu'il y a de plus banal. Tout matériau aurait pu servir à administrer le premier impact, mais je penche pour une branche d'arbre ramassée par l'assassin sur place, car le front de la victime présente des traces végétales. Je devrai analyser

les tissus avant de vous le confirmer, mais je pense que l'on trouvera de l'écorce et du bois.

- À quelle heure estimez-vous l'heure du décès ?
- Compte tenu de la rigidité du corps, je dirais entre dix-neuf heures et vingt et une heures. Il est probablement mort quelques minutes, au plus, après avoir chuté et n'a pas été déplacé.
- Nous avons retrouvé son corps dans un trou rempli de fougères, en contrebas du sentier qui permettait de rejoindre la dune et la départementale.
- Il sera tombé, ou aura été projeté dans ce trou pour être camouflé. L'assassin est une personne très déterminée, Alexia. Faites attention à vous ! conclut Ombline Dufleur en se redressant, sonnant la fin de l'entretien. Si vous souhaitez me suivre, nous allons lui rendre visite...

Vingt minutes plus tard, Alexia respira de nouveau à l'air libre au milieu de la zone industrielle de La Teste tout en regagnant son véhicule. Si les circonstances du meurtre s'éclaircissaient, le mobile restait un mystère. Qui avait intérêt à assassiner Anselme Boquart ? Sa mort était-elle liée à une rencontre malencontreuse ou devait-elle l'aborder sous l'angle de la tragédie familiale ? Il était trop tôt pour le dire. Le portefeuille de l'homme d'affaires délesté de tout argent liquide poussait à orienter l'enquête vers un crime crapuleux. « Raisonne comme le tueur, mets-toi dans sa peau pour avancer, essaie de répertorier en trois domaines à la logique distincte, comme le fait si bien Harry Bosh dans les policiers de Michael Connelly : ce que je sais, ce que je peux supposer et ce que je veux savoir », se disait-elle. Assise dans sa voiture, les avant-bras sur le volant, elle étira son dos dur comme la pierre, la tête ramenée sur son thorax, jusqu'à ce que les tensions s'adoucissent peu à peu. « Ne me décevez pas ! » résonnait en boucle sous son crâne. L'exigence de son supérieur clairement énoncée pendant leur entrevue ce matin la stressait. Arrivée depuis quelques semaines dans ce commissariat, à peine acceptée par ses collègues, elle se retrouvait à diriger une enquête sous le feu des projecteurs. Tous la suivaient de près : sa hiérarchie, la presse, le procureur et toute la clique habituelle en cas de meurtre, a fortiori dans une petite ville sans histoires. Pas le droit à l'erreur. La tête lourde, elle s'autorisa une sieste de quelques minutes avant de continuer cette journée au pas de course. Puis, elle tourna la clé et démarra.

*

Alexia conduisait vers l'hôtel Impérial pour récupérer Manuel. Au pas dans des embouteillages entre La Teste et le centre d'Arcachon, une sonate de Beethoven à la radio lui permit de mettre ses idées au clair. La victime s'était promenée au sud de la dune mercredi en fin de journée. S'il était seul, comment un voleur aurait-il pu savoir qui il était ? À moins d'être en manque d'une dose d'héroïne, on n'assassine pas pour deux billets de nos jours. On peut tuer pour un regard de travers dans certaines cités de Toulouse et autres grandes agglomérations. Mais à Arcachon, elle devait partir sur des bases différentes. Rechercher tout individu louche qui aurait traîné au camping. Sous sa carapace de joueuse de rugby, elle sentait Lisa fine et tenace. Elle saurait interroger le directeur pour lui tirer les vers du nez. L'homme richissime avait fait le choix de quelques semaines de retraite pour se reposer, sans sa famille. C'est du moins ce que lui avait expliqué sa femme lorsqu'elle l'avait appelée. Alexia lui avait annoncé la mort violente de son époux au téléphone en donnant l'information après s'être assurée que son interlocutrice s'était assise. Sous le choc, Adeline Boquart s'était effondrée, en sanglots. Pas besoin d'être physiquement en face de cette femme pour percevoir sa détresse. Alexia l'avait questionnée sur son emploi du temps la veille et son alibi le soir même. Selon ses dires, elle avait déjeuné avec son mari à La Co(o)rniche mercredi, en compagnie de leur plus jeune fils, Guillaume. Cela ne serait pas difficile à vérifier. Anselme avait passé la matinée au banc d'Arguin avec son aîné, Martin, avocat à Bordeaux, ce qui corroborait les informations d'Odile, la réceptionniste de l'hôtel. Dans l'après-midi, Anselme avait prévu de rejoindre son fils cadet en ville. Antoine, artiste peintre dans le sud-est de la France, séjournait quelques jours au Cap Ferret. Tous les quatre avaient rendu visite à Anselme à l'occasion de son anniversaire. Elle avait quitté son mari vers quatorze heures trente, avant de regagner le fief familial à Vic-en-Bigorre en voiture, à environ deux heures de route. Adeline avait précisé, la voix altérée, avoir passé la nuit à son domicile, tout comme son fils. Elle n'avait pas communiqué avec Anselme après leur déjeuner. La mère et le fils détenaient donc un alibi commun.

À qui profite le crime ? Cette question fondamentale devrait trouver une réponse en début d'enquête. Dans le cas précis, sa femme et ses fils allaient hériter d'une fortune considérable, chiffrée en dizaines de millions d'euros. Il restait à comprendre les liens qui reliaient les membres de cette famille, leur histoire, les rivalités éventuelles, jalousies étouffées, espoirs brimés. L'appât de l'argent constituait un mobile évident. Et chacun avait, a priori, intérêt à ce qu'Anselme Boquart meure, surtout si sa retraite prolongée dans un hôtel de luxe sans son épouse lui avait permis de faire quelques rencontres croustillantes, point qui restait encore à prouver. Trop occupée à se maquiller dans son rétroviseur, la conductrice de la Clio marron glacé qui la précédait laissa passer le feu vert. Alexia écrasa son klaxon, excédée par le temps perdu à l'entrée d'Arcachon, portion de route sujette aux ralentissements. Elle en profita pour appeler Lisa.

- Quelles sont les nouvelles de ton côté ? lui demanda-t-elle après lui avoir fait un résumé de la situation.

- Je suis au camping Panorama du Pyla, le plus au sud de la dune, répondit Lisa. On doit passer devant « La forêt du Pyla », puis « Les flots bleus » avec la photo en pied de Patrick Chirac sans la tête, avant d'arriver. C'est le dernier avant les plages de la Lagune et de la Salie, juste après le Petit Nice.
- Je vois… Tu as pu parler au directeur ?
- Affirmatif. On compte quelques rares clients avant la fermeture à la fin des vacances de Toussaint. Mais la plupart des bungalows sont inoccupés. Il a bien un groupe de clients piercés avec des dreadlocks, sinon les clients sont des couples ou seniors qui profitent de l'arrière-saison. Je les ai interrogés. Les babas cool étaient en bivouac sur le banc d'Arguin mardi soir. Ils sont probablement adeptes de la fumette mais semblent avoir de quoi vivre. Pas le profil à tuer pour vingt euros si tu veux mon avis. Ils logent ici pour pratiquer le parapente, car d'après eux la marche est longue et pénible pour y accéder de la route. Le spot juste derrière le camping est très couru.
- Penses-tu pouvoir dégoter des témoins qui faisaient du parapente entre dix-neuf et vingt et une heures ? Notre homme a été assassiné sur ce créneau-là d'après la légiste. D'un coup porté à la tête, probablement une grosse branche, puis on l'a poignardé à trois reprises.
- Wouaw… C'est très violent pour un vol à l'arraché, non ?

- Je suis d'accord, répondit Alexia, tout en doublant une voiture qui roulait à 30 km/h sur une route droite bordée de pins, proche du golf. Tu peux continuer à interroger les adeptes de parapente et voir si l'un d'eux a aperçu Anselme seul ou accompagné, hier ?
- Tu sais qu'il fait sombre à dix-neuf heures mi-octobre ?
- La piste est mince, mais on ne doit pas la fermer sans aller jusqu'au bout. De mon côté, je file récupérer Manuel à l'hôtel Impérial et on prend la navette de quinze heures pour le Cap Ferret. Avec de la chance, nous serons juste à l'heure pour rendre visite au fils artiste-peintre qui a passé l'après-midi avec son père ! On s'appelle dès que l'on a du nouveau ! dit-elle en raccrochant son kit mains libres.

D'une conduite nerveuse, mais respectueuse des limitations, Alexia profitait du paysage en arrivant au Tir au Vol. Un souvenir vague et merveilleux remonta de l'enfance, avec ses parents. Quelques mois avant le décès de sa mère, ils avaient été invités au mariage d'une cousine dans cette belle bâtisse idéalement située face à la mer, en surplomb de la plage Pereire. Elle longea ensuite le front de mer vers les Abatilles. La langue de terre bordée de pins laissait passer des traînées de soleil entre les troncs d'arbres. Les reflets argentés miroitaient sur les vagues qui secouaient le bassin à marée montante. Ses pneus crissèrent sur le goudron alors qu'elle s'arrêtait pour ouvrir la porte à Manuel. À peine assis à la place du copilote, celui-ci lui annonça :

- La nymphette russe n'a pas fait le coup : elle a un alibi béton. Elle m'a bien avoué avoir tenté le coup avec Anselme, mais il n'a pas mordu à l'hameçon. Le plan B a été activé auprès d'un autre client plus âgé, mais tout aussi riche. Il a confirmé avoir passé toute la journée et la soirée de mercredi avec la pin-up.
- Bravo ! Elle t'a lâché toutes ces informations facilement ?
- Disons que j'ai un peu usé de mon charme, en tout bien tout honneur, hein ! À force de draguer des hommes mûrs, elle ne semblait pas mécontente qu'un jeune policier l'interroge.
- Sinon, les autres clients ont quelle vision d'Anselme ?
- Aimable, bel homme, solitaire. Rien de bien nouveau. Par contre un certain Gustave Bellerue, de sortie à Bordeaux pour la journée, sera à interroger demain. Il semblait avoir des affinités intellectuelles et culturelles avec Anselme.
- OK. Allez, on file jusqu'à la place Thiers prendre les billets pour le prochain départ de la jetée dans dix minutes !

Elle termina un créneau avec habileté, claqua sa porte de voiture et ils se mirent tous deux à courir.

*

Ballotés par la houle, Alexia et Manuel profitaient du superbe paysage côtier qui se dévoilait sous leurs yeux. La traversée durait vingt minutes vers le Cap Ferret, cette longue bande de sable qui séparait l'océan Atlantique du bassin. Sur leur droite trônaient les iconiques cabanes tchanquées. Deux sœurs sur pilotis qui tirent leur nom des « chancas », nom gascon des échasses utilisées jadis par les bergers dans les Landes marécageuses. Quelques baraques d'ostréiculteurs au confort rudimentaire occupent cette île à la beauté sauvage, enveloppée de parcs à huîtres et difficile d'accès. Sur leur gauche, le rivage d'Arcachon. De magnifiques demeures donnant sur la plage avaient résisté au béton, contrairement au quartier de l'Aiguillon, à l'est de la ville. À marée montante, les courants ralentissaient la progression de leur bateau. Assis à l'extérieur, silencieux, Manuel et Alexia profitaient de cette parenthèse, laissaient l'écume projeter de fines gouttelettes d'eau de mer sur leurs avant-bras, abandonnaient leur visage aux éléments naturels. Vent et soleil se partageaient leur peau, plissaient leurs yeux. L'un tonifiait, l'autre dorait et réchauffait chaque cellule. La dune du Pilat apparut à l'embouchure du bassin vers l'océan, alors que le banc d'Arguin voyait ses étendues de sable lentement recouvertes par le flux marin.

Le phare du Ferret les accueillit à leur arrivée au Bélisaire. Alexia apprécia la poigne solide du capitaine qui l'aida à regagner la terre ferme. Sur les pontons d'accostage, la structure de la jetée constituée de béton et d'acier se dévoilait tout entière. Des moules s'étaient incrustées sur la partie immergée par les marées, tandis qu'une multitude de petits crabes noirs envahissaient les marches inutilisées par les touristes. Alexia se rappelait avoir lu qu'environ 370 millions de mètres cubes d'eau sont échangés entre le bassin et l'océan chaque jour à certaines marées. Comment matérialiser ce volume ? Un taxi les attendait pour rejoindre le village pittoresque de L'Herbe, souvent cité comme le plus beau de la presqu'île du Cap Ferret. Au bout de ce parcours coloré, Antoine Boquart avait été prévenu de leur visite. Dans un lieu hors du temps, véritable décor de cinéma, ils trouvèrent la maison blanche bordée de bougainvilliers aux larges fenêtres d'atelier d'artiste. Des cabanes restaurants offraient une vue imprenable sur le plan d'eau à l'horizontalité entrecoupée de piquets d'huîtres. Une treille face au bassin croulait sous la glycine parfumée. Seul le clapotis des vagues accompagnait le chant des mouettes qui sillonnaient le ciel azur. Assis devant son chevalet, d'un côté un pinceau lourd de peinture à l'huile posé sur son genou, sa palette de couleurs de l'autre, Antoine restait immobile devant l'étendue bleue. Il attendit de les sentir dans son dos pour les accueillir sans bouger, d'une voix calme :

- Un décor extraordinaire pour une fin tragique. Mon père a toujours eu le sens de la mise en scène.
- Merci de nous recevoir monsieur Boquart, je suis Alexia Crozon, responsable de l'enquête, et voici Manuel Paco. Nous vous présentons nos sincères condoléances.
- Ne cherchez pas de cynisme dans mes propos, dit-il, se retournant avec lenteur, je suis orphelin de père mais, en tant qu'artiste, je scrute la beauté en toute chose. Un automatisme professionnel en quelque sorte.

Il déplia sa longue silhouette, déposa soigneusement pinceau et couleurs sur son tabouret, et leur fit face. La tristesse emplissait son regard sombre. Alexia ne put s'empêcher de trouver ce peintre bohème à son goût. Tout de lin blanc vêtu, il la dépassait d'une tête. Ses boucles dorées et indomptées lui retombaient dans le cou. Il les invita à le suivre à l'intérieur de la cabane pour récupérer des chaises afin de s'installer à l'air libre. Spartiate, l'intérieur comprenait un recoin dans le fond par lequel on apercevait les pieds d'un lit à deux places, sur la gauche un canapé élimé dont le bleu initial était délavé. La cuisine ouverte, avec tous les ustensiles nécessaires aimantés au mur, y compris une batterie de couteaux, donnait sur le salon baigné de lumière. Manuel nota qu'il n'en manquait aucun.

- Voici l'essentiel pour vivre et profiter de couleurs exceptionnelles ! annonça Antoine, leur présentant son lieu de résidence. J'assiste au lever du soleil dans le fond du bassin. L'île aux Oiseaux est splendide. À cet endroit, le silence est d'une telle qualité qu'il accélère le processus de création.

Une fois installés sous la glycine odorante, l'interrogatoire put commencer.

- Comme vous le savez, nous avons retrouvé votre père sans vie ce matin dans la forêt, au sud de la dune du Pilat, démarra Alexia. Votre mère m'a informée que vous aviez partagé un moment avec lui hier après-midi. Pouvez-vous nous dire comment s'est passée votre rencontre ?
- Nous avions rendez-vous à seize heures quinze devant la jetée Thiers à l'occasion de son anniversaire, c'est exact. Puis nous avons flâné en ville, visité la galerie d'art contemporain à côté de la brasserie Repetto, pris un pot en terrasse au café de la Plage. Depuis que papa séjournait à l'hôtel, nous avions décidé avec mes frères et ma mère de marquer l'événement. J'ai donc loué cette bicoque pour quelques jours.
- Quand êtes-vous arrivé ? intervint Manuel.
- Lundi en fin de journée. Le temps de m'installer, d'observer la lumière, de m'imprégner des lieux.
- Pouvez-vous nous expliquer pourquoi vous avez vu votre père séparément au lieu de fêter son anniversaire tous les cinq, dit Manuel, incisif, sous

le regard réprobateur d’Alexia. N’est-ce pas ce que l’on fait dans une famille normale ?

- Qu’est-ce que la normalité, inspecteur ? Je vous mets au défi de me définir ce concept. Est-ce une famille constituée d’un papa et d’une maman qui s’aiment, avec deux enfants, selon la moyenne sur laquelle les industriels basent leurs produits ? S’ils se supportent, voire se détestent, sortent-ils du stéréotype de la « normalité » ? Voyons donc, si je rajoute quelques combinaisons : une fratrie de six ? Deux pères ? Deux mères ? S’il n’y en a qu’un ? Le veuvage donne-t-il le laissez-passer pour le titre de « famille normale », là où le célibat choisi ou subi constituerait une raison d'exclusion ?

Alexia préféra intervenir tant elle sentait le tour de la conversation leur échapper avec ce fils à la sensibilité exacerbée.

- Monsieur Boquart, je peux vous appeler Antoine ? La question de mon collègue n’avait aucune prétention sociologique, ce débat nous dépasse tous. À titre d'exemple, je suis fille unique, élevée par mon père depuis la mort de ma mère lorsque j’avais douze ans. Le jugement social n’est pas notre propos, je vous assure. Nous cherchons à comprendre comment, et pourquoi, votre père a été assassiné, afin que justice soit faite, martela-t-elle les yeux plongés dans ceux d’Antoine.

- Bien sûr… Veuillez excuser mon envolée déplacée. La douleur m'amène à me tromper de combat. Pour faire simple : je ne suis pas proche de mes frères. Nous sommes tous les trois très différents et, pour certains, incompatibles. Lorsque maman m'a proposé un déjeuner à cinq, j'ai refusé. Mes relations avec mon père n'ont pas toujours été aisées, mais elles s'étaient améliorées ces dernières années.
- C'est-à-dire ? demanda Manuel sur un ton plus aimable.
- Dans une famille d'agriculteurs producteurs qui a réussi à développer une entreprise florissante avec plusieurs centaines de salariés dans le monde, la fibre artistique est mal reconnue. Mon père estimait que j'allais perdre ma jeunesse et son argent, que l'art devait rester un passe-temps. Comme ma mère a insisté, il a accepté de payer mes études lorsque je suis parti à l'école des beaux-arts d'Aix-en-Provence, le bac en poche. Mais une fois diplômé, j'ai connu des années de galère sans aucune aide de sa part. « Tu dois assumer tes choix », me disait-il. Nous nous sommes éloignés quelque temps.
- Vous avez trouvé cette situation injuste ? demanda Alexia.
- Comment ne pas lui en vouloir ? Riche à millions, il laissait son fils cadet loger dans des squats, manger un repas par jour, parfois ne pas pouvoir se

soigner, car le matériel, pinceaux, toiles, couleurs, coûte cher ! Sans me comparer à ce peintre immense, ma condition rappelait celle de Cézanne. Alors oui, pendant quelques années nos relations furent tendues. Depuis cinq ans, elles se sont radoucies pour retrouver l'affection d'antan. Ma femme, Justine, y est pour beaucoup.

- Quelle est sa profession ?
- À l'opposé de celle de son mari, qu'elle entretient, je le précise sans honte : elle travaille dans une filiale de la Poste qui distribue des papiers recyclés remplis de publicités, que les gens jettent par automatisme dans 90 % des cas. Mais l'entreprise a une vocation éminemment sociale puisqu'elle emploie de nombreuses personnes en réinsertion. Nous avons une petite Lila, qui vient de fêter son premier anniversaire. Papa prévoyait de faire le voyage à Aix pour la voir grandir...

Il détourna la tête, les yeux brillants. Peine réelle ou feinte ? Certains auteurs de crimes cachent de parfaits acteurs qui ont appris leur rôle de composition toute une vie durant. Mieux comprendre les relations intimes dans cette famille constituait une clé fondamentale pour dénouer les nœuds de cette affaire, Alexia en était convaincue.

- Antoine, comment décririez-vous vos liens avec vos frères et votre mère ? relança Alexia.

- Maman s'est dévouée corps et âme à l'entreprise de son mari. Elle nous a élevés en respectant nos personnalités et nos envies. Présente, maternante, elle est le socle de la cellule familiale, en plus d'être un soutien constant pour notre père. Je pense pouvoir dire qu'ils étaient des partenaires de vie soudés. Nous nous voyons peu, mais restons en contact avec les moyens modernes. Quant à mes frères, que vous en dire ? Martin, mon aîné de trois ans, a un tempérament égocentré, opiniâtre, combatif. Je l'ai toujours connu avoir besoin de maîtriser, posséder, dominer, par l'argent, entre autres. Vous imaginerez aisément que j'ai dû apprendre à lutter et fuir lorsque nécessaire toute mon enfance. D'ailleurs, sa femme le quitte. Elle s'est accrochée tant bien que mal, pour les enfants. Quand elle a enfin compris qu'il la trompait depuis plusieurs années, ce fut trop. Elle jette l'éponge.
- Et votre frère Guillaume ? Le voyez-vous parfois ?
- Mon benjamin a fait des choix contraires aux miens, puisqu'il travaille dans l'entreprise familiale. Guillaume a toujours été ambitieux. À trente et un ans, il dirige le réseau de franchise de l'entreprise, c'est un parcours impressionnant ! Nous sommes restés en contact malgré la distance. Je pense qu'il souffre d'un manque de reconnaissance chronique. Rien n'était assez bien pour mon père ! Il avait développé l'entreprise de notre grand-père de manière formidable, pour lui il était donc difficile

de faire mieux et plus simple de tout planter en prenant des risques. Guillaume proposait des plans stratégiques que notre père refusait systématiquement. Mais, vous jugerez par vous-même ! J'imagine que je ne suis pas le seul des trois que vous allez interroger ?

- En effet. Nous avons commencé par vous, car vous étiez le plus proche du centre-ville, et le dernier témoin à l'avoir vu vivant. Vous a-t-il mentionné s'il avait quelque chose de prévu après votre rendez-vous ?
- Il semblait détendu, très heureux de ses vacances improvisées, libéré des contraintes habituelles et des soucis de gestion. J'ai compris qu'il comptait rentrer à l'hôtel à pied. La journée était belle. Je l'ai quitté à dix-huit heures, puis j'ai fait quelques courses et j'ai pris le bac de retour à dix-huit heures trente. Tenez, voici le ticket qui vous le confirmera. Vous pouvez le garder !
- Merci. J'imagine que personne ne pourra témoigner de votre présence chez vous hier soir.
- Vous avez raison... Hors saison cette partie du village est très calme. Et comme vous le voyez, je ne suis pas équipé pour recevoir.
- Dernière chose avant de vous laisser reprendre vos pinceaux, monsieur Boquart : j'ai du mal à croire à une entrevue pendant laquelle vous avez juste flâné ensemble, insista Alexia. Vous ne nous avez pas parlé de votre situation professionnelle, par

ailleurs. Je tiens à préciser que si vous n'êtes pas honnête avec nous, nous interrogerons votre épouse. Vous semblez attaché à votre père. Mais je sens à votre mine chiffonnée que vous ne nous avez pas tout dit. Qu'est-ce qui vous chagrine autant ?

Antoine se leva, comme piqué par une guêpe. Il leur tourna le dos, le temps de réfléchir face au bassin, les bras croisés de longues minutes. Puis il revint vers eux, le visage crispé et les poings serrés pour contenir sa colère :

- Ne mêlez pas ma femme à cette affaire. Elle n'a rien à voir avec ma famille, qu'elle connaît bien peu. C'est vrai, j'ai présenté une requête à mon père hier. Depuis des années, je caresse le projet d'ouvrir une galerie d'art à Aix-en-Provence. Nous n'avons pas l'argent nécessaire avec Justine. Son seul salaire et mes ventes de tableaux occasionnelles nous permettent de vivre décemment, mais face aux demandes de garanties des banques, nous ne faisons pas le poids. J'ai donc sollicité une avance de fonds à mon père…
- Laissez-moi deviner : il a refusé ?
- Ce n'était pas le bon moment pour lui. Il n'a pas dit non, mais a proposé d'en reparler dans six mois.
- Merci pour cette franchise, conclut Alexia en fermant son carnet de notes. Pour les besoins de l'enquête, je vous demanderai de ne pas bouger d'ici jusqu'à nouvel ordre.

Leur hôte n'attendit pas de les voir partir pour reprendre pinceau et palette maculée de taches multicolores, et se remit à l'ouvrage.

- Ton impression ? questionna Manuel.
- C'est un artiste pacifique au caractère doux, doté d'une sensibilité à fleur de peau. Il exprime ses émotions à travers ses toiles. Mais il a pu tuer pour de l'argent et sous le coup d'une grande colère non maîtrisée. Pour être indépendant de sa femme. Pour retrouver sa fierté. De plus, il n'a pas d'alibi fiable. Son ticket de retour Arcachon-Belvisaire du Cap en tarif de jour ne comporte pas d'horaire. De toute façon, il a pu rester plus tard qu'il nous le déclare avec son père, le tuer vers dix-neuf heures, puis prendre un bateau de nuit en payant un supplément.
- Quelle est notre prochaine étape ?
- Un aller-retour à Bordeaux pour rendre visite au fils aîné s'impose ! Il m'a l'air sympathique cet avocat, tel que son frère nous l'a décrit !

*

Assis derrière le manège du Moulleau, Cyrille Trousseau sentait l'abattement peser sur ses épaules, jusqu'à l'écraser d'une force puissante et invisible. Sa situation familiale le fragilisait, il supportait avec difficulté la charge émotionnelle. À chaque déconvenue, il accusait le coup, encaissait sans que sa déception ne se voie. Pourtant, la tristesse faisait son office, grignotait l'estime qu'il avait encore de lui-même. Sous ses aspects hyper professionnel et rationnel, il donnait l'impression de tout vouloir maîtriser. Mais pour ceux qui le connaissaient de longue date, des petits signes le trahissaient : sa gorge serrée déformait subtilement sa voix, les yeux s'humidifiaient vite, il était moins opiniâtre. La facilité avec laquelle il plia lorsqu'on lui imposa une collègue inconnue il y a trois mois sur l'affaire de meurtre ne signifiait pas qu'il prenait les choses avec philosophie, au contraire. Il subissait, mais cherchait à rester debout, à faire bonne figure, à cacher le désespoir qui le rongeait.

Déjà quarante-huit heures sans piste sérieuse. Le temps continuait son travail de sape et jouait en sa défaveur. Deux heures après sa disparition, Pauline pouvait avoir passé la frontière espagnole si son ravisseur l'avait transportée en voiture. Les chances de la retrouver saine et sauve dans ce cas étaient infimes. Dès mardi soir, ils avaient diffusé son portrait. La décision de lancer le plan « alerte enlèvement » avait même été prise hier, sans succès. Tout portait à penser qu'elle était retenue contre son gré dans un lieu aussi aisé à débusquer qu'une coccinelle sur la dune du Pilat. Si son beau-père était coupable, il y avait de fortes chances qu'elle se terre tout près, cachée dans un rayon de quelques kilomètres. Restait à le faire avouer, ce qui était loin d'être gagné.

L'interrogatoire de ce matin s'était révélé infructueux, décevant. Sur le conseil de son avocat commis d'office, le suspect convenait du bout des lèvres avoir un « problème récent » avec l'alcool lié à sa situation professionnelle catastrophique, ainsi que des problèmes dans son couple. Il maintenait pourtant sa version des faits quant à la disparition de Pauline.

Aux sons entraînants de l'orgue de Barbarie, hypnotisé par le manège en mouvement, Cyrille se remémorait les moments bénis où il attendait que son fils Raphaël ait fini son tour de cheval, de dauphin ou de cochon. Puis venaient les cris de joie à l'annonce du cornet de glace qui suivait. Son fils lui manquait. Raphaël avait gagné en maturité ces derniers mois, il racontait spontanément ses journées et faisait en sorte que tout se passe bien avec son père. Ce matin, quand Alexia prenait sa place sur le lieu du crime, Cyrille avait priorisé sa présence auprès de lui, au risque d'être sanctionné dans son travail. Lorsque le commissaire décida de nommer Alexia responsable de l'enquête sur l'assassinat d'Anselme Boquart, mis devant le fait accompli, il capitula faute de choix. Il devait bien reconnaître que la jeune policière se révélait être la hauteur. Elle l'avait remplacé au pied levé sans poser de question, l'avait couvert par la suite, et faisait preuve de bon sens et de perspicacité.

Côté privé, un souvenir heureux traversa son esprit avec légèreté, comme une bulle de savon après quelques secondes de vol : lorsqu'il avait déposé son fils à l'école après un bon chocolat chaud et des tartines, le petit lui avait dit sous le sceau du secret que sa maman se disputait de plus en plus souvent avec le photographe. La lune de miel n'avait pas duré longtemps ! Tout n'était donc pas perdu. À lui de la convaincre qu'il avait compris le message et avait changé pour de bon. Il cherchait à laisser son travail à sa juste place sans en oublier le principal, sa famille. Les quelques témoignages de Raphaël et le ton plus doux adopté par Lucie dans leurs échanges téléphoniques ces dernières semaines lui redonnaient espoir qu'elle revienne, une fois lassée de son amant. Force était de constater que, après six mois d'absence, il l'aimait toujours, et mieux qu'avant.

À chaque tour de manège, les enfants chevauchaient leur monture, confiants ou effrayés. Certains suppliaient leurs parents de prolonger le plaisir dès l'arrêt complet. D'autres savaient qu'ils n'auraient qu'un ticket et en profitaient. Cyrille relisait ses notes au rythme de la musique. Voyons, les points positifs de cette affaire. Ils n'avaient pas retrouvé de corps, Pauline pouvait donc être encore en vie. Le beau-père restait au chaud au commissariat. S'il était coupable, il finirait bien par craquer et avouer ce qu'il avait fait de sa belle-fille. Aucun serveur ne se rappelait de Pauline alors qu'elle avait rendez-vous au Moulleau après le lycée. Il avait laissé des messages à deux d'entre eux, en congés et injoignables. D'autre part, le vieux monsieur rencontré tout à l'heure avait dit qu'il avait parlé avec la jeune fille mardi à dix-sept heures, en pleurs sur le front de mer. Le policier le jugeait crédible, car sa description de l'adolescente correspondait avec celle faite par son beau-père le soir de sa disparition. C'était mince, mais il devait s'accrocher, continuer à rechercher d'autres témoins, tirer le fil d'espoir ténu qu'il avait entre les mains. Le point négatif se résumait en un mot : les statistiques. Au bout de quarante-huit heures sans nouvelles d'une mineure, sans localisation via son téléphone portable, on pouvait raisonnablement penser qu'elle avait été enlevée ou était séquestrée Dieu sait où. L'option de la fugue pouvait être écartée. Dans moins de 10 % des cas, l'issue était heureuse. Il reprit la photo empruntée à Fanny Landon, sourit à Pauline qui le fixait de son regard confiant, et se remit en marche.

*

Un casque sur les oreilles, Hermione arpentait son bureau à l'étage de sa maison du Pyla. Elle était en ligne avec le rédacteur en chef d'un quotidien local. Son interlocuteur se montrait insistant et tentait de lui soutirer une information sur Anselme Boquart que la police n'aurait pas laissée filtrer pour rendre le tirage du soir plus accrocheur. Précise et concentrée sur les faits qui préservaient la réputation de son client (le crime avait eu lieu à plusieurs kilomètres de l'hôtel Impérial, dont la sécurité était hors de cause), elle cherchait à optimiser cette gestion de crise inespérée pour la transformer en publicité indirecte. Les craintes initiales d'Alfonse Carmel, le directeur, se révélaient infondées. De son point de vue, avec une communication proactive et transparente auprès de son réseau de presse, on pouvait maintenant considérer le risque de dégradation d'image comme un effet d'aubaine.

Face à l'immensité bleue, elle laissa son regard flâner au gré des voiliers, bateaux de pêche et nuages dont les formes variées portaient à la rêverie. Tortue gigantesque, cigogne blanche de la tête aux pattes, ourson cotonneux… Leur contour éphémère se déformait sous le souffle invisible du vent qui les emportait vers le nord. Belle illustration d'impermanence. Désespoir sans fond, passion frénétique, rage débordante, bonheur exaltant, l'intensité de nos émotions allait de pair avec leur inéluctable disparition, à plus ou moins long terme. Hermione avait remarqué que les sentiments négatifs avaient la fâcheuse tendance à envahir notre monde, à prendre toute la place, tels des invités inopportuns. La joie, l'amour, la gratitude ou la sensation d'équilibre sont de leur côté bien fugaces et si difficiles à capter qu'ils nécessitent un réel effort d'identification quotidien, sous peine d'ignorer des pépites déposées sur notre chemin.

Un léger malaise reflua au point de se sentir nauséeuse. « Tu as trahi Fanny. Tu lui as menti par omission. Par ta faute, son mari est en prison », ressassait-elle en boucle. Sa mauvaise conscience lui collait à la peau, telle de la Super Glue qui a débordé de l'objet que l'on est en train de réparer et nous abîme les doigts. Ruminer était inutile et contre-productif. Elle décida d'appeler Yann, dans une tentative de réconciliation suite à leur brouille la veille. Celui-ci décrocha après plusieurs sonneries :

- C'est moi, j'avais juste envie de t'entendre, lui dit-elle, prenant son courage à deux mains.
- Hello, répondit une voix lointaine, entrecoupée par le vent. Je suis sur mes parcs du banc d'Arguin. Je ne peux pas rester longtemps en ligne. Le coefficient de marée est élevé. L'eau sera bientôt trop haute pour que je puisse travailler et je dois remplacer un confrère malade pour des livraisons.
- Tu penses rentrer tard ?
- Oui, ne m'attends pas. Je dois y aller. À ce soir ! puis il raccrocha précipitamment.

Désemparée par cet échange, Hermione s'assit quelques minutes à son bureau et contempla le ciel. Puis la bonne idée jaillit : Viviane lui avait fait part de cette scène de violence entre Fanny et son mari. Si une personne pouvait soulager son conflit de loyauté, c'était bien elle ! En composant son numéro, elle imagina sa chère voisine dont la teinture grise avait la fâcheuse habitude de tourner au violet, sous le soleil de Barcelone.

- Quelles sont les nouvelles d'Arcachon ? lui répondit-elle joyeusement dès la seconde sonnerie.
- Oh, je suis contente de vous entendre Viviane !
- Un problème avec mon jardin ? demanda son amie, inquiète.

- Non, je vous rassure, il se porte comme un charme ! Comment se passe la suite du voyage avec Michel ?
- On ne peut mieux ! L'ambiance du groupe est toujours aussi sympathique. Nous avons beau temps depuis le début, le ciel est sans nuages. Et puis, il y a des boute-en-train dans le lot, on rigole bien ! À l'instant, nous sortons d'un bar sublime au fond d'un palais transformé en musée. On y mange bio, vegan, sans gluten et tout le tralala, vous savez, pour être tendance et rester mince entre connaisseurs ! Nous sommes retournés dans le quadrat d'or, ce quartier chic aux superbes façades. Il suffit de regarder avec attention pour découvrir un porche décoré de mosaïques, un plafond peint, des couleurs chatoyantes. Je me fais l'impression d'être une exploratrice qui repère de véritables joyaux à chaque coin de rue !
- Vous me donnez envie de réserver un avion pour un week-end prolongé d'ici peu. À Arcachon, l'ambiance est morose… Mais je vous ai coupée, désolée. Dites-moi, qu'avez-vous visité depuis notre conversation d'hier ?
- Une pure merveille, ma chère : la Sagrada Familia, un autre chef-d'œuvre de Gaudi, l'emblème de la ville toujours en chantier qui était resté inachevé à sa mort ! Le projet de Bocabella en 1882 consistait à ériger une église dédiée à la sainte Famille, une réplique du sanctuaire de Lorette que l'on suppose

être la maison de Joseph et de Marie à Nazareth. Gaudi n'a remplacé l'architecte initial qu'après des désaccords avec Bocabella, qui l'appela à la rescousse. Il a passé un quart de siècle sur son œuvre majeure, devenue une basilique, véritable poème mystique. Et comme il savait pertinemment ne pas pouvoir la finir et craignait que son projet titanesque soit dénaturé, il avait fait construire les parties les plus hautes, mais peu fonctionnelles dès le début, plutôt malin de sa part !

- J'ai entendu dire que l'esthétique extérieure était toute relative…
- C'est exact ! La symbolique de cet édifice grandiose est marquante, mais j'ai préféré l'intérieur de la nef. Les jeux de lumière qui transpercent les vitraux sont absolument sublimes, la couleur s'étale sur la pierre. Pas besoin d'être croyant pour être touché par cette beauté brute.
- Vous avez goûté les fameuses tapas, j'imagine ?
- Oh oui ! Hier soir nous étions dans un bar à la décoration étonnante : une barque jaune citron accrochée au plafond avec ses rames surplombait notre table et la farandole de tapas, plus colorés et savoureux les uns que les autres. J'avoue avoir également un peu abusé de leurs mojitos ! Attendez Hermione, je dois vous quitter quelques instants. Je vous rappelle.

Hermione patienta, se demandant comment aborder son sujet principal de préoccupation sans casser l'enthousiasme de son amie, partie bien loin de ses soucis actuels. À travers la baie vitrée, son regard fut attiré par une trentaine de volatiles qui passa d'un vol sans forme établie à un V organisé en quelques secondes. Un oiseau prit la tête de l'escadrille, les autres suivaient à intervalle régulier pour une longue migration vers des contrées au climat hivernal plus accueillant. Viviane la rappela :

- Désolée pour l'interruption. Nous avons quitté la place Reial, ses façades des années cinquante et ses perruches vertes nichées sous les palmiers pour rejoindre en métro la plage Barcelonetta. Très exotique comme quartier mais, sans chauvinisme bien sûr, je préfère de loin nos étendues de sable !
- Je suis ravie que vous profitiez de ce voyage, Viviane. Sans vous prendre trop de temps, je voulais vous tenir au courant des événements qui ont lieu chez nous.
- Vous ne me dérangez pas le moins du monde ! Nous flânons en suivant les palmiers, je ne peux pas me perdre ! Alors, la police a-t-elle retrouvé cette petite ?
- Pas encore malheureusement. À ce sujet, je l'ai informée de cette scène dont vous avez été témoin et ils ont interpellé le beau-père.
- Très bien, d'ailleurs dès mon retour je me tiens à leur disposition pour une déposition écrite si nécessaire.
- Justement, maintenant je me sens mal vis-à-vis de ma cliente, Fanny Landon, la mère de Pauline. Je ne

lui ai pas encore avoué que j'étais à l'origine de cet appel. Cela me mine… J'ai l'impression de l'avoir trahie et de continuer comme si de rien n'était à travailler pour elle sur ce défilé de samedi… C'est une sensation détestable ! Je ne sais pas mentir sur un sujet aussi important.

- Et vous vous demandez si vous devez vous taire ou avouer toute la vérité, au risque de briser votre relation professionnelle et amicale, c'est bien cela ?
- Oui…
- Écoutez-moi bien, Hermione. Si cela peut vous rassurer, j'appellerai moi-même la police pour témoigner et ainsi, vous serez hors de cause. Pour changer de perspective, mettez-vous à la place de Fanny Landon un instant. Si son mari alcoolique et violent la persécute depuis des mois, voire plus, ne seriez-vous pas soulagée de le savoir derrière les barreaux ? De deux choses l'une : soit il est coupable d'enlèvement sur sa belle-fille, et les enquêteurs vont lui faire avouer son crime à l'usure, soit il est innocent de cette ignominie, mais il a des actes graves à se reprocher qui justifient largement quelques jours en cellule, vous ne croyez pas ?
- Je ne voyais pas les choses sous cet angle…
- Sa femme doit être dans un nuage terriblement noir et incertain à l'heure où nous parlons. Elle n'a pas besoin de connaître tous les détails de cette affaire. Gardez cette information, somme toute

mineure, pour vous. Mon nom apparaîtra dans le dossier, soyez sans crainte. Mais je dois dire que je vous trouve une bien petite voix. Êtes-vous sûre de n'avoir que ce sujet de préoccupation, ma chère ?

- Vous avez raison, il y a autre chose… Nous nous sommes disputés avec Yann pour des broutilles hier soir.
- À quel propos ?
- Il me reproche de rentrer tard sans le prévenir. Et comme il est d'un tempérament à s'inquiéter pour un rien, surtout à la nuit tombée, je ne le supporte pas.
- Une femme seule, à vélo, avec des assassins et kidnappeurs qui rôdent, il n'a pas tout à fait tort !
- Écoutez, j'ai besoin de liberté et il m'étouffe ! On dirait une mère poule qui couve un œuf friable, c'est exaspérant ! Cela me rappelle la possessivité excessive de Ludovic. Pour être honnête, je dois vous dire qu'un meurtre a eu lieu hier soir vers la plage du Robinson. L'homme d'affaires qui a été tué logeait à l'hôtel Impérial, un autre de mes clients. Mais Yann m'a fait une scène sans avoir connaissance de cet événement, n'allez pas lui chercher des excuses sans cesse à la fin !
- Hermione, vous êtes incroyable ! s'exclama Viviane. Vous comptiez attendre encore combien de temps pour m'annoncer cette horreur ? Un meurtre au Pyla ! Que se passe-t-il dans notre petite ville tranquille, enfin ? Capucine de

Chamfleury il y a deux ans, maintenant cela… C'est effrayant.

- Je sais… Je suis désolée d'être apporteuse de mauvaises nouvelles. Pour ce crime, mon rôle consiste à assurer les relations publiques autour de cet événement. Je ne connaissais pas la victime… En revanche, je dois bien avouer que la disparition de Pauline me touche plus que je ne l'aurais imaginé. Quand j'étais adolescente, une affaire similaire avait eu lieu dans mon quartier. La police avait retrouvé la jeune fille morte au bout d'une semaine, je m'en souviens comme si c'était hier, c'est horrible !
- Où était-elle ? relança Viviane, intéressée.
- Dans une cabane de résinier… Vous savez, il en reste bon nombre, dont une infime partie est encore en activité.
- Hum, Napoléon III a été bien inspiré lorsqu'il a instauré la loi de 1857 qui a obligé les communes à assainir et ensemencer les Landes avec des pins maritimes, les seuls qui poussaient correctement. C'était déjà la solution idéale pour fixer les dunes. Et cela a permis de drainer l'eau des marécages, responsables de la propagation du paludisme. Du coup les bergers n'eurent plus de place pour faire paître leurs bêtes. Ils se sont révoltés, ont même mis le feu à la forêt naissante, avant de se transformer peu à peu en résiniers. Ils piquaient les arbres de janvier à octobre, puis les entretenaient

le reste du temps. Un métier éreintant… Mais je vous ennuie avec mes parenthèses historiques ! Revenons à notre affaire. Savez-vous si la police a cherché la petite dans la pinède ?

- Je n'en ai aucune idée. Et franchement, je n'irai pas fourrer mon nez dans l'enquête. La dernière fois m'a servi de leçon. D'ailleurs, comment voulez-vous qu'ils retrouvent quelqu'un parmi la multitude de cabanes désaffectées autour du bassin ? Cela serait un travail de titan !
- C'était juste une idée comme ça… Bon ma chère, je vais devoir vous laisser sous peine de perdre mes comparses. Il ne manquerait plus qu'ils prennent l'apéritif sans moi ! Ne vous faites pas trop de souci pour vos différends de couple. Parlez à Yann, c'est un homme intelligent et il vous aime. D'après mon expérience, c'est la solution la plus efficace de tous les temps. Vous qui êtes dans la communication, cela ne devrait pas poser trop de problèmes, si ?

Un sourire aux lèvres, Hermione resta pensive une fois la conversation terminée. Le bon sens terrien de Viviane la réconfortait. La vieille dame botaniste férue d'histoire avait un défaut : son côté commère en veille constante sur la vie de ses voisins. Pour être honnête, à son arrivée il y a deux ans, elle s'en était méfiée. Puis elle s'était laissé apprivoiser. Fille unique, orpheline depuis l'accident de voiture qui avait causé la mort de ses parents il y a dix ans, Hermione appréciait leur relation. Dans des moments tendus comme aujourd'hui, entendre sa voix la rassurait.

Elle compléta une des propositions de stratégie et de plan de communication pour un prospect et la lui envoya par mail dans la foulée. Puis elle prit la route jusqu'à l'hôtel Impérial et retrouva un journaliste qui avait souhaité la rencontrer. Une photo réussie de l'établissement valait mieux que n'importe quel beau discours. Alfonse Carmel, plus détendu depuis le rendez-vous de crise du matin, les attendait et leur offrit un verre au bar avant d'échanger le peu d'informations qu'il détenait. Le journaliste prit quelques clichés et convint de publier son article le soir même.

Elle profita d'être dans le coin pour passer à la Librairie Générale, cours Lamarque de Plaisance, LE repaire de tous les amoureux des lettres, pour rechercher le dernier thriller d'un auteur dont elle ne manquait aucune sortie. Puis elle fit un saut chez le traiteur avenue Gambetta pour régler les derniers détails du défilé de samedi, faisant fi des risques (élevés) d'annulation. Mini-gougères, verrines de saumon à la crème et à l'aneth, foie gras sur sablés au parmesan, macarons à la truffe seraient suivis de babas et leur pipette de rhum miniature, financiers à la pistache et cuillères de mangue et framboise. Tout était fin prêt pour ce qui devait constituer le point d'orgue de l'automne au magasin. Fanny faisait comme si de rien n'était. Politique de l'autruche ou impressionnante force de caractère ? Hermione ne pouvait qu'admirer sa dignité dans l'épreuve. Une fois dans la rue, le visage orienté vers les rayons du soleil, les yeux entrouverts, une voix claire à sa droite la fit sursauter :

- Bonjour Hermione, comment vas-tu ? lui demandait Julie, jolie brune à la longue chevelure retenue en chignon, le sourire aux lèvres.

La compagne que Yann avait quittée après une année de relation se tenait devant elle, rayonnante, avec le souhait évident d'être regardée. Jusqu'à présent, leurs rapports étaient aussi réchauffés que des glaçons, Julie considérant Hermione, à juste titre, comme la cause du naufrage brutal de son couple. Interloquée, figée sur place, la jeune consultante bafouilla une vague réponse, puis étonnée par le visage anormalement joyeux de son interlocutrice, elle fut attirée plus bas, jusqu'à son ventre rebondi. Radieuse, Julie portait un de ces tee-shirts idiots et profondément provocateurs pour toute femme en mal d'enfant, « bébé à bord » placardé sur le nombril.

- C'est pour février ! Nous sommes fous de joie Étienne et moi. Bien le bonjour à Yann ! lui jeta-t-elle à la figure avant de poursuivre sa route triomphante.

Les joues en feu, Hermione intégra ces mots comme autant de coups de poing dans le ventre. Une paire de gifles n'aurait pas été plus violente. Julie. Son ex-rivale. Enceinte. Bébé à bord. Alors que son propre corps était vide d'enfant. Sa vengeance assouvie, victorieuse faute de combattant, son adversaire s'éloignait, laissant Hermione assommée par K.-O. Un vers de Corneille, revenu des limbes de sa mémoire s'invita : « À vaincre sans péril, on triomphe sans gloire. » L'effet de sidération atténué, la colère prit le dessus. Que Julie fasse la roue devant elle pour lui montrer à quel point elle avait su rebondir après la trahison de Yann, elle le comprenait. L'infirmière lui avait toujours été sympathique. La passion s'était simplement glissée entre Yann et elle à son retour pour des vacances, il y a deux ans. L'amour de jeunesse qui ressurgit à l'âge où tout est enfin possible.

Pour être honnête, ce qui la mettait dans un état proche de la panique ne concernait pas Julie, mais ce gouffre noir qui l'attirait et l'angoissait. Il était si profond, si inquiétant, à l'intérieur de ses entrailles, qu'il l'aspirait dans son insondable cavité. Cette blessure à fleur de peau non refermée, elle devait la soigner, sous peine de souffrir à force de la gratter, de rouvrir la plaie sans relâche. À chaque femme enceinte, à chaque mère épanouie, à chaque nourrisson croisé. Dans un état second, la tête compressée aux tempes, elle rejoignit sa voiture et roula jusqu'à trouver une rue déserte. Puis elle hurla jusqu'à ce que, la gorge sèche, épuisée, elle ne puisse plus émettre le moindre son. En pilotage automatique, elle reprit le chemin de sa grande maison vide pour clôturer cette interminable journée au goût amer.

Sur la route, elle fut bercée par la voix réconfortante d'un botaniste à la radio : en ce début d'automne, les fleurs passent le relais aux feuilles pour transmettre des couleurs si éclatantes qu'elles nous émerveillent de tant de splendeur. Du vert printanier au marron, le spectre de cette palette aux nuances infinies hypnotise nos pupilles.

Recentrés sur notre essence profondément humaine, nous rentrons alors en communion avec la nature, d'un jaune pétillant à la lumière d'un arbre orangé, jusqu'à nous laisser étourdir par un vibrant bouquet de branches rouges. Le rythme des saisons l'avait toujours apaisée. Cette variation immuable la ramenait à la roue du temps qui passe et emporte avec lui chagrins et joies éphémères. Arrivée chez elle, sa décision était prise : elle allait demander de l'aide pour se débarrasser de ses démons intérieurs, ou du moins chercher à les apprivoiser.

*

Coincé derrière un camion polonais qui cherchait péniblement à doubler un confrère tchèque, Manuel pestait comme un charretier sur l'autoroute, à quelques kilomètres de la rocade bordelaise. Il sortit le gyrophare, exaspéré, mais dut tout de même attendre que le véhicule se rabatte. Après avoir interrogé Antoine Boquart au Cap ferret, ils avaient pris la route, à peine débarqués sur la jetée Thiers par le bateau qui avait assuré la traversée. L'artiste en mal d'argent avait brossé un portrait peu flatteur de son frère Martin, lequel avait été prévenu de leur visite à son cabinet de Bordeaux.

- Fais attention, tu vas nous tuer ! hurla Alexia alors que son collègue frôlait une petite Polo hors d'âge à 140 km/h.
- Tout baigne, je contrôle ! maugréa Manuel les mâchoires serrées, aussi concentré qu'un pilote de Formule 1 sur son circuit.

La policière tentait de se calmer en écoutant une ballade country très douce à la radio, lorsque son téléphone sonna et la fit sursauter. Cyrille Trousseau venait aux nouvelles depuis le dernier café échangé au commissariat en fin de matinée. Elle l'informa des éléments fournis par la légiste : horaire estimé de la mort d'Anselme Boquart (entre dix-neuf heures et vingt et une heures) et mode opératoire supposé (coup à la tête avec une branche d'arbre, avant d'être poignardé à mort). Puis il partagea avec elle les maigres nouveautés obtenues sur la disparition de Pauline d'une voix lasse :

- On est tous assez déprimés. Les témoignages nous confirment que Pauline est bien venue au Moulleau après ses cours. Le vieil homme qui a discuté avec elle m'a dit qu'elle lui faisait penser à sa petite fille… Elle sanglotait, seule, avait l'air totalement bouleversée sur le front de mer. Il a cherché à la réconforter.
- As-tu une idée de la personne avec laquelle elle avait rendez-vous ? l'interrompit Alexia, agrippée à sa portière alors que Manuel décrochait brusquement pour doubler un camion.

- Rien de clair sur une éventuelle rencontre qui l'aurait mise dans cet état. En revanche, à l'heure des sorties d'école, Maud et Guylain ont fait la plage en long, en large et en travers. Par chance, le temps est clément : les gamins s'amusent encore sur le sable et font des pâtés. Ils ont fini par trouver une mère de famille. Elle jure avoir vu Pauline à dix-sept heures trente à pied partir en direction du centre-ville. Elle était accompagnée de trois jeunes hommes.
- Ça ne me dit rien qui vaille…
- Pas terrible, non. Le jeu de piste continue, mais je dois bien avouer que je commence à être moins optimiste. Bon, je file au commissariat faire un rapport et saluer le beau-père. Il doit être chaud à point celui-là. Qui sait s'il sera disposé à cracher le morceau ?
- Sait-on jamais… Je te laisse. On arrive au parking de la place des Quinconces. La visite guidée du centre-ville ça sera pour une prochaine fois, dommage !

Face à la Garonne, l'immeuble cossu dans lequel ils s'annoncèrent devait être protégé de la chaleur en été grâce aux arbres attenants. Il se situait à quelques pas du spectaculaire monument aux Girondins. Élevé à la mémoire des députés victimes de la Terreur, ce dernier célébrait la République de ses trente-quatre sculptures. Au troisième étage, une secrétaire au maintien impeccable, entre deux âges et coiffée d'un chignon strict, les fit entrer. Martin Boquart ne prit pas la peine de venir les accueillir. Le regard droit, de large carrure, il les pria de rentrer dans son bureau comme il l'aurait fait pour des clients. L'avocat aurait pu jouer dans un film américain. Il en avait le physique, le sourire aux dents immaculées et les manières avenantes, mais superficielles. Les matériaux utilisés pour meubler son espace reflétaient une volonté d'en imposer. Une sobriété toute japonisante, du gris au noir, un immense bureau en verre. Aucune plante, aucun bois ne venait adoucir l'ambiance glaciale de cette pièce. À peine pouvait-on percevoir une légère odeur de santal. Était-ce pour couvrir les derniers effluves d'une cigarette fumée récemment ?

- Veuillez accepter nos sincères condoléances, dit Alexia, assise en face de leur hôte.
- Je vous remercie. C'est épouvantable... Avez-vous des éléments qui permettent d'envisager une conclusion rapide ? demanda Martin, la fixant droit dans les yeux, le regard clair et sec.
- Pas de piste sérieuse pour l'instant. À ce stade, nous cherchons à comprendre la personnalité de votre père, pour déterminer qui aurait eu intérêt à l'assassiner. Quel est votre avis ?
- Écoutez, il n'est de secret pour personne qu'il n'avait plus tous ses esprits ces derniers temps. Cette lubie qu'il avait eue de s'installer à l'hôtel par exemple, quelle inconscience ! Imaginez qu'il a laissé la gestion de l'entreprise à mon frère Guillaume, ainsi qu'à ma mère, du jour au

lendemain, sans raison valable. Avouez tout de même que c'est un peu fort ! s'exclama Martin.

Tout en emphase, il jouait avec un presse-papier en marbre pour masquer sa nervosité.

- J'ai cru comprendre qu'il avait expliqué avoir besoin de prendre du recul, dit la policière.
- Mais enfin, du recul sur quoi ? la coupa Martin brusquement. Il avait tout, ne laissait de place à personne et ne comptait que sur lui-même pour gouverner.
- Le mot est fort...
- C'est exact. Mon père était un bâtisseur. Il a fait de l'entreprise familiale régionale un empire mondial. Riche à millions, il n'en était pas moins un homme de devoir. Il avait beaucoup de mal à accepter que Guillaume développe à sa guise le réseau de franchises par exemple. Quant à Antoine, pour s'affirmer il a dû partir. L'art est peu valorisé en terrain rural...
- Votre description de votre père me semble bien froide et critique, intervint Manuel. Où étiez-vous entre dix-neuf et vingt et une heures mercredi, monsieur Boquart ?
- Faut-il comprendre que vous me suspectez ? Dois-je appeler mon avocat ? rétorqua-t-il avec ironie.
- À cette heure, nous n'écartons aucune piste, dit Alexia. Ce n'est pas à un juriste de renom que je vais apprendre cela.

Sans pour autant donner l'impression d'être crédule, son interlocuteur apprécia le compliment et se détendit légèrement. Il soupira, prit quelques secondes de réflexion avant de répondre un ton plus bas :

- Comme vous le savez, j'ai passé la matinée avec mon père au banc d'Arguin hier. J'ai voulu le voir seul, pour essayer de comprendre ce qu'il avait en tête. Mais il ne m'a rien dit. Je l'ai senti étrangement serein de laisser ma mère dans la panade, comme en paix avec lui-même... Rappelez-vous qu'il se la coulait douce dans un hôtel de luxe plein de pépettes en recherche d'un type blindé aux as comme lui, depuis plusieurs semaines. Franchement, je ne vois vraiment pas ce que je peux vous apprendre. Je ne lui connaissais aucun ennemi potentiel qui aurait une raison suffisante pour le tuer. Mon père était dur en affaires, mais juste, et ses concurrents le respectaient. Il faisait en sorte que ses employés se sentent bien dans leur travail, il leur donnait du sens, des perspectives et payait bien. Si vous voulez mon avis, il a dû faire une mauvaise rencontre avec un drogué dans les dunes, et cela aura mal tourné. Vous avez vérifié dans les campings aux alentours ?
- C'est en cours... mais, au risque de paraître désagréable, vous n'avez pas répondu à la question de mon collègue, rebondit Alexia d'une voix tranquille, mais assertive.

- Hum, c'est vrai. J'étais chez moi. Comme j'avais pris ma journée, j'ai travaillé à mon domicile l'après-midi.
- Des témoins peuvent-ils en attester ? Votre femme ?
- Personne. Mon épouse est partie avec les enfants il y a trois semaines. Ce sont des choses qui arrivent !

Il fit cette annonce sans affect, absorbé par son presse-papier, pour tenter de maîtriser la colère d'avoir à dévoiler sa vie privée à des policiers.

- Des voisins ?
- Peut-être. Allez leur demander. Écoutez, puisque vous donnez l'impression de vouloir l'entendre de ma bouche : je n'ai pas tué mon père ! Lorsque je l'ai laissé à La Co(o)rniche en fin de matinée pour déjeuner avec ma mère et Guillaume, il allait parfaitement bien. De mon côté, je suis rentré chez moi sans détour, et je n'en ai pas bougé. J'ajouterai que je n'avais aucune raison valable de l'assassiner. Nous avions des différends, comme dans toutes les familles, mais je l'aimais, à ma façon. Maintenant, vous voudrez bien m'excuser, mais j'ai un client important qui arrive dans cinq minutes. Je dois me replonger dans son dossier.

Une solide poignée de main plus tard, il les congédia en appelant la sinistre secrétaire qui s'acquitta de la tâche sans qu'un sourire trouble son visage. Ils attendirent l'ascenseur en silence et, une fois en bas, traversèrent la plus grande place d'Europe les mâchoires serrées. À peine Alexia lâcha-t-elle « Quel connard ! » dans sa barbe. La voiture ouverte, elle se mit au volant sans demander l'avis de son collègue, et pesta :

- Il n'est pas seulement antipathique, non, c'est bien plus que cela ! Il n'a pas plus d'alibi que son frère, est égocentré, calculateur, habitué à manipuler et à gagner des affaires qui lui rapportent des sommes indécentes. Et il se permet de nous prendre pour des billes, le grand avocat fiscaliste au physique de star. Je te parie qu'il n'est pas net ! Et nous allons nous faire un malin plaisir de découvrir ce qu'il nous cache avec tant de naturel !

*

Les couleurs intenses du soleil couchant baignaient la soirée de doux éclats verts et jaune orangé. L'heure de route entre Bordeaux et Arcachon avait apaisé Alexia. Elle était reconnaissante à Manuel d'avoir permis une qualité de silence dont l'un et l'autre avaient besoin. La journée touchait à sa fin. Chacun ressentait la fatigue ralentir ses mouvements, enlever de la légèreté aux raisonnements. « Demain, il fera jour » avait pour habitude de dire sa mère derrière ses fourneaux avec philosophie, lorsqu'elle revenait de l'école perturbée par des mesquineries, les injustices ou des disputes sans importance. Après une bonne nuit de sommeil, l'esprit se trouvait reposé, comme lavé des ressentiments et pouvait alors analyser avec clarté pour résoudre les problèmes décrétés inextricables la veille.

À peine arrivée dans l'enceinte du commissariat, elle se sentit agressée par une discussion conflictuelle. Elle distingua les basses d'une voix jeune et masculine, empreinte de colère et d'hystérie, entremêlée à celle d'une femme mûre. Cyrille tentait de contenir l'énergie négative de ces individus qu'Alexia découvrait de dos. Il accrocha le regard de sa collègue avec un soulagement intense et lui présenta les visiteurs : Adeline Boquart et son benjamin, Guillaume, venus reconnaître le corps d'Anselme Boquart.

Alexia proposa à la femme aux yeux rougis, dont le désespoir était palpable, ainsi qu'à son fils de s'installer dans une salle attenante. Une fois seule avec Cyrille, le temps de récupérer son dossier et de quoi noter sur son bureau, elle ne put s'empêcher de grommeler :

- Qu'est-ce qu'ils font là ? Ils n'auraient pas pu me prévenir ou attendre demain ? Le corps est à la morgue en cours d'autopsie, pas dans mon tiroir !
- En cas de meurtre, les proches ne prennent pas forcément rendez-vous, tu sais, à nous de nous adapter ! Ils viennent d'arriver et sont tout à toi !
- Au moins j'aurai vu toute la famille le premier jour, c'est déjà ça... répondit-elle avec lassitude, gagnée

par l'épuisement en rejoignant ses invités surprises.

Effondrée sur sa chaise, Adeline Boquart semblait statufiée. Des vagues de rides sur le front marquaient ce visage classique et rond. Habillée de manière fonctionnelle et ample en bleu marine et vert, son corps restait immobile. Droit comme un « i », sur le point d'exploser, son fils prit la parole en appuyant ses coudes sur la table qui les séparait. Il tentait de maîtriser son émotion, mais transmettait une charge d'agressivité élevée, tant par sa posture que sa voix :

- Nous vous sommes reconnaissants de faire votre possible pour retrouver l'assassin de mon père. Mais permettez-moi de vous dire qu'il serait plus sérieux de votre part de rechercher un coupable chez les rôdeurs des campings plutôt que dans notre famille ! Mes frères nous ont prévenus que vous leur aviez rendu visite. C'est une honte de suspecter d'honnêtes gens en deuil ! Nous allons nous plaindre en haut lieu !
- Vous avez terminé ? lui demanda posément Alexia. Bon. Si vous m'aviez laissé le temps de vous accueillir, je vous aurais tout naturellement présenté mes sincères condoléances. En tant qu'enquêtrice chargée de découvrir comment, par qui, et pourquoi votre père et défunt mari a été assassiné, il est fondamental de chercher à mieux le connaître et de reconstituer la journée de

mercredi. La procédure en de telles circonstances impose d'interroger les dernières personnes qui l'ont vu en vie, à savoir sa famille.

- Les uns comme les autres, nous l'avons vu le matin, à déjeuner, ou l'après-midi, dit sa veuve, regardant la policière d'un regard éteint. Comment pouvez-vous penser une seule seconde que nous ayons tué Anselme ?
- Mon travail ne consiste pas à imaginer, madame. Je récolte des faits, des indices, cela s'appelle mener une enquête. Concernant votre requête, je suis désolée, mais le corps vous sera rendu dans quelques jours.
- Vous allez nous dire que c'est la procédure, là encore ? demanda son fils, qui se leva brusquement.
- En effet. Une autopsie doit avoir lieu. Je vous prie de vous asseoir, monsieur Boquart. Ce n'est pas en cherchant à m'intimider que vous m'aiderez à établir la vérité.
- Je veux juste voir mon père, est-ce si difficile à comprendre ? cria-t-il.
- Guillaume, sors d'ici ! intima Adeline Boquart sur un ton tranchant qui n'acceptait aucune réplique. Va prendre l'air. Tu reviendras une fois calmé.

Interloqué, il n'osa pas s'opposer à sa mère. Alexia le vit serrer les mâchoires au point de les entendre craquer, fermer les poings, comme pour frapper. Elle se tint prête à le maîtriser avec une prise de krav-maga s'il tentait un acte violent à son encontre. Mais il quitta la pièce, son corps nerveux tendu à l'extrême.

- Je vous prie de bien vouloir excuser mon fils. Nous sommes tous bouleversés. Chacun réagit comme il le peut. Il a toujours été de nature impulsive. Mon mari a… avait d'ailleurs du mal à lui témoigner sa confiance. C'était un sujet de frustration constant pour Guillaume. Comme je l'expliquais à votre collègue, nous sommes venus sans prévenir, car cela nous semblait être la chose à faire… Rester chez nous paraissait… inapproprié compte tenu des circonstances.
- Je comptais vous rappeler pour vous interroger. Pouvez-vous me dire à quelle heure et où a eu lieu votre rencontre hier ?
- Nous avions rendez-vous à La Co(o)rniche à midi trente. Notre déjeuner a duré deux heures environ. Vous pourrez vérifier au restaurant, nous étions installés en terrasse.
- Je vous avoue qu'un élément m'intrigue depuis le début : votre mari avait souhaité s'isoler quelques semaines et, précisément ce jour-là, sa famille n'était pas unie autour de lui. Pouvez-vous m'aider à comprendre ?
- C'est assez simple. Mes fils ont des caractères très différents et les réunir n'est pas la meilleure idée pour que les échanges soient de qualité entre eux, et avec leur père. Martin s'emporte vite, a tendance à tout ramener à ses affaires. C'est un

avocat très en pointe dans son domaine, il gagne beaucoup d'argent, ce qui a le don d'horripiler Antoine. L'artiste de notre famille s'est éloigné volontairement sous le soleil du Sud Est, propice à son inspiration. Quant à Guillaume, vous l'avez vu, il a le sang chaud, est en perpétuelle recherche de reconnaissance, et se heurte pour un rien avec Martin. Bien que nous les ayons élevés avec les mêmes valeurs, nos fils ne s'entendent pas. Je le déplore, mais c'est ainsi. Pour l'anniversaire de leur père, chacun a donc passé un bon moment avec lui, séparément.

- Savez-vous pourquoi votre mari a choisi Arcachon ces dernières semaines, madame Boquart ?
- Pour être honnête, non. Il m'a dit qu'il avait besoin de prendre du recul, de se reposer, en résumé, il voulait des vacances prolongées !
- Je sens de l'aigreur dans votre voix.
- En effet. Nous sommes ensemble depuis nos vingt ans et je pense être celle qui connaît le mieux Anselme. C'était un bâtisseur, un développeur, dédié à son entreprise, un meneur d'hommes, avec lequel nous étions tous prêts à aller très loin. Quelle mort stupide si un voleur l'a tué pour de l'argent…
- Revenons à sa personnalité, si vous le voulez bien. Ne prenez pas mal ma question, mais votre mari avait-il des maîtresses ?

- Lorsque l'on se marie avec un homme aussi séduisant qu'Anselme, il faut bien s'attendre à ce que les femmes lui tournent autour. Je ne suis pas une dinde, voyez-vous. Je n'ai pas le physique d'une pin-up et ne l'ai jamais eu. Mais notre contrat de fidélité était clair depuis le début. S'il ne l'avait pas respecté, vous pensez bien que, dans un petit pays comme le nôtre, j'aurais été au courant.
- Ce qui signifie ?
- Qu'il ne m'a jamais trompée. Je ne l'aurais pas supporté, il le savait.
- Très bien. Pour terminer cet entretien, où étiez-vous hier soir entre dix-neuf et vingt et une heures, madame Boquart ? Simple question de routine dans les affaires de meurtre…
- J'étais chez moi avec Guillaume. Nous étions rentrés ensemble en voiture après le déjeuner. Ni lui ni moi n'en avons bougé.
- Des témoins peuvent-ils en attester ?
- Je peux attester que mon fils était présent, et lui fera de même pour moi.
- Je vois. Cela sera tout pour aujourd'hui. Merci de vous être déplacée. Je vous serais reconnaissante de rester à disposition de la police dans les jours prochains. Nous reviendrons vers vous dès que nous aurons du nouveau et que vous pourrez récupérer le corps de votre mari.

Alexia se leva pour signifier que l'entretien se terminait. Pensive, la tête lourde après cette journée harassante, elle raccompagna sa visiteuse vers la sortie. Avant de rentrer chez elle, elle s'astreint à noter les derniers éléments récoltés sur la famille Boquart au complet. « En définitive, ils avaient tous un mobile pour tuer Anselme, a minima financier. » Christine Pintier, leur assistante, avait déposé le rapport de Lisa sur son clavier : le groupe grunge n'avait vu personne, il se trouvait en dehors du camping pendant le crime et semblait peu intéressé par l'argent. Plutôt tendance baba cool, avec pour devise « Vivons d'amour, d'herbe et d'eau fraîche. » Rien de concluant non plus chez les adeptes de parapente sur la dune attenante. À l'heure du meurtre, ils avaient tous rangé leur matériel et repris la route, faute de vent et de luminosité. Son estomac rappela à la policière qu'elle n'avait pas mangé depuis une éternité. L'adrénaline est une amie traîtresse lorsque l'on travaille sur des enquêtes terrain. Elle nous remplit d'un sentiment de plénitude, le glucose sécrété par le foie libère de l'énergie dans les muscles pour qu'ils soient prêts à l'action mais, à la descente, les effets secondaires en creux apparaissent. Chez elle, cela prenait la forme d'une trop grande pression artérielle qui lui provoquait des migraines… et réveillait sa faim.

La sensation du travail accompli, elle rangea son dossier, remit sa veste et s'apprêtait à sortir lorsqu'un brouhaha lui parvint depuis la zone où l'on détenait les prévenus. Cyrille apparut le visage défait et murmura :

- Jérôme Sartoren…

- Oui, quoi ? Qu'est-ce qu'il a ?
- Il s'est pendu dans sa cellule...

*

Allongée dans son salon à discuter tranquillement avec son père, Alexia profitait du premier échange de la journée qui n'était pas lié au meurtre. Savoir couper avec la noirceur et la misère humaine côtoyée dans son travail faisait partie des ressources indispensables pour faire ce métier. Cela s'apprenait. Ou pas. Pour certains, une fois la porte du commissariat passée, leur vie privée prenait le dessus, orientée sur l'instant présent. Le sac à dos trop chargé des affaires courantes restait au bureau, jusqu'au lendemain. Pour d'autres, le mental continuait à tourner, à ruminer en boucle ce qu'il aurait fallu faire, dire, décider. Quand il dirigeait notre existence et nous maintenait artificiellement dans les enquêtes soldées ou les actions à venir, les effets physiques se faisaient rapidement sentir : angoisses, insomnies, irritabilité, etc. Certains évoquaient des réveils nocturnes provoqués par des cambrioleurs, des saccageurs sournois introduits dans leurs rêves pour les transformer en cauchemars. Alexia savait d'expérience qu'il était illusoire d'espérer être étanche. La nature humaine intègre par essence une dose de perméabilité. Mais pour l'instant, elle adorait son travail, et celui-ci ne l'empêchait pas de vivre en dehors.

Concentrée sur les propos de son père, une lumière tamisée au salon mettant en valeur un bouquet de tulipes fraîches apportées par l'aide-ménagère ce matin-là, elle profitait pleinement de cette détente méritée après dîner. La découverte du corps inanimé de Jérôme Sartoren, le beau-père de Pauline, avait déclenché une effervescence terrible au commissariat, suivie de toute la procédure judiciaire et légale habituelle. Leur supérieur avait prévenu le procureur sur-le-champ. Il y avait fort à parier qu'une enquête interne serait diligentée pour déterminer comment un tel drame avait pu se produire. Fort heureusement, le suspect respirait encore, mais les médecins ne se risquaient pas à énoncer un pronostic. Son état restait critique, après une période inconnue de non-oxygénation du cerveau. Il avait été admis en soins intensifs, sous surveillance policière renforcée. Quel était le message de Jérôme Sartoren à travers cette tentative de suicide ? Le geste désespéré d'un coupable accablé par son crime ? Celui d'un innocent rendu fou par son incapacité à convaincre la police ? S'il n'avait rien à se reprocher dans la disparition de Pauline, son beau-père savait l'enfer qu'il faisait vivre à sa femme depuis bientôt deux ans. Le déni de l'alcoolique, caché derrière son statut de victime, celui qui subit les décisions extérieures sans se positionner en adulte responsable de ses actes, faisait partie de la maladie. Peut-être avait-il ouvert les yeux dans un moment de lucidité ?

Assise sur son lit, elle commença à se déshabiller, n'ayant qu'une envie : dormir. Un bout de papier tomba de son pantalon : « Appelez-moi après vingt heures ». Mince ! Le mot d'Odile lui était complètement sorti de la tête. Cette journée ne finirait-elle donc jamais ? À vingt et une heures passées, elle estima que la standardiste de l'hôtel Impérial devait encore être éveillée et composa son numéro de portable.

*

Odile décrocha dès la première sonnerie. Elle attendait l'appel d'Alexia, même tardif.

- Je ne pouvais pas vous parler au travail, lui annonça-t-elle. Trop d'oreilles traînent en permanence. Et je risquais d'avoir des problèmes avec le directeur.
- Votre message est-il en lien avec ce que monsieur Boquart prévoyait de dire à l'accueil ? Il avait laissé en évidence un mot dans sa chambre en ce sens. Pour l'instant, nous ignorons ce qu'il avait à signaler.
- Peut-être. Vous savez, votre collègue est resté toute la matinée à parler avec des clients, mais pas les bons.
- Que voulez-vous dire ?
- Celui qui sympathisait avec ce pauvre monsieur Boquart, c'est Gustave Bellerue.

- Nous avons prévu de l'interviewer. Attendez, je relis mes notes, oui, c'est cela : il était parti visiter Bordeaux ce jeudi. Que savez-vous à son propos ?
- Je leur ai servi un whisky en remplacement d'un collègue barman, un jour où ils prenaient l'apéritif ensemble. Et j'ai entendu un bout de leur conversation...
- Venez-en au fait, s'il vous plaît, la journée a été longue.
- Pardon. Eh bien, monsieur Bellerue se plaignait que des objets disparaissaient de sa chambre, pour réapparaître quelques jours après. Monsieur Boquart avait également eu ce souci, mais il ne l'a jamais signalé officiellement. Je pense qu'il allait le faire.
- De quel genre d'objets parlaient-ils ?
- Des livres, une cravate, un foulard, ceux dont on peut se passer si on les égare.
- Des effets personnels ont-ils été signalés comme volés ?
- Pas à ma connaissance. Le phénomène a lieu depuis plusieurs mois. Mais il s'accélère, sans que notre directeur, Alphonse Carmel, semble y attacher une réelle importance.
- Comment l'expliquez-vous ?
- Il est tellement focalisé sur la réputation de l'hôtel que tout ce qui peut l'entacher le perturbe, au point de vouloir mettre la poussière sous le tapis. On ne sait jamais, si elle est invisible, peut-être

n'existe-t-elle pas ? Il préfère ne rien entendre, ne rien voir et ne rien dire, comme...

- Les trois singes, je connais. Si je résume, des objets ont été subtilisés chez ces deux messieurs, pour réapparaître au bout de quelques jours. D'autres clients se sont plaints de problèmes similaires auparavant, sans que votre directeur mène une enquête interne, c'est bien cela ?
- Parfaitement.
- Soupçonnez-vous quelqu'un de ces agissements ?
- Le service de chambre mis à part, je ne vois pas...
- Son responsable, Nelson, a-t-il été inquiété ?
- Pas à ma connaissance. Je vous ai dit que tout le monde faisait comme si de rien n'était. C'est un non-sujet tant que les clients ne font pas de déclaration en bonne et due forme. Et lorsqu'ils le font, les objets réapparaissent comme par magie, donc nous n'enregistrons aucune plainte officielle.
- Je vois. J'irai interroger Gustave Bellerue demain. Un entretien en tête-à-tête me semble plus approprié que de l'appeler ce soir...
- Je vous demande juste de ne pas me citer. Je pourrais perdre mon poste, vous comprenez ?
- Bien entendu. Je ferai en sorte qu'un témoin me fournisse l'information sur ce mystère d'objets volants dans le cadre de l'enquête.

Emmitouflée dans sa couette, un grand tee-shirt informe sur la peau, elle mit du temps à trouver le sommeil malgré un état de fatigue avancé. Quelle importance fallait-il accorder à ce que venait de lui dire la standardiste ? Allaient-ils progresser vendredi, ou stagner ? La promesse faite à Anselme Boquart dans sa voiture, juste après la découverte de son cadavre, lui revint à l'esprit : retrouver son assassin pour que sa mémoire puisse reposer en paix. Des images flashs percutaient son crâne, telle une projection de cinéma fractionnée : une main sans vie dans les fougères, l'odeur des pins, les frissons dans le froid matinal, un mot griffonné dans une chambre d'hôtel, la sirène de l'ambulance qui amena Jérôme Sartoren à l'hôpital, le doux sourire d'Odile, les boucles blondes d'Antoine Boquart un pinceau à la main, le corps arqué des chevaux du monument des Girondins, le désespoir palpable dans le regard d'Adeline Boquart. Épuisée, elle se laissa emporter dans un sommeil lourd et agité. Un assassin restait en liberté. Une jeune fille était toujours portée disparue. Comment sortir de ce jeu de piste qui n'en était pas un ?

Pauline

Jeudi 19 octobre

Depuis combien de temps ai-je dormi ? J'ai l'impression d'avoir passé la plus grande partie de cette journée interminable à m'assoupir puis me réveiller… Il fait si noir… Si je compte juste, c'est la troisième nuit dans cet endroit infect. Le silence est mon seul compagnon. Parfois, les animaux frôlent la cabane, grognent, crient. Je crois que ce sont des sangliers. Surtout ne pas y penser. Ces bêtes puissantes me terrifient. Oh, que ma tête est engourdie ! Je sens que cela tourne autour de moi… Je me ramollis. La faim, la soif, probablement. Tout à l'heure, j'ai rêvé que je buvais dans un ruisseau…

Je dois cligner des yeux dix fois pour essayer d'y voir à travers la pénombre. Ma bougie va bientôt s'éteindre. Je n'en ai pas d'autres. Est-ce la dernière nuit ? Était-ce cela ma vie ? Cet enchaînement d'années scolaires pénibles, de contrôles à passer, de mots qui ne font pas sens dans mon cerveau aux circuits compliqués… Une suite de mensonges, de trahisons...

En classe de seconde, je me rappelle que l'on a visité un parc botanique avec la classe. J'étais tellement fascinée par les plantes carnivores que j'en avais perdu le groupe ! Grâce à leurs feuilles, elles arrivent à survivre dans des environnements arides, à appâter une proie, la capturer et la manger. Dans mon dernier rêve, j'étais hypnotisée par une fleur en trompette, de celles qui sont toutes en hauteur. Son odeur enivrante, à la fois sucrée et anisée, et ses points rouges sur fond jaune m'avaient mise en appétit tout autant qu'un fondant au chocolat ! Aussi grosse qu'un moucheron, j'avais atterri en haut de son cornet, puis j'avais bien vite glissé le long de ses parois. Tout au fond, je sentais le liquide gluant m'enrober. Aucune aspérité ne permettait de grimper et de m'évader. Je me suis réveillée en voyant ma mort arriver. Mourir noyée, cela ne me dit rien ! Il paraît que l'on se réveille forcément lorsque l'on est au bord de mourir dans un rêve. Aujourd'hui, je me suis beaucoup réveillée.

J'essaie de chantonner pour garder les yeux ouverts. Plus la force de danser. Plus l'envie non plus. Mes jambes sont molles comme du coton. À quoi bon espérer sortir d'ici ? Pour qui ? Pour quoi ? Maman m'a trahie. Je ne veux plus la voir. Pas la force de me lever. La solitude me plait finalement. Si Élodie était là, elle me dirait quoi faire. Je préfrerais ne pas savoir. C'était plus simple avant. Je ne me posais plus la question. Le monde des adultes est tellement obscur. Si je ne vis que jusqu'à seize ans, ce n’est pas si grave… Pourquoi est-ce que je pleure encore ? Je croyais ne plus avoir de larmes. Ce vieux monsieur au Moulleau m’avait pris en pitié. Il ne pouvait rien pour moi, mais la gentillesse de son regard m’a fait du bien sur le moment. Tout cela est si loin…

Chapitre 6

Vendredi 20 octobre matin

Lors d'une précédente enquête suite à la noyade de Capucine de Champfleury, Cyrille Trousseau avait découvert et apprécié Victor Darfour. Le jeune capitaine de gendarmerie maritime arrivait tout juste de région parisienne. Cyrille savait que certains collèges avaient raillé cet effet d'aubaine, car son prédécesseur, fort respecté, avait cessé son activité pour raison de santé. Pour autant, les postes de ce niveau à Arcachon, quand on est originaire du pays, ne se refusent pas ! Victor lui avait demandé son aide alors que son équipe réduite ne pouvait faire face, et ils se félicitaient tous deux d'une coopération gendarmerie maritime - police fructueuse, malgré quelques divergences stimulantes de points de vue pendant l'enquête.

Ce vendredi matin, un soleil insolent le narguait en lui rappelant que la vie continuait, malgré tout. Accablé d'avance par cette troisième journée de disparition, il sentait un nuage d'incapacité l'envahir. Chaque début de fil d'Ariane leur donnait l'espoir de retrouver la jeune fille saine et sauve, mais une main invisible le coupait trop vite. Pauline en pleurs rencontre un vieil homme au Moulleau, mais ne lui dit rien de ses tourments. Une mère de famille témoigne l'avoir vue partir avec de jeunes hommes, comment les identifier ? L'inconnu avec lequel elle avait rendez-vous après le lycée gardait lui aussi son mystère. Chaque indice débouchait sur une fausse piste. Chaque virage amenait irrémédiablement à un cul-de-sac.

Malgré le recul habituel nécessaire dans son métier, une boule d'angoisse l'étreignait sans relâche. De retour du Moulleau la veille, ce fut pour découvrir le beau-père inconscient dans sa cellule après une tentative de pendaison ratée, qui l'avait laissé pour mort. L'ambulance partie, le pronostic vital de leur détenu restait engagé. Cyrille avait subi un recadrage du commissaire, mis sous pression par les journaux locaux qui ne se gênaient pas pour souligner l'incompétence de la police. Il avait détesté appeler Fanny Landon par la suite. Sa fille disparue depuis bientôt trois nuits et son mari en réanimation, que pouvait-il lui arriver de pire ? Il aurait tellement aimé être apporteur de bonnes nouvelles cette fois-ci. Quand la chance allait-elle enfin tourner de leur côté pour sortir de ce marasme ?

L'œil externe d'un professionnel de confiance, voilà ce dont il avait besoin ! Il appela Victor en lui proposant de lui rendre visite pour prendre le café. Son confrère accepta.

Le temps de passer à la boulangerie, il sonna peu après chez lui, un sachet à la main, rempli de croissants chauds, une légère appréhension quant à l'état physique et psychologique dans lequel il allait le retrouver. Le mot burn-out fait peur tant ses raisons semblent encore difficiles à cerner et à expliquer à toute personne qui n'a pas traversé cette épreuve. Cyrille avait entendu parler d'anciens collègues tombés d'épuisement, qui ne s'en étaient relevés qu'à grand-peine. Certains gardent des séquelles, fatiguent très vite ou éprouvent des difficultés de concentration quasi permanentes. Beaucoup sont incapables de travailler à nouveau dans des domaines qui les passionnaient auparavant. Plus voûté et amaigri, le regard vert toujours doux et généreux, Victor l'accueillit avec un plaisir visible. Une agréable odeur de café les précédait, qui avait envahi tout le rez-de-chaussée. Son ami le rassura sur son état psychique, sans trop s'attarder sur les détails. Il cherchait à reposer son mental, qui, telle une jambe cassée, devait être mis en convalescence afin de se rétablir. Très faible, Victor appréciait le contact avec la nature et avait besoin de beaucoup de calme pour se reposer et se retrouver. Il n'évoqua pas le fait de revenir, ou non, sur son poste, il était trop tôt pour le savoir lui-même. En dehors de toute contingence professionnelle, leur échange prit une tournure intime inattendue. Cyrille put sortir de sa retenue habituelle, lui parla de sa situation personnelle, puis de l'enquête dont il avait la charge sans cacher la désagréable intuition d'être passé à côté de quelque chose de fondamental.

- Qu'est-ce qui te fait dire que tu as pu négliger un détail important ? lui demanda Victor.
- Le fait que nous fassions du sur-place depuis mardi, sans savoir où chercher Pauline. Toutes nos pistes se sont révélées infructueuses. Tu te rends compte que cela fait trois nuits qu'elle a disparu ? Mis à part attendre qu'un hypothétique témoin nous apporte enfin un indice utile sur un plateau, je cale...
- Reprenons les bases. Que connaît-on de manière certaine ?
- OK... Pauline, seize ans, fille de Fanny Landon, une commerçante respectée, belle-fille de Jérôme Sartoren, lequel est à l'hôpital après un suicide raté en cellule. Deux demi-frères du second lit. Des amis, qui ne savent rien, mais la trouvaient distante ces derniers temps. Elle s'est envolée après ses cours mardi après-midi. Pas de petit ami connu. Élève bien intégrée dans son lycée. Une adolescente classique, quoi ! Des échanges sur les réseaux sociaux indiquent qu'elle communiquait avec un individu de sexe masculin que nous n'avons pas identifié, avec lequel elle avait rendez-vous avant de disparaître. Elle a appelé sa mère vers seize heurese, furieuse, exigeant de lui parler, mais celle-ci lui a répondu qu'elle serait disponible à leur domicile après dix-neuf heures. Elle se trouvait avec ton amie Hermione, pour le travail. Puis elle a été vue au Moulleau vers dix-sept

heures, en larmes. Quelque chose ou quelqu'un l'a secouée, mais quoi ? Après elle serait repartie en direction du centre d'Arcachon à pied avec des jeunes.

- Et ensuite ?
- On perd sa trace. Le beau-père a prévenu sa femme à dix-neuf heures de sa disparition. Nous avons lancé un avis de recherche, les parents ont placardé des affiches avec sa photo et notre numéro, et personne ne l'a aperçue après dix-sept heures trente.
- Côté portable, ça donne quoi ?
- Nada. Aucune trace d'une carte SIM en fonctionnement. Elle s'est évaporée depuis le Moulleau et, depuis, on patine ! Bon, je te passe les porte-à-porte. Dans le fichier, on a découvert qu'un voisin avait fait de la prison pour agression sexuelle, mais il avait un alibi en béton : il était sur l'eau avec des amis.
- Tu parlais du beau-père à l'hôpital ?
- Nous l'avons bouclé, car il battait sa femme. Il est alcoolique, donc au retour de Pauline, cela a pu mal tourner…
- OK. Donc à ce stade, avec ces éléments factuels, que peux-tu supposer ?
- Disons que la thèse du drame familial à son retour chez elle ou celle de l'enlèvement sur le chemin du Moulleau sont les plus plausibles. Quelqu'un doit

retenir la petite prisonnière, si elle est toujours en vie…

- De quoi as-tu besoin pour avancer ?
- Réfléchissons… Je voudrais savoir si elle est rentrée chez elle. Si c'est le cas, c'est à coup sûr le beau-père le coupable. Sinon, bouleversée comme elle était, toute personne rencontrée a pu la convaincre de la suivre je ne sais où… Elle peut se situer à des milliers de kilomètres à l'heure qu'il est ! Je te laisse imaginer la pression hiérarchique, le procureur qui vient aux nouvelles toutes les quatre heures, sans compter la presse locale qui nous assassine en première page…

Victor se leva pour chercher le café et resservit Cyrille, son deuxième croissant à la main. Le regard fixe, signe de forte concentration chez lui, il s'assit et se cala au fond du canapé avant de reprendre la parole.

- Écoute, si l'on regarde la situation d'un point de vue différent, cela peut nous amener à une tout autre histoire.
- Que veux-tu dire ?
- Mettons-nous dans la peau de Pauline et raisonnons comme une jeune fille de seize ans…
- Je vais faire de mon mieux, sourit Cyrille, une lueur d'espoir dans les yeux.
- J'ai donc une famille, des amis, un réseau sur lequel je peux compter. En parallèle, j'ai une relation secrète avec, supposons, un homme, mais

cela peut aussi être une femme, avec qui j'ai rendez-vous mardi. Je sors de cette rencontre bouleversée, puis j'appelle ma mère, furieuse, je veux la voir tout de suite. C'est vital pour moi, je dois lui parler de visu. Mais elle refuse, encore une fois prise par son travail, qui passe avant moi. Là, je fonds en larmes, de frustration, de colère, de révolte, que sais-je. Des gens m'abordent, cherchent à m'aider, mais mon chagrin est trop puissant ; je n'ai rien à leur dire. Je me sens abandonnée, seule, perdue. Sans but particulier, je suis des jeunes qui marchent vers le nord. Et puis...

- Quoi ? rebondit Cyrille, tenu en haleine par ce scénario alternatif.
- Je n'ai pas envie de rentrer chez moi. Je décide de partir, de punir ma mère de ne pas avoir pris en compte ma demande, je suis malheureuse, désespérée, incomprise, je m'en vais...

À ce moment de l'histoire, le regard de Victor s'intensifia, concentré à l'extrême pour continuer cette réécriture d'une version inchangée depuis trois jours dans l'esprit des enquêteurs :

- Où peut bien aller une jeune fille du bassin pour se couper du monde, le temps de se remettre d'un choc ?
- Vers la gare, pour prendre le train ! proposa Cyrille.
- Pour cela, elle a besoin d'argent. Supposons qu'elle ait évité son domicile. Elle a probablement

quelques euros en poche, de quoi s'acheter un goûter, une boisson, que sais-je.

- Elle monte dans un bus !
- Imaginons. Elle veut s'éloigner le plus possible de la ville.
- Elle part vers les plages océanes ?
- Bien… Mais le sable n'est pas confortable pour dormir. Il commence à se faire tard, elle est fatiguée et cherche où passer la nuit. Où peut-on se mettre à l'abri, sans être vu, sur cette portion remplie de…
- Campings ! compléta Cyrille.
- C'est ça ! Mais là encore, la saison n'est pas terminée, il y a trop de monde à son goût. N'oublions pas qu'elle ne veut rencontrer personne, elle plonge dans le désespoir, mais seule.
- Les cabanes ! cria presque Cyrille, en se levant subitement.
- Oui, bonne idée, les cabanes de résiniers désaffectées qu'elle a déjà aperçues en se promenant avec ses parents…
- Tu chercherais où en priorité ? demanda Cyrille, soudain sérieux, tout en agrippant son blouson pour partir.
- Les endroits isolés, non loin des arrêts de bus qui vont jusqu'à la plage de la Salie Sud… la nécropole de Natus par exemple, c'est paumé à souhait… Bonne chance !

Cyrille le remercia depuis le jardin en courant, porté par cette nouvelle piste, bien déterminé à la creuser jusqu'au bout !

*

Les jours de déprime, lorsqu'elle sentait au plus profond d'elle-même l'absolue nécessité de prendre le temps de vivre, de savourer chaque minute dès le réveil, Hermione montait sur la dune du Pilat. Depuis ce point de vue majestueux, le souffle frais du vent d'ouest caressait son visage, quelques grains de sable se mêlaient à ses cheveux dorés, elle goûtait l'air pur, empli de sel et d'iode des embruns en contrebas. La marée commençait à descendre. Seules les terres émergées du banc d'Arguin séparaient la passe sud, empruntée par des chalutiers, de la passe nord, jusqu'à la pointe du Cap Ferret sur sa droite.

Les émotions fortes de la veille l'avaient épuisée. Heureusement, la culpabilité vis-à-vis de Fanny Landon s'estompait. Les arguments de sa voisine Viviane, depuis Barcelone, l'avaient rassurée sur la suite de sa relation avec la commerçante, puisque Viviane s'était engagée à communiquer officiellement son témoignage à la police. Restait la réminiscence de ses démons intérieurs, la rencontre avec Julie, venue la provoquer en pleine rue, débordante de bonheur et de vengeance mêlés. Yann était rentré plus tôt que prévu après des livraisons en remplacement d'un confrère malade. Il l'avait trouvée dans la pénombre, prostrée sur le canapé du salon, les yeux tournés vers la noirceur du bassin à la nuit tombée. Elle craqua dans ses bras et lui dit tout : le besoin de se sentir libre, l'impression d'étouffer quand il se faisait du souci pour rien, le souvenir de son ancien compagnon possessif et violent, sa peur d'avoir trahi Fanny en cherchant à bien faire, ses bouffées d'angoisse aiguë, paralysante, cette fragilité enfouie, puis réactivée, dès qu'une femme enceinte lui rappelait la perte de son bébé... Il la berça longtemps, jusqu'à ce que ses pleurs se tarissent. Il comprenait, avoua son instinct protecteur, avec maladresse parfois, confirma sa confiance en elle. La soirée fut douce, ils se retrouvèrent passionnément après cette courte période de crise qui lui avait paru durer une éternité.

Ce matin, les mouettes criaient dans le vent, des voiles au loin ponctuaient la surface du bassin de taches blanches, mouvantes. Pieds nus, elle se concentrait sur chaque pas, la sensation de froid et le crissement des grains de sable sous les pieds. Le regard perdu sur la plage fut attiré par des plongeurs en bas de la dune. L'un entrait dans l'eau, avec combinaison et bombonnes d'oxygène sur le dos, quand cinq autres finissaient de se préparer. Elle se rappela une précédente émission sur le bassin, dans laquelle une association spécialisée dans l'étude et l'histoire des sites immergés de blockhaus, ainsi que la biodiversité du patrimoine naturel, expliquait son activité.

La richesse de la flore sous-marine dans ces vestiges germaniques de la Seconde Guerre mondiale la fascinait. Pourquoi ne pas se mettre à la plongée un de ces jours ? L'idée la traversa, Hermione la laissa passer, puis continua sa promenade en silence sur le toit de la dune, entre une forêt de pin à perte de vue et l'immensité maritime qui se jetait dans l'océan.

*

Devoir émerger en sursaut au beau milieu d'un rêve avait toujours été le pire moment de sa journée. Le réveil était l'objet qu'elle haïssait le plus. Alexia bénissait les matins où la fin d'un cycle de sommeil coïncidait avec l'heure du lever. Ce ne fut pas le cas ce vendredi. Une musique de Cat Stevens au petit déjeuner accompagnée d'un double expresso l'aida à retrouver ses esprits. Elle attendit que l'aide-ménagère de son père prenne le relais, puis partit au commissariat boucler quelques rapports. À partir de neuf heures, Odile préviendrait Gustave Bellerue, le pensionnaire de l'hôtel qui avait sympathisé avec Anselme Boquart, de sa venue. Le directeur, Alphonse Carmel, devrait se rendre disponible, car elle avait prévu de l'interroger. Elle put remercier Lisa pour son enquête terrain de la veille. Celle-ci l'informa qu'elle partait investiguer sur le banc d'Arguin.

- Pas trop dure la vie en ce moment ? s'amusa Alexia
- Ne te fiche pas de moi. Je déteste monter en bateau. Je vais embarquer au plus près, juste en face, sur la plage Robinson, au lieu de faire tout le chemin depuis le centre-ville, la traversée sera plus courte. Je t'ai laissé un message hier soir : le directeur du camping m'a dit que des membres d'une association séjournaient sur le banc pour observer les oiseaux dans la réserve protégée. J'ai pensé qu'ils étaient susceptibles d'avoir vu ou entendu Anselme et Martin Boquart. À ton avis, c'est tiré par les cheveux ?
- Non, tu as raison d'y aller, chaque piste doit être étudiée. De toute manière, il ne me revient pas, le fils aîné. Si tu dégotes un témoin, je suis preneuse ! De mon côté, je pars à l'hôtel Impérial.
- Pas trop dur pour toi non plus ! sourit Lisa du haut de son mètre quatre-vingt.
- Oh, tu sais, j'ai à peine droit à un café !

Le commissaire lui demanda de passer faire le point dans son bureau. Il devait rendre des comptes sur les deux affaires et finit par lui transmettre sa pression tout en exigeant d'être tenu au courant au fil de l'eau de l'enquête. Alexia tentait de ne pas s'imprégner des ondes négatives dégagées par son supérieur. Quand elle put enfin quitter son bureau, elle était fort contrariée par le retard pris sur son programme de la journée et mit *Ziggy Stardust* de David Bowie à fond dans sa voiture en attendant que le train passe pour croiser les voies ferrées, puis traversa les hauteurs de la Ville d'Hiver.

Elle jeta à peine un œil vers la plage, se gara devant l'hôtel Impérial, puis monta les marches quatre à quatre. Souriante et affable, Odile enregistrait de nouveaux clients à l'accueil et lui fit un signe discret lorsqu'elle l'aperçut dans le hall, bien consciente que leur échange de la veille devait rester secret. Une fraîche odeur de jasmin embaumait les lieux. Alexia suivit la réceptionniste jusqu'à son témoin du jour, revenu de sa visite dans la célèbre librairie Mollat à Bordeaux. Tel un chat, au calme, Gustave Bellerue était absorbé par la lecture de son journal, dans le petit salon vert baigné de soleil.

- Odile m'avait prévenu que vous viendriez ce matin. J'avoue que je vous attendais plus tard ! lui dit-il d'une voix posée, enlevant ses lunettes pour mieux l'observer.

La barbiche blanche soigneusement taillée en pointe, son hôte lui fit signe de s'installer dans le confortable fauteuil à sa droite, face à la baie vitrée. Elle prit quelques instants pour se concentrer sur l'interrogatoire à venir et sortit son carnet de notes, mise en confiance par le regard pétillant du vieil homme.

- Vous me voyez affligé par le décès d'Anselme. Nous nous fréquentions depuis peu. Dans ce court laps de temps, je crois pouvoir dire que nous nous étions découvert bon nombre d'affinités.
- Quand avez-vous fait sa connaissance ?

- À son arrivée. Je séjourne dans ce magnifique établissement tous les mois d'octobre depuis la fin de mon activité professionnelle il y a huit ans. J'enseignais la littérature ancienne. C'est un luxe que je m'offre avant l'hiver, voyez-vous. Anselme semblait abattu, soucieux, le premier soir où nous nous sommes adressé la parole autour d'un bon whisky au bar.
- Vous a-t-il confié la raison de sa présence ici ?
- Pas directement. Mais j'ai bien compris qu'il avait des affaires à régler.
- Quelles sortes d'affaires ? rebondit Alexia, surprise.
- D'ordre privé. Il donnait l'impression d'un homme rongé de l'intérieur par un secret. Son entreprise de caviar et de produits du terroir tournerait très bien sans lui quelque temps, m'a-t-il dit.
- Il a donc sous-entendu qu'il reviendrait dans sa famille ?
- Oui, tout à fait. Je crois qu'il recherchait du calme, de la solitude, mais souhaitait tout de même résoudre un problème auquel il était confronté et qui le touchait profondément. Il m'a semblé percevoir qu'il était question de justice, de loyauté… Je ne sais s'il a pu aller au bout de ce projet avant de mourir… dit-il en tournant ses yeux d'un bleu très clair vers la mer.
- En dehors du whisky, quels centres d'intérêt partagiez-vous ?

- La littérature. L'échange avec mes élèves à l'université me manque. Lorsque j'ai la chance de rencontrer une personne qui aime les bons mots et les auteurs de qualité, ce qui était le cas d'Anselme, je m'en rapproche naturellement ! Pour être honnête, les conversations sur la pluie et le beau temps m'ennuient à un point ! Je peux donner l'impression de fuir la compagnie des hommes, mais c'est surtout la bêtise et la fadeur des phrases vides de sens que je souhaite éviter.
- Pardonnez-moi, pour revenir à notre sujet, que lisait-il ces derniers temps ?
- Eh bien justement, vous mettez le doigt sur un phénomène étrange. Le matin de sa mort, il m'avait confié être fort contrarié. Il ne trouvait plus son exemplaire très rare en velin Rivoli du livre *Noireclaire* de Christian Bobin. Si vous ne le connaissez pas, vous devez absolument découvrir cet auteur contemporain sublime, qui nous ravit d'une prose à la fois poétique et spirituelle !
- Bien sûr, dit Alexia, en notant docilement la référence. Pouvez-vous m'en dire plus ?
- Il était persuadé de l'avoir laissé sur sa table de nuit, mais il n'y était plus. Anselme tenait tout particulièrement à cet ouvrage !
- Avait-il déclaré cette disparition ?
- S'il ne l'a pas fait mercredi, non. Je lui avais dit qu'il allait probablement réapparaître sous peu. Il arrive

que l'on pose un objet à un endroit inhabituel… Peut-être l'avait-il oublié au salon, au bar…

- Si c'était le cas, le personnel l'aurait rapidement retrouvé.
- Vous avez raison. Je ne voudrais pas causer de tort à la direction de l'hôtel, mais je dois bien vous avouer que j'ai connu une mésaventure identique en début de mois. Quelqu'un avait utilisé mon parfum, j'en suis persuadé, car l'effluve flottait encore dans la salle de bains. J'étais en retard pour le petit déjeuner, donc j'avais omis de m'en mettre ce matin-là. « Je le ferai en revenant », m'étais-je dit. Et un foulard en soie précieuse a disparu pendant trois jours de mon placard… Je l'ai signalé à l'accueil. Il a réapparu dès le lendemain à l'autre bout de la chambre, comme pour me donner le doute de l'avoir laissé glisser, et qu'il ait été retrouvé par les équipes d'entretien.
- La direction est donc bien au courant de ces désagréments à votre avis ?
- Je le pense, oui. Mais c'est une question pour monsieur Carmel ! Tenez, le voilà qui passe inspecter chaque pièce et dire un petit mot au personnel, comme chaque matin. Je dois vous dire qu'il supervise son établissement avec beaucoup de fermeté…

Quittant avec regret cet homme charmant et cultivé, Alexia interpella Alphonse Carmel. Ce dernier la fixa comme s'il avait vu le diable et la prit par le bras avec l'intention évidente de la faire sortir du périmètre ouvert à la clientèle. Il se détendit un peu à l'abri des regards, une fois assis derrière son bureau impeccablement rangé.

- J'aurais apprécié que votre venue soit annoncée, lui déclara-t-il sèchement sans prendre de gants. Il me semblait pourtant avoir été clair : votre présence doit être la plus discrète possible ! Comprenez ma surprise lorsque je vous trouve en pleine discussion avec un de nos plus fidèles clients !
- Je pense, en effet, que vous n'avez pas tout saisi, lui répondit Alexia d'une voix glaciale, maîtrisant à grand-peine la moutarde qui lui montait au nez. Un de vos pensionnaires a été tué. Poignardé, pour être exacte. La police, que je représente, mène l'enquête pour retrouver son assassin. En tant que représentante de l'État dans votre établissement, j'ai donc toute latitude pour interroger quiconque, et ce, sans avoir besoin de votre permission. Je peux le fermer pour une durée indéterminée si cela me chante…

Bouche bée, le visage de son interlocuteur devint couleur craie. Il enveloppa sa main gauche dans la droite comme pour se rassurer que l'une pouvait soutenir l'autre, et déglutit. La jeune femme comprit qu'elle avait gagné cette manche et décida de pousser l'avantage.

- Je vois que nous sommes en phase. C'est parfait. Cela tombe très bien que vous me proposiez que l'on se parle sans témoin. J'avais prévu d'évoquer avec vous un sujet délicat. Un point me chagrine : des objets disparaissent, puis réapparaissent mystérieusement dans les chambres de vos clients sans que vous sembliez vous en préoccuper outre mesure. Monsieur Bellevue en a lui-même été victime, il vient de me l'avouer. De plus, un livre rare qui appartenait à Anselme Boquart est introuvable depuis mardi. Alors, je vous pose très officiellement la question : étiez-vous au courant ? Et si oui, qu'avez-vous fait pour y remédier ?

Elle martelait chaque mot tout en se rapprochant de lui.

- Dois-je comprendre que vous me soupçonnez ? demanda-t-il après un long silence, un léger tremblement dans la voix.
- Pour l'instant, vous n'êtes pas en état d'arrestation, répondit Alexia avec calme. Mais cela ne saurait tarder si je découvre ce matin que nous sommes en présence d'une obstruction caractérisée à enquête de police, monsieur Carmel.

Son instinct lui soufflait que le témoin était prêt à craquer. Elle joua la carte du bluff à son maximum et laissa un écrasant silence finir de le pousser dans ses retranchements.

- À deux ou trois reprises, j'ai été informé de ces… désagréments, avoua-t-il du bout des lèvres.
- Vous pouvez être plus précis ?

- Il y a deux mois, une cliente avait appelé l'accueil pour signaler qu'un bracelet de valeur avait disparu. J'ai questionné les salariés chargés de la sécurité pour vérifier que la porte n'avait pas été forcée ni le badge subtilisé en l'absence de cette dame. Cela n'a rien donné. J'ai donc mené mon enquête auprès du personnel d'entretien des chambres...
- Et donc ? l'aida Alexia, sentant que l'on approchait du but.
- J'ai informé Nelson, le chef d'équipe, qui en a lui-même parlé aux deux employés responsables de cette chambre. Et l'objet a retrouvé sa place le lendemain.
- Je vois. Avez-vous su qui était coupable ?
- Non. J'avoue m'être limité à ce que la faute soit réparée. D'ailleurs, il n'a jamais été formellement prouvé que la cliente n'a pas égaré le bijou...
- Dans la mesure où ces disparitions se sont répétées, vous avez votre réponse. Quelles mesures avez-vous prises pour que cela ne se reproduise pas ?
- Écoutez, je fais confiance à mon personnel, ce qui n'exclut pas le contrôle. Aucune plainte n'a été déposée, comprenez bien... Les rares fois où des clients égaraient des objets qui leur appartenaient, ils les ont retrouvés par la suite.
- Sauf lorsqu'ils s'en sont rendu compte après avoir quitté votre établissement ! Dans ce cas, il n'est

plus question d'articles « qui réapparaîssent », mais de vol caractérisé ! Je vais vous livrer mon intime conviction, monsieur Carmel : un de vos employés est malhonnête, voire cleptomane. C'est aussi simple que cela. Il subtilise de belles pièces dont on peut aisément se passer. Il gagne si les clients réalisent trop tard leur absence et, dans le doute sur l'endroit où ils ont pu les perdre, ne portent pas plainte. Parfois, ils déclarent l'objet égaré tout de suite à l'hôtel, celui-ci réapparait comme par enchantement, et l'affaire est étouffée dans l'œuf. Qu'en pensez-vous ?

- J'ai du mal à croire qu'un voleur se cache au sein de mon personnel. J'ai toujours fait confiance à mes employés...
- C'est pourtant la triste réalité. Je vous propose le marché suivant : soit vous récupérez au plus vite l'exemplaire de *Noireclaire*, soit c'est moi qui mène l'enquête, très officiellement. Cela sera plus long et, il va sans dire, moins discret... Je vous laisse réfléchir.
- Je m'en occupe personnellement, c'est entendu, assura-t-il, soulagé de s'en tirer à si bon compte.
- Vous avez deux heures, sans faute, dit Alexia, maintenant son avantage. Voici mon numéro de portable. J'attends votre appel.

Elle déposa sa carte sur le bureau et sortit sans fermer la porte derrière elle. Au moment de quitter l'hôtel, son mobile sonna : la gendarmerie maritime.

- Des plongeurs remontent à l'instant d'un groupe de blockhaus immergés. Ils ont trouvé un objet qui devrait vous intéresser.
- De quoi s'agit-il ?
- Un couteau de cuisine. Large. Avec des traces de sang sur la lame.
- Ces blockhaus, est-ce ceux du Pilat ou du Cap ?
- Ceux situés en contrebas de la dune. D'où notre appel.
- OK. Faites-en sorte que personne ne pollue le matériel. Il est impératif que la pièce à conviction parte en urgence pour être analysée ! Dites-leur que je les retrouve devant La Co(o)rniche dans dix minutes.

*

Au commissariat, Cyrille ne savait plus où donner de la tête. Son échange avec Victor autour de croissants chauds l'avait débloqué. La machine à café fonctionnait non-stop. L'atmosphère habituellement détendue des prises de service matinales était pesante. Maud, leur jeune recrue, avait attrapé un mauvais rhume la veille pendant ses entretiens terrain auprès de chauffeurs de bus, commerçants et employés de bar, puis sur la plage du Moulleau. Les traits tirés et les yeux rouges, elle était arrivée dans les premiers et restait concentrée pour noter les messages reçus la veille sur sa ligne fixe. Conscient de l'urgence de la situation, Guylain se trouvait également au téléphone. Il rappelait tous les témoins potentiels qui auraient vu Pauline afin de raviver leur mémoire, et par ricochet celle de leurs voisins ou collègues, dans l'espoir qu'un indice surgisse enfin. Cyrille leur avait fait part de la conversation avec Victor. Ce dernier lui avait ouvert les yeux sur une tout autre grille de lecture des événements.

Il monta à l'étage pour convaincre son supérieur de déployer une vingtaine de policiers sur le terrain. L'objectif était de fouiller une à une les cabanes du littoral proche d'Arcachon. Celui-ci attendait des résultats tangibles au plus vite sur cette affaire. La disparition d'une adolescente le mettait sous des projecteurs peu favorables, compte tenu de l'évolution de carrière à laquelle il aspirait. Pour autant, il ne se décidait pas à demander de l'aide aux commissariats environnants, tant il espérait en retirer seul une hypothétique gloire. Les mains dans les poches, il rechignait encore à accepter le plan d'action proposé, lorsque Maud apparut à la porte :

- Chef, désolée de vous déranger. Je pense qu'on tient une information : je viens de rappeler un monsieur de quatre-vingts ans à la suite de son message laissé hier en fin de journée. Il s'était absenté mercredi chez sa fille à Saint-Jean-de-Luz. À son retour jeudi, il a vu les affiches avec la photo de la petite. Il est formel : mardi après-midi, Pauline a pris le bus numéro un, celui qui dessert le

Moulleau en direction de la dune du Pilat, puis les plages océanes. Il a décrit Pauline avec précision.

- C'est-à-dire ?
- Pantalon noir, pull à grosses mailles kaki, tee-shirt blanc dessous. Elle se tenait assise au fond, son sac à dos sur les genoux. Lorsque le vieux monsieur a payé son ticket auprès du chauffeur, elle a croisé son regard, puis lui a cédé sa place pour qu'il ne reste pas debout. Elle avait dû monter un arrêt précédent, celui de la plage des Arbousiers. Cela colle avec les témoignages récoltés hier, patron. Elle a rencontré des jeunes, puis a pris le bus jusqu'à la dune.
- Sait-on jusqu'où elle est allée ? demanda le commissaire.
- Le monsieur est descendu à Pyla ville. Pauline n'avait pas quitté le véhicule, assise à une place qui s'était libérée par la suite.
- Je vous félicite, Maud ! Eh bien, Cyrille. Voici l'élément dont j'avais besoin pour valider votre plan ! J'appelle des renforts pour vos recherches. Et tenez-moi au courant de la progression toutes les heures !

*

Dès l'appel de la gendarmerie maritime en sortant de

l'hôtel, Alexia avait pris la route en direction du restaurant La Co(o)rniche. Longeant le bassin vers le sud, elle téléphona au médecin légiste puis aux services techniques. Ils devraient se tenir prêts à comparer les traces de sang sur le couteau avec celui d'Anselme Boquart et à rechercher d'éventuelles empreintes. Le visage buriné, un sourire avenant, le plongeur responsable des fouilles l'attendait en haut de l'escalier qui mène à la plage. Les locaux connaissaient des chemins secrets pour accéder au point de vue, sans avoir à se garer sur le parking officiel, ou à descendre cet escalier, puis remonter les cent six mètres de la plus haute dune d'Europe. Elle-même se gardait bien de les divulguer aux personnes de passage, de peur que le flux grossisse et aboutisse à une fermeture de certaines entrées discrètes et pittoresques.

Rejoint par le plongeur qui avait trouvé le couteau à l'intérieur du blockhaus du Gallouneys, celui-ci certifia qu'il l'avait découvert tel quel, sans dépôt d'algues sur le métal. Selon lui, c'était le signe évident que la marée avait emporté l'objet peu de temps auparavant, pour se fixer dans le bunker. Avec une visibilité qui peut varier de cinquante centimètres à quinze mètres dans des eaux souvent opaques, la flore se révèle à la lueur de torches, traversée de part et d'autre par une faune d'une richesse incroyable. Alexia apprit que des colonies d'hippocampes avaient élu résidence dans cette zone. Des raies, congres ou poissons lunes, évoluaient également dans ces vestiges de la Seconde Guerre, couverts d'anémones bijoux du rouge au mauve, en passant par l'orange. Les plongeurs se lançaient dans des descriptions enflammées du paysage sous-marin et lui proposèrent de les rejoindre après quelques leçons en piscine, si ce sport la tentait. Voyant l'heure tourner, elle mit fin à la discussion, non sans les avoir chaudement remerciés d'avoir prévenu si vite ses collègues de la gendarmerie maritime, leur contact naturel en cas de trouvailles de ce type.

Elle allait récupérer sa voiture garée devant une maison d'architecte à la vue époustouflante sur le bassin lorsqu'elle s'arrêta net. Personne n'avait vérifié le témoignage d'Adeline et de Guillaume Boquart concernant leur déjeuner avec Anselme mercredi midi ! Elle rebroussa chemin et remonta vers La Co(o)rniche, admirant au passage les mosaïques à la porte de l'établissement. À l'abri des pins, cet ancien relais de chasse avait abrité l'aristocratie et la haute bourgeoisie. Sa façade blanche et noire néo-basque avait fait l'objet d'une rénovation mêlant authenticité et modernité ces dernières années, pour devenir dès son ouverture un passage incontournable. Le personnel s'affairait au bar ainsi que dans la salle de restaurant. Quelques clients prenaient leur petit déjeuner dans un décor apaisant, lumineux, loin d'imaginer qu'au même endroit, deux jours auparavant, un homme avait partagé son dernier repas en famille. Les chariots contenaient tout ce que l'on peut avoir envie de déguster pour démarrer la journée : jus d'orange frais, café, thés, beurre d'Isigny, viennoiseries, fruits, plateaux de fromages, charcuteries fines, saumon, œufs brouillée, bacon grillé, yogourts et toutes sortes de pains spéciaux.

- En quoi puis-je vous être utile ? lui demanda un quadragénaire aux tempes grisonnantes, le sourire aux lèvres.

Alexia lui montra discrètement sa carte. En un hochement de tête, le maître de salle fit signe qu'il avait compris.

- Police. J'enquête sur le meurtre d'un homme qui a déjeuné chez vous mercredi. Le reconnaissez-vous ?

Elle sortit la photo d'Anselme prise à une soirée à l'hôtel Impérial.

- Attendez, répondit-il après un mouvement de surprise, je regarde qui l'a servi. Son visage me rappelle vaguement quelqu'un, mais j'ai dû le voir dans les journaux. C'était un chef d'entreprise connu dans le caviar, c'est ça ?
- En effet.
- Il faisait suffisamment chaud pour qu'il déjeune en terrasse, ça, je peux vous le dire, continuait le maître de salle tout en cherchant dans son ordinateur. Ah ! Voilà : trois couverts au nom de Boquart. Madame a réglé la note par carte bleue. Vous voulez savoir ce qu'ils ont mangé ?
- Pas spécialement, répondit Alexia, qui commençait à s'agacer du bavardage de son interlocuteur. Je souhaite surtout entendre la personne qui les a servis, dès que possible...

- Je vois. Pierre ! appela-t-il discrètement en faisant signe à un jeune homme au physique scandinave de le rejoindre.

Alexia put s'isoler dans un salon attenant au bar avec le dénommé Pierre, et accepta avec plaisir un café accompagné de cannelets. Passée maîtresse dans l'art de poser des questions ouvertes qui n'induisent pas la réponse des témoins, elle laissa le serveur se remémorer ce client particulier.

- Lors de la réservation, son épouse avait précisé qu'ils fêteraient l'anniversaire de monsieur. Nous faisons toujours un geste au dessert dans ces occasions. Je les avais installés au bord de la piscine qui surplombe le bassin, avec le banc d'Arguin en contrebas. Un emplacement idéal !
- Épargnez-moi le souvenir de carte postale, voulez-vous ? Comment se comportaient les convives pendant le déjeuner ? Avez-vous pu entendre quelques bribes de conversation ?
- Maintenant que vous m'en parlez, madame s'adressait à son mari sur un ton cassant. Je venais de servir le plat principal, un homard bleu pour lui, cela m'a surpris...
- Qu'a-t-elle dit ?
- « La plaisanterie a assez duré maintenant. Quand rentres-tu ? » Plus tard, depuis la table d'à côté, j'ai entendu le jeune homme demander à celui plus âgé : « Tu nous laisses gérer ou pas ? Sois plus

clair ! », ou quelque chose comme ça. Il avait l'air hors de lui. Vous savez, dans ce travail, nous devons être discrets, servir au bon moment, être à l'écoute pour satisfaire le client dans les deux minutes. Rester accessibles, tout en se faisant oublier pour que nos invités passent un bon moment avec leurs proches. Un équilibre subtil… Pour ne rien vous cacher, je me suis dit que les relations étaient drôlement tendues entre ces trois-là pour un déjeuner d'anniversaire !

- À quelle heure sont-ils partis ? demanda Alexia pour clôturer l'interrogatoire, voyant que Lisa cherchait à la joindre.
- Peu après quatorze heures trente. Deux heures de service en table restreinte pour un menu entrée-plat-dessert avec café, c'est la durée classique.
- Si vous pensez à un nouveau détail, voici ma carte. Appelez-moi à toute heure, lui glissa-t-elle avant de prendre congé.

Depuis le réveil, ces rapides incursions dans des lieux exceptionnels au luxe discret confortaient l'envie d'y revenir prendre un verre à titre privé lorsque l'enquête serait terminée. Mais pour l'instant, le commissaire attendait son rapport ainsi que des avancées concrètes. Au pied des pins, sous le soleil, elle composa le numéro de Lisa.

- Du nouveau depuis le banc d'Arguin ?

- Affirmatif, chef. J'ai survécu à la traversée, c'est déjà ça ! Sinon, sur place j'ai pu retrouver un groupe de passionnés d'oiseaux. Tu savais que la réserve naturelle est un site de reproduction classé ?
- Oui, j'en avais entendu parler.
- Ces passionnés restent des heures à observer plus de quatre mille couples de volatiles. Attends, j'ai noté le nom précis : les sternes « caugeks », et celles « à bec orange », qu'ils m'ont décrites comme étant « voyageuses et élégantes ». Une dame m'a appris que le banc était à la fois une halte migratoire à l'automne et au printemps pour certaines espèces, mais aussi un site d'hivernage pour le bécasseau variable, le courlis cendré ou la barge rousse à marée haute. J'étais loin de savoir que nous avions autant de variétés d'oiseaux entre le Ferret et la dune !

  Merci pour le cours ! Mis à part ces éléments passionnants sur la faune du banc, as-tu du nouveau concernant notre affaire ?
- Oui. Attends deux secondes, je donne le bon billet pour prendre le bac de retour. Ça y est. Je disais qu'une dame se rappelait avoir vu aux jumelles ces deux hommes dès leur arrivée mercredi matin. Lorsque les oiseaux dorment, il faut bien s'occuper ! Voilà donc notre observatrice malgré elle, qui a suivi à distance le père et le fils pendant leur promenade.

- A-t-elle formellement reconnu Anselme ?
- Affirmatif. Il ressemblait tellement à Sean Connery, qu'elle a d'abord cru avoir une hallucination liée à la fatigue. C'est pour cela qu'elle s'en souvient. Je n'avais pas de photo de l'avocat bordelais à lui montrer, mais la description concordait. Grand, beau gosse, carré. Figure-toi qu'en milieu de matinée, pendant sa pause, elle était sortie de la cabane d'observation. En se promenant sur la partie non protégée du banc, elle s'est trouvée à côté d'Anselme et Martin et a été témoin d'une altercation musclée entre eux.
- A-t-elle pu entendre ce qu'ils se disaient ?
- En partie, oui. Il était question d'argent. « Si je suis obligé de donner la moitié de mon patrimoine à ma femme, je risque la ruine ! Je serai incapable de rembourser à la banque mes parts de l'étude ! », a crié le fils en tenant son père par le bras. D'après elle, ils en venaient aux mains ! Ce dernier a répondu : « Ce n'est pas à moi de payer pour tes frasques. Tu vas assumer. Ça ne te fera pas de mal pour une fois. » Avant de partir à l'autre bout du banc, furieux, le plus jeune a dit : « J'espère bien que tu vas crever, au moins j'aurai ma part d'héritage sans te supplier ! »
- C'est du lourd… Elle accepte de témoigner devant un juge ?
- Oui, sans souci.

- Excellent boulot ! Une menace de mort le jour où son père est assassiné, ça justifie largement de le mettre à l'ombre. Je passe à l'hôpital déposer le couteau pour analyses, et je récupère Manuel au commissariat. On va faire une virée à Bordeaux pour boucler Martin Boquart. Tout avocat qu'il soit, il n'échappera pas à la justice celui-là ! Quelque chose me dit qu'entre quatre murs dans une cellule, il sera nettement plus causant que dans son immeuble classé place des Quinconces. Bon courage pour le retour en bateau !

*

Au milieu des arbres, Cyrille foulait les épines à ses pieds, les pommes de pin grignotées çà et là par des écureuils. La dune du Pilat visible derrière les troncs décharnés, l'adrénaline le portait. Enfin dans l'action, sur le terrain, il se sentait utile. Gamin, il adorait les balades en forêt avec ses parents, l'odeur minérale des sous-bois, le silence à peine déchiré par un chant d'oiseau, un froissement de pas sur les feuilles. En cette saison, ils partaient cueillir des ceps, un sifflet autour du cou pour ne pas se perdre, équipés de bottes pour se protéger des serpents. Une fois revenus à la maison, le travail de tri commençait, la découpe des champignons et leur cuisson avant stérilisation en bocaux. Quel plaisir de les ouvrir par la suite avec un bon confit de canard !

Les commissariats aux alentours avaient répondu présents après l'appel à l'aide auquel s'était résolu son supérieur. Quinze policiers occupaient la forêt le long du littoral, à la recherche de toute habitation à explorer. Ils s'étaient réparti les zones et procédaient du nord au sud en s'éloignant progressivement de la ville. Des chiens assistaient les hommes, reniflant des habits fournis par la mère de Pauline. À bout de forces après trois jours et nuits d'angoisse, Fanny Landon leur avait tout de suite apporté la taie d'oreiller ainsi que des pulls portés par la jeune fille. Elle voulait les suivre, mais il avait refusé par prudence, ne sachant pas s'ils retrouveraient Pauline vivante. Il lui avait promis de la tenir au courant.

Après le rond-point de la dune, de nombreuses cabanes d'anciens résiniers étaient partiellement détruites, mais certaines devaient encore servir pour la chasse. Ils approchaient du but, il en était persuadé depuis sa discussion avec Victor le matin même. Comment avaient-ils pu laisser de côté l'hypothèse de la fugue ? Une gamine sans histoires, qui part après les cours sans explication, puis fait une rencontre mystérieuse et disparaît juste après. Tous les ingrédients d'un rapt les avaient maintenus sur la piste de l'enlèvement. La note de fond de cette enquête, comme celle d'un parfum, avait duré plusieurs jours. À bien y réfléchir, Alexia et lui s'étaient posé la question de la fugue dès mardi soir. Cette note de tête, plus volatile, s'était évaporée au bout de deux heures et ils lui avaient accordé moins d'importance. Pour poursuivre l'analogie de la pyramide olfactive, la note de cœur, celle qui caractérisait cette affaire, s'installait dans l'angoisse, la course contre le temps du fait des statistiques morbides en cas de disparition d'adolescent. « Où es-tu Pauline ? Aide-nous à te trouver… » se surprit-il à supplier en son for intérieur.

La cabane qui leur faisait face donnait tous les signes d'être désaffectée depuis plusieurs années. Porte et fenêtres fermées, jardin à l'abandon, ils frappèrent, laissèrent les chiens excités par une odeur faire leur travail, puis forcèrent la porte d'entrée.

*

Pour la seconde fois en vingt-quatre heures, Alexia et Manuel se trouvaient sur la route Arcachon-Bordeaux. Cette fois-ci, la jeune femme n'avait pas laissé l'opportunité à son collègue de conduire. Le souvenir de la précédente course poursuite avec les camions l'avait suffisamment marquée. Les odeurs désagréables émanant de la fabrique de pâte à papier située à Facture-Biganos dissipées, Alexia traversait une zone sauvage et fleurie dédiée aux abeilles devant des champs gigantesques. Manuel prévenait leurs collègues bordelais de leur arrivée. Ces derniers devaient discrètement sécuriser l'immeuble professionnel de Martin Boquart, afin que l'oiseau reste au nid. Se faisant passer pour une cliente potentielle, Alexia s'était entendu confirmer par la secrétaire qu'il était présent au bureau ce matin. Elle se faisait un plaisir de coffrer cet individu !

Le procureur avait signé les papiers indispensables à cette arrestation, convaincu par le témoignage écrit de la passionnée d'oiseaux, espionne à ses heures perdues sur le banc d'Arguin. Avec une menace de mort, il ne pouvait pas éviter que le suspect, bien qu'avocat de son état, soit interrogé en bonne et due forme.

Martin Boquart se trouvait en rendez-vous lorsqu'ils demandèrent à le rencontrer. Alexia ordonna à sa secrétaire de l'informer qu'il avait cinq minutes pour clôturer son entretien, sans quoi ils interviendraient sans prendre de précautions pour ménager sa dignité. Le couple de clients tout juste sorti de son bureau, les policiers entrèrent. Contrairement à leur précédente visite, l'aîné Boquart sembla soucieux quelques instants, mais retrouva vite une contenance. Porte fermée, Alexia lui expliqua la situation. Froide et déterminée, elle lui fit comprendre qu'il n'avait aucun intérêt à se dérober. Son regard cilla imperceptiblement. Puis il choisit de les suivre sans rien perdre de sa superbe. Les mains libres, il mit tranquillement son pardessus, salua ses collègues, les prévint qu'il serait absent quelques heures, suite au décès de son père. Aucun mot ne fut prononcé pendant le trajet de retour vers Arcachon. Le poids du silence écrasait chacun d’eux en cette fin de matinée. Une heure après, Martin Boquart foula le sol du commissariat d'Arcachon. En attendant d’être interrogé, il donna son portable, sa ceinture, ses lacets et ses effets personnels avant que la porte de la cellule se referme sur lui en un claquement d’acier définitif.

Pauline

Vendredi 20 octobre

Mes muscles ne me portent plus. J'ai tellement soif... Si je souffre, c'est que je suis toujours vivante. C'est déjà ça. Mourir à seize ans dans une cabane au fond des bois, c'est vraiment pathétique ! Si j'essayais de quitter cet endroit ? À quoi bon ? Juste sortir, voir le soleil, les pins, sentir le vent. Mais je l'entends entre les murs de cette bicoque... J'ai si mal aux reins, impossible de m'asseoir. Ce matelas me répugne. Il pue l'humidité, la poussière, il doit déborder d'acariens !

Tapie dans son coin, en suspension sur ses fils argentés, l'araignée me regarde, j'en suis sûre. Elle a pris deux moucherons dans sa toile aujourd'hui. Pauvre repas...

Oh, je me suis encore assoupie. Cela arrive de plus en plus souvent. Je n'ai que quelques minutes d'éveil devant moi si je veux changer de position. Aïe... Mes jambes, mon dos, mes bras, chaque centimètre de mon corps est si douloureux... Sans nourriture depuis trois jours, sans eau...

J’aurais dû économiser chaque goutte de ce fond de bouteille au lieu de tout boire trop vite. Ma gorge est tellement sèche que j'ai du mal à déglutir. Même si j’arrive à sortir d’ici, qu’est-ce qui m’attend dehors ? À qui faire confiance ? Le monde des adultes est si perfide, tortueux. J’aimerais trouver une bonne fée dotée d’une vraie baguette magique pour effacer le temps. Ces mots terribles résonnent dans le vide de mon crâne, comme une cloche d’église, sans discontinuer… Si je pouvais les oublier…

Chapitre 7

Vendredi 20 octobre après-midi

Abrité du soleil par les pins maritimes hauts de trente mètres, Cyrille sentait tout son corps vibrer sous l'excitation de la traque. La baraque précédente ne contenait aucune âme qui vive. Rien qu'un débarras inhabité dans lequel souris et écureuils faisaient bon ménage dans une atmosphère humide et poussiéreuse. Les policiers accompagnés de chiens dressés continuaient leurs recherches vers le sud, en direction des nombreux campings de bord de mer. Une autre équipe avançait côté forêt, à l'est de la route, plus riche en cabanes de résiniers.

Le commissaire Longblanc venait de l'appeler : le beau-père de Pauline, Jérôme Sartoren, avait repris connaissance à l'hôpital et clamait son innocence sans relâche. Ils avaient autorisé sa femme à lui rendre visite un court moment. Si l'intuition de son ami Victor était juste, la jeune fille devait se trouver dans le secteur, proche de la dune du Pilat, accessible en bus pour une adolescente qui veut disparaître. Partie avec un sac sur le dos, Pauline devait être à court de ressources à l'heure qu'il est. Cyrille préférait ne plus penser à l'éventualité d'un enlèvement, mais gardait en tête que leurs recherches restaient pertinentes dans tous les cas. Il aperçut le nez d'un renard au pelage roux brillant entre deux bosquets de fougères. L'espace d'un instant, il eut l'impression que les petits yeux perçants de l'animal le fixaient. Puis la bête partit vers la route et traversa. Peu habitué à écouter les signes du destin, il fit une exception et voulut croire que la nature l'aidait ce jour-là. L'animal sauvage attira les chiens ; ils le suivirent avec les policiers de son groupe. Le renard semblait les attendre, puis filait dès qu'ils s'approchaient trop de lui. Sur le bord de la route, à environ un kilomètre de la dune, un panneau indiquait « Nécropole de Natus ». Puis elle partait à angle droit et s'enfonçait dans la forêt de pins, sans cabanes à l'horizon.

- Chef, vous êtes sûr qu'on trouvera des habitations dans le coin ? lui demanda un policier sous ses ordres.
- J'y allais étant gosse, répondit-il. Il y en a quelques-unes. On le tente !

Pleins d'espoir, ils s'enfoncèrent dans la forêt. La route devenait de plus en plus impraticable, le goudron déchiré çà et là de trous profonds. Cette portion devait compter de rares passages. À moins d'être équipé d'amortisseurs extrêmement efficaces ou d'un véhicule tout-terrain, ce qui n'était pas le cas des voitures de police, on était forcément secoué, sauf à rouler à 10 km/h. Sur leur gauche, une boîte aux lettres informait les visiteurs qu'une maison se situait cinquante mètres plus loin. Ils décidèrent de rentrer. Le renard avait disparu. Au bout du chemin étroit, entre chênes et pins, une femme d'une soixantaine d'années leur ouvrit, l'air effrayé. Elle déclara n'avoir entendu personne depuis plusieurs jours. Mis à part une sortie hebdomadaire pour faire ses courses en ville, elle recherchait la solitude le reste du temps. Les policiers fouillèrent la maison en quelques minutes : salon, cuisine, salle de bains et chambre, pas de trace d'un autre être humain. En rebroussant chemin, Cyrille motiva ses troupes pour continuer. Leur travail de fourmis finirait par payer ! Des oiseaux s'envolèrent, perturbés pas sa sonnerie de téléphone qui rompit le silence.

- Patron, on tient une piste ! lui annonça Guylain. Je suis au bar de l'Oubli au Moulleau, vous savez, celui en face de l'avenue Notre-Dame des Passes. Très central…
- Accouche ! On est dans les bois à rechercher une aiguille dans une botte de foin. Si tu as un indice, va droit au but, s'il te plaît !
- Un serveur vient de rentrer d'un enterrement de vie de garçon dans une ville de l'Est, du genre grise et sans intérêt sauf pour ce type d'occasion. Il se souvient avoir vu Pauline en compagnie d'un homme mardi après-midi !
- Il a pu t'en faire une description ?

- Oui, il s’en souvient parfaitement. Je sens que ça va vous plaire…

*

Le sourire crispé de Martin Boquart ne quittait pas ses lèvres. Alexia prenait sur elle pour ne pas le gifler… L’avocat commença à nier en bloc l’altercation avec son père, puis finit par avouer qu’ils avaient eu un échange vif, tout en s’attachant à en atténuer la violence.

- Nous détenons un témoignage écrit d’une personne qui vous a vu et entendu mercredi matin. Vous avez menacé votre père de mort, car il refusait de vous prêter de l’argent, asséna Alexia d’une voix mesurée. Ce n’est pas à vous que je vais apprendre l’importance d'une déposition. Je suis d’un naturel impatient, autant vous prévenir. Donc, soit vous lâchez le morceau tout de suite, soit j’en réfère au procureur. Il va adorer l’histoire d’un avocat bordelais accusé d’un parricide, j’en mettrais ma main à couper !
- Attendez ! On ne joue pas là ! Passez-moi ce témoignage écrit.

La policière fit glisser la déposition sur la table pour qu’il comprenne qu’elle ne bluffait pas. Une fois arrivé au bout de sa lecture, le regard du suspect resta quelques instants dans le vide, son sourire de façade évaporé. Noir sur blanc, les caractères annulaient sa version d'une matinée dans la joie et la bonne humeur avec son père. Lorsqu'il redonna le papier à Alexia, son air hautain avait disparu pour laisser la place à une peur nue. Enfin cet homme pétri de confiance en lui baissait la garde.

- Écoutez, il se peut que j'aie oublié cet échange un peu… viril, car j'aime conserver le bon côté des choses. J'ai beau avoir l'habitude de maîtriser mes émotions, voire de jouer avec celles des autres en plaidoirie, je ne suis pas un bloc de béton. Mon père a été assassiné, je ne réalise pas encore… Mais je vous jure que je ne l'ai pas tué !
- Maintenant que la mémoire vous revient, pouvez-vous nous expliquer les raisons de cette conversation « virile » sur le banc d'Arguin ?
- J'ai besoin d'argent, beaucoup d'argent, avoua-t-il en se concentrant sur ses doigts emmêlés. Ma femme a demandé le divorce. À mes torts. Je vais devoir lui verser une pension monstrueuse et céder la moitié de notre patrimoine. Autant dire une petite fortune, que je ne possède pas, car je suis endetté jusqu'au cou. J'ai pris des parts dans l'étude il y a trois ans. Avec ce divorce, je serai incapable de payer mes traites à la banque. Je risque donc de tout perdre, vous comprenez ?
- C'est pour cette raison que vous demandiez de l'argent à votre père ?

- Oui. J’espérais qu’il accepterait de m’aider. Mais il a eu un discours moralisateur, laissant entendre que je l’avais bien cherché, que je devais assumer… J'étais furieux, il est possible que mes mots aient dépassé ma pensée…
- Vous évoquiez un divorce à vos torts. Pouvez-vous être plus précis ?
- Ma femme me reproche de l’avoir trompée… Ce qui est faux, bien entendu.
- Je vois. Revenons à mercredi soir, monsieur Boquart. Vous avez déclaré être rentré seul chez vous. Comprenez que les deux éléments, à savoir la menace de mort le matin et votre absence d’alibi au moment où votre père a été tué, ne fassent pas bon ménage. Sans compter que votre mobile financier est, quant à lui, tout à fait valable !
- Attendez… Je… j’ai un alibi.
- Tiens donc, je suis tout ouïe…
- J’étais en réalité chez ma maîtresse, qui se trouve être la meilleure amie de ma femme.
- On peut parler d’ex-meilleure amie dans ce cas, non ?
- Ne vous sentez pas obligée d’en rajouter, la situation est assez pourrie comme ça.
- Vous avez raison, vous vous êtes mis tout seul dans un beau pétrin. La dame en question acceptera certainement de vous en sortir en témoignant que vous étiez ensemble mercredi dans la soirée ? Nous aurons besoin de la contacter.

- Bien sûr. Entre la prison et la ruine, je préfère la seconde ! déclara-t-il sarcastique.
- Je vous comprends. Voilà le procès-verbal à signer. Vous compléterez le nom et les coordonnées de votre maîtresse à cet endroit. Nous gagnerons du temps.

L'aîné Boquart fut bouclé en cellule sans moyen de communiquer avec son amie de cœur. Une fois les papiers consignés dans son dossier, Alexia réalisa que son corps avait emmagasiné des tensions lors de cette matinée. Elle avait le dos fourbu. Un aller-retour en voiture, une interpellation, un interrogatoire, rien de tel pour vous mettre les muscles en pelote. Copiant les chats, elle étira tout son dos, la nuque et les bras, sentit des nœuds se relâcher, puis envoya un SMS à Cyrille : « Le fils avocat a un alibi pour le meurtre », puis elle appela le médecin légiste.

- Il est un peu tôt depuis mon dépôt ce matin, mais avez-vous pu effectuer les analyses que je vous ai demandées ?
- Vous avez de la chance, répondit Ombline Dufleur. C'est plutôt calme en ce moment. J'ai pu travailler dès votre départ ce matin.
- Quelles sont vos conclusions ? questionna Alexia, pendue à son téléphone, retenant son souffle.
- Non seulement le sang sur le couteau correspond tout à fait à celui de notre cadavre, mais la dimension de la lame est de la taille des blessures

mortelles. Je mettrais ma main à couper que vous tenez l'arme du crime ! Il vous reste à savoir qui est son propriétaire...

- Avez-vous pu identifier des empreintes ?
- Oh, je peux vous assurer qu'il y en a. Mais je passe le relais aux techniciens de la police pour les recueillir. Chacun son travail !

Des gargouillis incontrôlés lui rappelèrent que l'heure du déjeuner était largement dépassée. Pourtant, le dossier complet ouvert sur son bureau, son cerveau était en ébullition et refusait de décrocher. Devant chaque page de rapport, elle cherchait inlassablement à cerner les circonstances du crime pour tenter de comprendre l'assassin. Date : mercredi soir. Victime : un homme d'affaires richissime, dans la force de l'âge. Mode opératoire : assommé, puis sauvagement poignardé. Lieu : la dune, un des plus beaux sites du monde. Arme : un couteau de cuisine retrouvé ce matin dans l'eau, à l'intérieur d'un blockhaus. Témoin, suspect : aucun dans les campings aux alentours, ni en ville. Mobile : le portefeuille vide poussait à creuser la piste du vol crapuleux qui aurait mal tourné. Mais aucun élément complémentaire ne venait étayer cette option. La victime laissait une veuve éplorée et trois fils qui devraient se partager sa fortune. Chacun possédait un mobile solide : l'argent. Restait à savoir lequel des quatre avait matériellement pu commettre cet acte.

Seul l'aîné, Martin, en plein divorce, menacé de faillite

personnelle, semblait avoir assez de cran pour tuer, mais il déclarait avoir un alibi. Malgré son antipathie à son égard, Alexia avait tendance à le croire avant même d'interroger sa maîtresse. En effet, sortir cette carte lui coûtait cher : avouer avoir passé la nuit avec elle pèserait en sa défaveur dans sa séparation. La deuxième piste lui plaisait moins : Antoine, le fils cadet artiste peintre, mal compris par son père, qui aspirait à ouvrir une galerie pour ne plus dépendre financièrement de sa femme. Son alibi ne tiendrait pas devant un procureur habile qui saurait amener le doute chez les membres d'un jury d'assises. Le fait d'avoir un ticket de retour par bateau d'Arcachon vers le Cap Ferret ne prouvait en rien qu'il soit rentré avant dix-neuf heures, comme il le déclarait, puisque le ticket ne comportait pas d'horaire. Le benjamin, Guillaume, aspirait à plus d'autonomie. Il avait besoin de se sentir exister dans l'entreprise de son père. Ce dernier disparu, il gagnait indubitablement du pouvoir au sein de la société. De plus, son caractère colérique démontrait sa difficulté à gérer ses émotions. Il avait repris la route pour les Pyrénées en voiture avec sa mère juste après le déjeuner à La Co(o)rniche. Ce point restait néanmoins à vérifier…

S'agissait-il d'un meurtre prémédité commis de sang-froid, ou bien l'assassin s'était-il laissé emporter par ses passions ? Alexia avait la désagréable sensation de passer à côté d'un détail fondamental. Une pièce centrale manquait pour apprivoiser l'image naissante du puzzle. Que dire de la veuve ? Elle semblait sincèrement secouée par la mort de son époux et n'avait d'autre mobile que financier à leur connaissance. Sous un physique d'agricultrice devenue une bourgeoise boulotte habillée classique et fonctionnel, elle savait faire preuve d'autorité sur son benjamin qu'elle avait exfiltré de la salle d'interrogatoire. Une main de fer dans un gant de velours. Que cachait-elle de plus ? Elle décida de la surprendre en se rendant sur son terrain, à Vic-en-Bigorre et monta en informer le commissaire Didier Longblanc.

Épuisé par la tension de ces deux enquêtes parallèles, ce dernier avait hâte d'entendre des avancées notables. Ce week-end, sa femme avait invité leurs amis et la famille pour célébrer leurs trente ans de mariage au Tir au Vol. Il espérait plus que tout pouvoir profiter de la fête donnée en l'honneur de ces noces de perle (quel drôle de nom pour une période de vie commune aussi honorable). L'énergie de la policière, prête à partir avec Manuel dans les Hautes-Pyrénées, balaya ses réticences initiales liées à la notoriété des Boquart. Qui sait ? Peut-être allait-elle faire d'une pierre deux coups : résoudre cette affaire si déplorable pour l'image de la ville et sauver sa fête de mariage ?

*

Abasourdi par la révélation de Guylain, Cyrille s'arrêta quelques instants, laissant ses collègues policiers avancer sur le chemin à la recherche de nouvelles cabanes à inspecter. Le barman de l'Oubli se souvenait parfaitement bien de l'individu qu'attendait Pauline car : « Le sosie de Sean Connery avec vingt ans de moins, on n'en voit pas tous les mardis au Moulleau ! », avait-il déclaré. Pauline avait rendez-vous avec Anselme Boquart ! Cela n'avait aucun sens ! Depuis le début, ils enquêtaient sur deux affaires distinctes reliées par un fil invisible, pour une raison à éclaircir. Le serveur avait ajouté que la jeune fille avait eu l'air surprise quand l'homme l'avait rejointe en terrasse, comme si elle le rencontrait pour la première fois. Lorsqu'il apporta un Perrier citron à Anselme, il l'a clairement entendu dire : « Je vais tout t'expliquer... ». Pauline s'est sauvée peu de temps après, laissant son interlocuteur désemparé. Il n'a pas cherché à la rattraper, s'est lentement passé les mains sur le visage, comme pour laver l'empreinte de ce qu'il venait de vivre. Puis il a posé sur la table un billet qui couvrait largement l'addition avant de partir. Cela aussi, le serveur s'en souvient, car « les pourboires se perdent... ».

Cyrille appela Alexia. Elle lui avait envoyé un SMS peu de temps avant le coup de fil de Guylain et roulait avec Manuel vers la résidence de famille des Boquart. Sur haut-parleur, il lui livra les informations brutes, sans chercher à les analyser.

- S'ils avaient rendez-vous, c'est qu'il avait pris contact avec elle sous un pseudonyme sur les réseaux sociaux, sans lui révéler son identité, réfléchit-elle tout haut. Pour quelle raison voulait-il la rencontrer ? Pour l'instant, il nous manque un maillon crucial pour comprendre ce qui s'est joué entre eux... Et s'il séjournait depuis le 3 octobre à l'Hôtel Impérial précisément pour organiser ce rendez-vous ? Qui était-elle pour lui ? C'est ce que nous devons découvrir, Cyrille.

- Pour le moment je continue notre traque dans les bois, rétorqua son collègue. J'informe le commissaire sur-le-champ et le premier qui a du nouveau appelle l'autre !

Absorbé par ses pensées, il vit un serpent sur son pied droit, eut juste le temps de bouger, puis celui-ci zigzagua et disparut dans les fougères. « Foutue forêt. Il ne manquerait plus que je me fasse mordre par une vipère, tiens ! » Les aboiements des chiens le prévinrent d'une découverte imminente. Ou était-ce le renard qui jouait de nouveau avec leurs nerfs ? Il courut vers la zone d'où provenaient les animaux qui appelaient crescendo. Sa première vision fut celle d'un corps inanimé devant la porte d'une pauvre cabane. Deux policiers agenouillés à ses côtés le regardèrent : « Son pouls est très faible, elle est inconsciente, mais vivante ! » Les yeux brouillés par l'émotion, il fit le numéro du Samu.

*

Le paysage de campagne avait apaisé Alexia et Manuel pendant les deux heures trente de trajet entre Arcachon et Vic-en-Bigorre. Ils s'étaient partagé le volant, le temps de manger un jambon-beurre acheté en route. La faim les taraudait à tel point qu'ils le trouvèrent exquis. Un kaléidoscope de verts tous plus différents les uns que les autres saturait la vue des policiers. Tels des boules de coton suspendues, des nuages ponctuaient le ciel azur. Alexia se sentait tellement soulagée depuis que Cyrille l'avait prévenue que Pauline avait été retrouvée vivante ! Ils devraient attendre qu'elle reprenne ses esprits à l'hôpital. Ils pouvaient d'ores et déjà être fiers d'avoir fait mentir les statistiques. Demain, la lycéenne donnerait sa version des faits. Ils pourraient enfin relier son histoire à Anselme.

Elle n'avait pas prévenu Adeline Boquart et son fils de leur arrivée, partant du principe qu'une petite visite à l'improviste aurait un impact plus percutant. Le risque existait néanmoins qu'ils soient absents, mais elle l'acceptait. Cette femme avait préféré faire la route pour se rendre au commissariat d'Arcachon, alors qu'un simple coup de fil aurait suffi à demander le corps de son mari. Alexia faisait l'hypothèse qu'elle avait agi la première pour ne pas voir la police envahir son terrain. Eh bien, ils la prendraient à contre-pied ! L'information fournie par Cyrille allait leur servir de cheval de Troie pour fendre l'armure de la veuve. À quel point ignorait-elle les projets de son époux ? Plus ils s'enfonçaient dans les Pyrénées orientales, au nord de Tarbes, plus les panneaux indiquaient des producteurs de foie gras, magrets et pâtés. Des groupes d'oies et canards gambadaient en cancanant joyeusement dans les prés aux abords des fermes.

En entrant dans le village de Vic-en-Bigorre, petit village traversé par l'Échez, au milieu des champs, ils ne tardèrent pas à trouver l'entreprise Boquard. Ils s'engagèrent dans la large allée vers la maison de maître protégée par de grands arbres. Une voisine arrosait ses hortensias violets. Elle les regarda avec attention, intriguée par cette voiture de police immatriculée en Gironde. Alexia nota de penser à discuter avec elle en sortant. Elle bénéficiait d'une vue imprenable sur les allées et venues des membres de la famille. Si elle espionnait ses voisins mine de rien, comme dans toute petite ville qui se respecte, elle pouvait se révéler être un témoin utile. Ils firent crisser les graviers de la cour et stationnèrent devant l'imposante demeure attenante au bâtiment agricole. Le bruit du moteur laissa la place aux pépiements d'oiseaux dans le parc. En cette chaude journée d'automne, le soleil amorçait déjà sa descente. Une légère brise agitait les branches d'un cèdre majestueux, dans lequel les fils avaient probablement grimpé, joué, s'étaient cachés enfants. Alexia aurait en tout cas fait la même chose à leur âge. Ses larges branches, accueillantes et solides, appelaient à s'y installer à l'abri des regards, un livre à la main, ou bien à construire une cabane.

- Que me vaut cette visite inopinée ? leur demanda Adeline Boquart sur le perron, sans s'embarrasser de politesse inutile, dès leur sortie de voiture.

Sans doute les avait-elle identifiés de loin, d'autant plus que la maison, bâtie sur deux étages, comportait une vingtaine de fenêtres. Toute de noir vêtue, la propriétaire semblait réticente à les faire entrer. Alexia la convainquit de la nécessité de discuter en privé des informations qu'ils souhaitaient lui communiquer. Du large hall sobrement meublé se dégageait une atmosphère paisible. Elle pouvait apercevoir de profonds volumes, des plafonds à la française, le sol en bois massif ciré, des cadres de photos de famille en noir et blanc qui couvraient le mur menant à l'escalier. Un bouquet de roses blanches recevait les rayons du soleil qui effleurait la cime des arbres dans le parc. Leur hôtesse les accueillit dans un salon où le blanc se mêlait parfaitement à la douceur blonde du parquet. Elle les invita à s'asseoir, puis appela son fils Guillaume. Quelques plantes vertes donnaient une touche végétale dans cet ensemble propice à la détente. Devant une large cheminée centrale, ils firent face à la veuve et au benjamin d'Anselme sur des canapés en cuir crème.

- Nous avons souhaité vous rencontrer car nous avons du nouveau dans l'enquête, démarra Alexia. En premier lieu, nous avons retrouvé l'arme du crime ce matin.

- Quelle arme ? demanda Guillaume, vêtu d'un jean, d'un polo manches longues et d'une doudoune sans manches.
- Un couteau. Je ne vous avais pas communiqué les détails sur les circonstances du meurtre, mais votre père a été assommé dans la forêt, avant d'être poignardé. Son assassin a probablement lancé l'objet à l'eau après l'acte pour s'en débarrasser mercredi soir. Mais c'était sans compter sur les courants et la marée qui l'ont déposé à l'intérieur d'un blockhaus immergé non loin de là, au pied de la dune. Des plongeurs l'ont retrouvé ce matin. Parfois, la chance nous sourit…
- Qu'est-ce qui vous certifie que c'est avec cette… arme que mon mari a été tué ? demanda Adeline Boquart. Fort émue, elle s'exprimait avec difficulté.
- Les analyses de sang, ainsi que la largeur de la lame. Tout correspond. Nous tenions à vous informer de vive voix de cette avancée notable dans l'enquête. Nous attendons encore les résultats concernant les empreintes présentes sur le manche.
- Je vois… répondit Adeline, glaciale. La secrétaire de Martin m'a dit que vous l'aviez obligé à quitter son bureau. Antoine est assigné à résidence au Cap Ferret, il ne peut pas rentrer auprès de sa femme et sa fille sans votre permission. À quoi jouez-vous, madame ? Soupçonner les enfants d'Anselme n'a aucun sens ! Nous sommes une famille soudée,

sachez-le. Chacun a sa vie, ses préoccupations et ses soucis, personnels ou professionnels. C'est le cas de tout un chacun. Nous n'avons rien d'extraordinaire à vous cacher...

- Ce n'est pas un jeu, mais une enquête pour meurtre, rétorqua Alexia. Chaque membre de cette famille, à savoir vous-même et vos fils, possède à la fois un mobile classique, l'argent, et pas d'alibi convaincant, ce qui est fâcheux, vous en conviendrez. Nous procédons par ordre, madame. Le fait d'être endeuillée ne vous exclut en rien de la liste des suspects ! Avant que vous ne protestiez, je vous informe d'ailleurs que nous devrons prendre vos empreintes.
- C'est un scandale ! s'écria Guillaume, dont la gorge rougissait à vue d'œil. Je vais prévenir monsieur Jouvert, notre député et ami, qui est déjà en contact avec le procureur. Il se plaindra de vos manières en haut lieu !
- Faites, je vous en prie, répliqua Manuel, silencieux jusqu'alors. Ce que cherche à vous dire ma collègue, c'est que nous faisons tout simplement notre travail d'enquêteurs, ni plus ni moins. Refusez de donner vos empreintes et nous vous emmenons au poste dans un cadre moins confidentiel que ce salon. C'est à vous de choisir...
- Je vois que vos méthodes d'intimidation dans ma propre maison n'ont pas de limites, dit Adeline, à

bout de force. Qu'on en finisse. Qu'aviez-vous d'autre à nous dire avant de reprendre la route ?

- Le sujet est plus délicat, continua Manuel. Il s'agit d'un rendez-vous entre votre mari et une lycéenne dénommée Pauline Landon mardi après-midi. Connaissez-vous la raison de cette rencontre ?
- Non ! Comment puis-je le savoir ? Je vous rappelle qu'Anselme avait pris des vacances depuis début octobre. Il ne me détaillait pas son emploi du temps !
- Cette jeune fille a disparu peu après. Nous venons tout juste de la retrouver, précisa-t-il, à l'affût des réactions de leurs interlocuteurs.
- Je ne connais pas cette personne et n'en ai jamais entendu parler, dit Adeline Boquart d'un ton définitif dans lequel perçait de l'épuisement.
- Nous finirons par découvrir la vérité, avec votre aide ou pas, répondit Alexia, bien décidée à mettre la veuve face à ses mensonges. Cela m'amène à une autre question. Vous aviez déclaré que le déjeuner mercredi midi à La Co(o)rniche s'était déroulé dans une bonne ambiance. Or nous avons le témoignage d'un serveur qui contredit cette version des faits. D'après lui, vous vous êtes tous deux disputés avec Anselme, car il ne vous laissait pas d'autonomie dans la gestion de la société.
- C'est tout à fait faux ! s'écria Guillaume en se levant d'un bond. J'ai toujours dirigé le réseau de franchise comme je le souhaitais. Je trouvais

normal de demander conseil lorsque nécessaire, comme je l'ai fait au restaurant, il avait plus d'expérience. Que cherchez-vous à la fin ? À nous humilier, comme si savoir mon père poignardé par un junkie d'un camping voisin ne suffisait pas ? Votre insistance à accuser une famille en deuil des pires mensonges est incompréhensible ! Faut-il vous le rappeler, mon grand-père paternel est également décédé en septembre. Cela fait beaucoup en ce moment.

- Calme-toi Guillaume, intima sa mère, lui prenant la main pour le faire asseoir. Nos invités font leur travail, voilà tout. Je vais vous répondre. Anselme était parti en villégiature, je devais tout assurer seule : la situation était inconfortable et me pesait. Guillaume assumait ses responsabilités avec une grande efficacité, mais il avait parfois besoin d'échanger avec Anselme, ce qui est naturel. Je me suis appuyée sur le directeur de l'usine de caviar mais, là encore, mon mari n'avait en rien organisé les choses pour que la production tourne sans lui aussi longtemps. Tous les jours il fallait prendre des décisions, signer des chèques, sans que je sois au courant du niveau de la trésorerie, licencier un salarié pour faute grave, bref, des responsabilités qu'Anselme assumait d'habitude. Je ne nie pas avoir eu quelques mots d'humeur pendant le déjeuner pour lui signifier que nous connaissions des difficultés depuis son départ. Si je ne l'ai pas mentionné pendant nos entretiens, n'y voyez pas de volonté particulière. J'avoue que cela m'a semblé anecdotique. J'étais loin d'imaginer que vous l'utiliseriez contre nous…

- Merci pour cette franchise, répondit Alexia. Chaque détail a son importance pour cerner au mieux la psychologie de votre mari. Comme dans un puzzle, chaque pièce compte, voilà tout. Notre travail consiste à tout examiner, sans laisser d'angle mort.
- Je comprends, dit Adeline, soulagée d'entendre Alexia se radoucir, mais sur ses gardes.
- J'aimerais aborder un dernier point, rebondit Manuel, en relisant ses notes. Au commissariat d'Arcachon, vous avez déclaré à ma collègue être repartis avec votre fils sur Vic-en-Bigorre en voiture juste après le déjeuner. Laquelle parmi celles garées dans la cour a fait l'aller-retour ?
- Nous sommes revenus avec le Renault Scenic noir.
- À quelle heure ?
- Vers dix-sept heures.

Les deux policiers prirent ensuite les empreintes des deux membres de la famille, qui se plièrent à contrecœur à cette obligation. Puis Alexia demanda à visiter la cuisine. La maîtresse de maison ne put refuser mais resta derrière elle pendant la perquisition. Dans le tiroir fourre-tout, aucun modèle ne correspondait de près ou de loin à l'arme du crime. À la recherche d'un porte-couteau incomplet, elle repartit bredouille.

Une fois dehors, ils respirèrent de nouveau librement. Imperceptiblement, le temps avait changé. En cette fin d'après-midi, les yeux perdus dans la palette bleu-gris visible entre les branches nonchalantes qui s'était substituée au bleu azuréen dardé de lumière dorée, Alexia frissonna sous la caresse de la brise. Les épaules lourdes, elle se sentait lessivée par cet interrogatoire oppressant, consciente d'avoir récolté des bribes de vérité noyées dans une montagne de discours préfabriqué. Ils avaient à peine repris leur véhicule en silence, remonté l'allée puis passé l'immense portail de la propriété, qu'elle demanda à Manuel de s'arrêter pour aller récupérer une bouteille d'eau dans le coffre. Dès que la voiture stationna sur le bas-côté, ils virent la voisine sortir en trombe de sa maison, non plus un arrosoir à la main, mais un torchon à carreaux qu'elle tordait dans tous les sens, en les interpellant.

- Excusez-moi… Je m'appelle Josiane Condemine. Est-ce que vous venez pour Anselme ?
- Nous sommes de la police, madame, c'est à ce titre que nous avons visité la famille de monsieur Boquart, répondit Alexia, surprise par cette femme empruntée et trop curieuse à son goût.
- C'est que je connaissais bien Anselme, voyez-vous… Je… je voulais juste savoir ce qui lui est arrivé. Je lis les journaux comme tout le monde, mais les journalistes ignorent les détails… Ils écrivent qu'il a été retrouvé sans vie sur la dune du Pilat, que le mobile et les circonstances du meurtre

restent à éclaircir. C'était un ami d'enfance, un véritable ami…

- Nous sommes tenus au secret sur l'enquête, répondit Alexia dans un sourire patient. Soyez confiante, nous sommes à la recherche de la personne qui l'a tué.
- Ne croyez pas Adeline ! Ils ont fait un mariage arrangé, très jeunes. Leurs parents étaient trop heureux d'unir leurs deux familles, vous pensez ! C'est une femme autoritaire, froide, hautaine, qui ne lui laissait pas de liberté ! Quand je l'ai aperçue rentrer à la nuit, je savais qu'il se passait quelque chose d'anormal. Vous devez me trouver bien simple avec mon tablier et mon torchon à la main, mais je sens ces choses-là…
- Qui avez-vous vu à la nuit ? Quel jour ?

Alexia fut soudain intéressée par le discours de cette voisine insistante. Un coup d'œil à son collègue, venu à ses côtés, lui confirma qu'il avait lui aussi été interpelé par ces derniers mots.

- Eh bien, je vous parle d'Adeline ! C'était avant hier soir, donc nous étions mercredi…
- Quelle heure était-il ?
- C'était l'heure de la publicité du film sur la Une. Je dirais qu'il était vingt et une heures quarante-cinq. Leur portail ne fonctionne plus automatiquement avec le bip, il est cassé depuis quelques semaines,

donc elle a dû sortir de sa Clio verte pour le fermer manuellement.

- Était-elle seule ?
- Oui, son fils était rentré chez eux dans l'après-midi avec la Scenic. J'ai l'œil pour les voitures moi, et puis à force de les voir entrer et sortir depuis trente ans que j'habite en face, je sais qui conduit quoi ! Ma cuisine donne sur leur propriété, et j'y passe une bonne partie de mon temps à faire du crochet, des mots croisés, ou des sudokus...
- Portez-vous des lunettes, madame ? voulut vérifier Manuel.
- Absolument pas, ni pour regarder la télé ni pour coudre. C'est héréditaire dans la famille, à cinquante-cinq ans !
- Êtes-vous prête à témoigner devant un juge de ce que vous venez de nous dire ?
- Sur le fait qu'elle est désagréable et fière d'avoir marié le meilleur parti du coin ?
- Non, dit Alexia, patiente. Sur son heure de retour, seule, mercredi soir, en décalé de son fils qui est rentré l'après-midi.
- Pour sûr, je peux !

Ils entrèrent chez elle prendre sa déposition écrite en bonne et due forme, entre napperons au crochet et roses artificielles sur la table de cuisine. Au milieu du couloir, des chats se frottaient contre leurs mollets, intrigués par leur présence, en quête de caresses. Une fois cette formalité effectuée, Alexia sortit pour appeler le commissaire, excitée par l'avancée notable de l'enquête, mais pleine de tristesse en pensant à l'arrestation à venir. La bonne nouvelle : ils allaient revenir avec deux suspects supplémentaires, la veuve, dont l'alibi ne tenait plus, et son fils qui l'avait couverte dans son mensonge. La mauvaise : il allait devoir prévenir le député en personne, en plus des huiles habituelles, pour éviter une escalade politique. « Chacun son boulot », se dit-elle… Si le travail de son supérieur comportait une dimension relationnelle forte, le sien, sur le terrain, consistait à interroger, écouter, recueillir des témoignages d'hommes et de femmes en chair et en os. Le plus dur était de ne pas se laisser envahir par leurs déchirements, contradictions, peurs, désespoirs et regrets… Elle chercha Manuel du regard pour se donner du courage avant l'affrontement à venir. Son collègue savait rester à sa place. Alexia dirigeait l'enquête, prenait les décisions, mais il la soutenait lorsque nécessaire. Une coopération en binôme efficace, qui permettait de se partager la charge psychologique.

Pour la troisième fois, leur voiture emprunta le portail ouvert. L'ombre des cèdres les accompagna pendant la lente traversée de l'allée. Alexia soupira profondément avant de s'approcher de la porte massive qui abritait jadis une famille unie. Consciente qu'une reconstitution de ses fragments après l'explosion serait impossible, elle appuya lourdement sur la sonnette.

*

L’odeur de l’hôpital soulevait le cœur de Cyrille depuis les séjours réguliers de son père, mourant d'un cancer des poumons. « Avant, on ne savait pas », déclarait une campagne d’information sur les méfaits de la cigarette. Aussi loin qu’il se souvienne, son paternel avait toujours fumé. À l'époque les industriels empoisonnaient les citoyens en toute impunité. L'État fermait les yeux et intégrait allègrement dans son budget les recettes des lourdes taxes appliquées à cette drogue en vente libre au coin de chaque rue.

Admise en réanimation dans un état de déshydratation avancée, Pauline restait inconsciente. À son chevet, sa mère ne quittait pas la chambre. Le médecin informa le policier qu’il n’avait pas l’autorisation de la voir. La patiente était trop faible pour subir le moindre interrogatoire. Seule la famille proche était tolérée, pour rassurer la jeune fille mineure lorsqu'elle reprendrait connaissance. Il s’installa dans la salle d’attente, chercha une position la moins inconfortable possible. Quand ils l'avaient retrouvée, elle portait la même tenue que mardi. Aucun signe de violence apparent ne permettait de conclure qu’elle avait été brutalisée. Compte tenu de son extrême fragilité, comment avait-elle réussi à sortir de cette cabane de résiniers désaffectée ? Ils n’en avaient aucune idée. La dernière énergie du désespoir ? Les techniciens avaient localisé son téléphone quelques minutes avant que les policiers et leurs chiens découvrent Pauline. Tout portait à penser qu'elle avait volontairement enlevé la carte SIM du terminal pendant sa fugue et l'avait remise pour appeler les secours. Pour autant, elle n'avait pas composé le 15. Pourquoi ? Que dire lorsqu'on a choisi de disparaître, laissant une famille en panique et les services de police d'un département sur les dents ? Quels mots utiliser ? Autre option : elle s'était probablement évanouie une fois à l'air libre, ses dernières forces l'avaient lâchée. L'analyse de son téléphone mobile permettrait de savoir si Anselme Boquart l'avait contactée directement, ou s'il avait arrangé leur rendez-vous via les réseaux sociaux.

La presse pourrait faire les gros titres de ce succès policier. Ténacité, travail en partenariat avec la gendarmerie maritime et les commissariats voisins, technologies de pointe utilisées pour localiser la jeune fille, tous les moyens avait été mis en œuvre. Cyrille regrettait que la thèse de l'enlèvement ait orienté l'enquête trop longtemps. Seul Victor, prévenu de cette issue heureuse, savait quel rôle primordial il avait joué dans le changement de stratégie. Restait à comprendre pourquoi elle avait fui et son lien avec Anselme, assassiné le lendemain soir. Cyrille ne croyait pas au hasard, « le purgatoire de la causalité » comme le disait Jean Baudrillard. Ces deux événements se trouvaient forcément reliés par un fil invisible, comme celui donné par Ariane à Thésée pour sortir indemne du labyrinthe construit par Dédale et vaincre le Minotaure. Mais qui de Pauline ou Anselme devait sauver l'autre ? La première aurait-elle condamné le second involontairement ? Ou l'inverse ?

Alexia l'avait prévenue des nouveautés dans l'enquête concernant le meurtre, mais la veuve avait nié connaître l'existence même de Pauline. Depuis son interpellation, elle s'était murée dans le silence et exigeait son avocat. Son fils aîné allait sortir de cellule, le témoignage de sa maîtresse le disculpait. Voilà un alibi à double tranchant qui valait son pesant d'or. En allant chercher un café infâme au distributeur plus par habitude que par besoin, la seule question qui résonnait dans son cerveau sans relâche était pourquoi ?

*

Sur les nerfs, Alexia avait relâché Martin Boquart à son retour d'Occitanie, pour mettre en examen sa mère, soupçonnée de meurtre sur la personne de son mari, ainsi que son frère Guillaume pour avoir couvert cette dernière. La policière avait communiqué les empreintes d'Adeline et Guillaume au laboratoire pour comparaison avec celles retrouvées sur l'arme du crime. Avec un peu de chance, grâce à l'appel du commissaire pour accélérer la procédure, demain matin au plus tard, les résultats devraient être connus. Restait à éclaircir les faits et gestes de la veuve mercredi. Alors qu'elle avait déclaré être rentrée chez elle juste après le déjeuner, comment s'était-elle occupée entre quatorze heures trente et dix-neuf heures trente, avant de partir d'Arcachon ? Une arrivée chez elle à vingt et une heures quarante-cinq signifiait qu'elle avait largement eu le temps de tuer son mari puis de reprendre la route. Son faux témoignage venait d'être démonté par leur voisine. On n'imagine pas à quel point une cuisine peut constituer un emplacement stratégique pour noter les allées et venues de tout un village, et d'une famille en particulier ! Le benjamin, Guillaume, avait déclaré ne pas avoir entendu sa mère quand elle avait menti jeudi, puisqu'il avait été exfiltré de la pièce d'interrogatoire au commissariat. Pouvait-il vraiment ignorer l'importance de l'information concernant leur retour dans deux voitures séparées ? Chez eux l'après-midi même, elle avait réitéré le mensonge, sans qu'il intervienne pour la contredire. Comment expliquer que le fils et sa mère soient venus à La Co(o)rniche dans deux véhicules ? Pour Alexia, cela ne faisait aucun doute : Adeline Boquart avait prévu de revoir son mari plus tard dans la journée. Cela constituait une circonstance aggravante et étayait la thèse d'un meurtre avec préméditation.

Au milieu d'une paperasse incroyable qui débordait de son bureau, elle réalisa que le directeur de l'hôtel ne lui avait pas donné de nouvelles. Elle avait pourtant été claire ce matin sur l'urgence de l'enquête qu'il devait mener afin de découvrir qui subtilisait des objets dans son établissement. Agacée de devoir le relancer à ce propos, elle décrocha néanmoins son téléphone.

- Je suis confus de ne pas vous avoir prévenue plus tôt, déclara-t-il d’un ton qui semblait honnête. Nous avons dû gérer un séminaire de quatre-vingts personnes cet après-midi. L’une d’elles est tombée dans les pommes, vous imaginez l’ambiance… Mais concernant notre sujet, je pense savoir qui a commis ces larcins.
- Comment pouvez-vous en être sûr ?
- J’ai réuni toute l’équipe d’entretien des chambres ce matin après votre départ. Sans m’adresser à quiconque en particulier, j’ai clairement posé les faits sur la table. Je dois vous avouer que c'était une première ! Cette histoire d’objets disparus alimentait les ragots et les méfiances mutuelles. Je ne savais pas comment traiter le problème… Par manque de discernement, j’irais même jusqu’à dire, de courage managérial, je le reconnais volontiers, je contournais et niais la réalité. J’ai ordonné que le livre de notre client soit restitué dans sa chambre, demain matin au plus tard. À ce stade, j’ai pris sur moi d’assurer que personne ne serait inquiété. En revanche, je me suis montré inflexible sur le fait que cette substitution devait être la dernière, faute de quoi la police s’en mêlerait si le cleptomane ne savait maîtriser ses pulsions.

- Pardonnez-moi, mais vous disiez avoir identifié le voleur…
- En effet. J'en aurai le cœur net en entretien avec lui, mais Nelson a été le seul à rester impassible ce matin, là où chacun s'exclamait, regardait son voisin, etc. En tant que responsable de l'équipe, il se doit de se contenir, bien sûr… Mais son attitude transpirait la culpabilité, j'en suis intimement persuadé.
- Très bien. J'attends votre appel dès demain. Cet objet ne nous apprendra peut-être rien… Mais sait-on jamais ? dit-Alexia avant de raccrocher.

Elle rentra chez elle à la nuit et prit le relais de l'aide-soignante. Cette journée exténuante la remplissait d'un sentiment de devoir accompli. Par petits pas, elle avançait, défrichait, dénichait des preuves, faisait tomber des alibis. La photo s'éclaircissait, avec un fils disculpé, la veuve suspectée, l'arme du crime extraite de son bunker au milieu des hippocampes, couverte d'empreintes qui, espérons-le, livreraient leur part de vérité. La relation entre Anselme et Pauline restait un mystère à lever dès qu'elle reprendrait connaissance. Un nœud se jouait indubitablement entre eux, bien serré depuis trois jours. Qui sait ? La clé des deux affaires résidait peut-être à l'intérieur. Comme chaque soir depuis que sa mère les avait quittés, son père la questionna sur sa journée, ses bons moments, ses craintes… Ce rituel permettait de mettre à distance les événements parfois perturbants, de relativiser les problèmes inévitables et d'identifier les sources de petits bonheurs, de satisfaction, de plaisir. Le bénéfice immédiat pour tous les deux était de se coucher plus sereins ! Son père ne se plaignait jamais des douleurs et humiliations continuelles liées à sa maladie et profitait pleinement de sa présence. Combien de temps leur restait-il avant que ses muscles ne paralysent des fonctions vitales à force de se raidir ? Elle préférait ne pas y penser. Cela serait forcément trop tôt. La mort nous fauche toujours trop tôt, sauf à savourer chaque journée comme la dernière, comment ne pas en vouloir encore plus ?

Chapitre 8

Samedi 21 octobre matin

Souffleries, tic-tac, odeurs de désinfectant, une gêne au bras droit, là où un cathéter ramenait de la vie dans son corps, un léger drap sur sa peau, Pauline souleva une paupière avec difficulté, pour la baisser aussi vite, agressée par la lumière blanche. Elle sentait une main sur la sienne, chaude, réconfortante. Dans une semi-conscience, yeux clos, elle entendait sa mère lui parler doucement, lui murmurer à quel point elle était heureuse de la retrouver, combien elle l'aimait, pour toujours. Elles auraient bien des choses à se dire à son réveil. Son absence avait créé un immense bazar. Jérôme séjournait à l'hôpital lui aussi... Tiens, pourquoi ? Il devait sortir cet après-midi si tout allait bien... Une voisine de confiance gardait Mathis et Enzo. Ils l'embrassaient fort, avaient hâte qu'elle rentre à la maison. Et puis un policier allait revenir pour lui parler, quand elle en aurait l'énergie.

Que pourrait-elle lui dire ? Sa vie s'était effondrée, toutes ses certitudes, ses bases. Un cadeau empoisonné lui avait explosé à la figure. Elle ne l'avait pas supporté. Puis elle avait voulu disparaître, n'exister pour personne, c'est tout. Ils chercheraient à comprendre pourquoi... Les secrets doivent le rester, à jamais. C'est plus simple. Elle sentait encore le moisi de cette cabane pourrie, le matelas puant la poussière sèche. Quelques flashs : l'araignée attendant sa proie, l'écureuil à la fenêtre, la flamme de bougie qui vacilla avant la nuit, puis la dernière goutte d'eau. Comment avait-elle trouvé la force de sortir ? Ses genoux la brûlaient... « Je me suis traînée jusqu'à la porte. Je serais morte sinon, je le sentais », se dit-elle. « L'instinct de survie. Pas envie de finir au milieu des pommes de pin, que l'on me retrouve par hasard toute desséchée dans dix ans en ouvrant une cabane désaffectée. »

Une bonne odeur de chocolat chaud... L'infirmière parle à maman. Tout le monde attend que je me réveille. Et si j'essayais de soulever les paupières de nouveau ?

*

En milieu de matinée, Cyrille put entrer dans la chambre de Pauline, veillée par sa mère. Le médecin lui avait donné dix minutes, pas une de plus. Il avait dormi d'un sommeil de plomb, sans rêves, heureux de l'issue positive qu'avait pris l'enquête, essoré, les nerfs à bout de forces. Comment démarrer l'interrogatoire de Pauline sans la heurter ? Il improviserait sur place. Il venait d'apprendre que le beau-père avait reçu l'autorisation médicale de sortir. Tout allait dépendre de Pauline. Allait-elle le mettre hors de cause ? Probablement. Sinon… Il sourit en pensant qu'Alexia avait rempli toutes les cellules du commissariat la veille. Il devait bien admettre que sa jeune collègue avait du cran et ne comptait ni sa fatigue ni ses heures. Avec un peu de chance, ils pourraient boucler leurs enquêtes en simultané. À son arrivée, il l'avait soupçonnée d'avoir un piston. Être mutée à son âge dans le commissariat tranquille d'une ville fort recherchée, il y avait de quoi s'étonner ! Depuis, leur secrétaire Christine Pintier lui avait confié qu'Alexia s'occupait de son père, ancien pêcheur, gravement malade. Par pudeur, elle leur avait caché la raison intime de ce déménagement. Il regrettait de l'avoir jugée si vite et sans motif.

Armé d'un bloc-notes, il s'assit sur une chaise à droite de Pauline, si mince, si diaphane sous son drap d'hôpital. Fanny lui sourit et s'adressa à sa fille :

- Cyrille a dirigé les recherches pour te retrouver, ma chérie. C'est grâce à lui que tu es là aujourd'hui…
- Merci, murmura la jeune fille en le fixant d'un air apeuré.
- Je n'ai fait que mon travail, répondit-il doucement. Toute l'équipe est heureuse de te savoir saine et sauve. Le médecin m'a accordé dix petites minutes avec toi pour comprendre ce qui t'est arrivé. Tu es d'accord pour m'en parler ?

Après quelques secondes, Pauline hocha lentement la tête. Il continua de la questionner en plongeant son regard dans le sien.

- Différents témoins t'ont aperçue mardi après-midi. Nous savons que tu as quitté le lycée après tes cours et que tu t'es rendue au Moulleau pour rencontrer une personne au bar de l'Oubli. Peux-tu nous en dire plus sur cet homme et la nature de votre relation ?

Interloquée, Fanny regardait tour à tour sa fille et le policier, un vague sourire aux lèvres pour la mettre en confiance, bien consciente qu'elle ne devait en aucun cas intervenir.

- Je le voyais pour la première fois, déclara Pauline, comme pour s'excuser… C'est vrai, nous avions rendez-vous, mais je croyais qu'il serait plus jeune… Un inconnu qui disait être mon ami m'avait écrit via les réseaux sociaux.
- Peux-tu être plus précise ?
- C'était il y a trois semaines. Nous échangions sur des sujets de tous les jours, des discussions sur la vie, l'avenir, la musique que j'aime, les films, mes livres préférés, tout et rien ! Il s'intéressait à moi, il était très gentil et puis drôle !
- Que s'est-il passé mardi ?
- Eh bien, je suis arrivée au bar de l'Oubli, il n'était pas là. Comme je ne savais pas qui j'attendais, j'ai

prévenu le serveur qu'une personne me rejoindrait.

- Comment deviez-vous vous reconnaître ?
- Chacun portait une écharpe grise. C'était le code.
- Puis il est venu, continua Cyrille, pour aider la jeune fille, déstabilisée.
- Oui. J'étais étonnée qu'il soit si vieux ! J'ai failli partir dès que je l'ai vu. On entend tellement d'histoires sur ces prédateurs sur internet, j'ai réalisé que j'avais vraiment été idiote et imprudente d'accepter de donner mes coordonnées, puis de le rencontrer... Il m'a tout de suite dit de ne pas avoir peur. Il était désolé d'avoir utilisé ce stratagème pour me contacter. Il ne voulait que mon bien et souhaitait juste me dire quelque chose d'important qu'il avait appris le mois dernier, souhaitait qu'on en parle. Il avait un regard rassurant et me faisait penser à un acteur que j'avais vu dans un film d'action...
- Il vous a dit son nom ?
- Oui, Anselme... Un joli prénom, rare. Anselme Boquart.

À ces mots, Fanny étouffa un petit cri, tout son corps prit la rigidité d'une statue. Elle fixa sa fille avec effroi.

- Il m'a appris qu'il était mon père. Il venait de le découvrir. Quelqu'un lui avait caché volontairement la vérité, il ignorait tout de mon existence. Maman et lui avaient été très amoureux.

Très gentiment, il a ajouté qu'il espérait rattraper le temps perdu, si j'étais d'accord… Que l'on pouvait apprendre à se connaître, il voulait être là pour moi… Il avait l'air sincère et ému.

- Qu'as-tu fait ?
- Je n'ai pas compris sur le coup, dit-elle en croisant le regard de sa mère. Maman m'avait toujours dit que j'étais le fruit d'une histoire d'un soir, que nous devions compter l'une sur l'autre. On s'en sortait très bien comme ça. Toute ma vie reposait sur un mensonge. Non seulement j'avais un père, mais il m'avait retrouvé… Je me suis enfuie. C'était trop dur, vous comprenez ?
- Et ensuite ?
- Oh, je ne suis pas allée loin. Sur la plage. De toute façon je pleurais tellement que je n'y voyais pas grand-chose. J'ai appelé maman pour lui parler, c'était complètement fou… mais elle a refusé. Tu donnais encore une fois la priorité à ton travail !

Sa mère sursauta sous la violence du reproche. Elle semblait perdue.

- Mais, il suffisait que tu me dises ce qui venait d'arriver…
- Non ! coupa Pauline. Je devais te voir ! Tu m'as menti depuis ma naissance, puis tu m'as rejetée quand j'avais besoin de comprendre… J'ai voulu te punir et disparaître !

- Et donc, tu as pris un bus au Moulleau en direction de la Salie ? relança Cyrille.
- Oui. Il fallait que je parte, que je sois seule, pour réfléchir à ce que tout cela signifiait. J'étais dans un état second… Dans un film policier, j'avais vu qu'en enlevant sa carte SIM du téléphone, on ne pouvait plus être localisé. C'est ce que j'ai fait. Puis, je suis descendue du bus au rond-point de la dune, et j'ai marché jusqu'à cette cabane. Elle était suffisamment isolée. Je m'y suis enfermée. J'avais un peu d'eau, deux biscuits…
- Et tu es restée là ?
- J'étais désespérée, dégoûtée de tout, je voulais me laisser mourir, je crois… Je n'ai pas bougé, ce que je venais d'apprendre était si hallucinant, vous comprenez ? Et puis, j'ai perdu des forces, je n'avais plus rien à boire, et à aucun moment je n'envisageais de rentrer. C'était comme une prison mentale… Sortir pour retrouver qui ? Je n'en avais plus l'envie. J'avais peur, et ensuite, je n'avais plus assez de forces, je ne me sentais plus capable de quitter cet endroit. Jusqu'à hier après-midi.
- Tu as réussi à ouvrir la porte…
- Oui. Dans un sursaut de désespoir, j'ai réalisé que j'allais mourir là si je ne pouvais pas atteindre cette porte. C'était trop bête… Merci de m'avoir retrouvée, dit-elle d'un sourire triste à Cyrille.

Le médecin choisit ce moment pour mettre fin à l'entretien. Pauline fermait déjà les yeux, épuisée. Livide, sa mère sortit de la chambre avec le policier.

- Comment aurais-je pu savoir qu'elle voulait me parler de son père ? demanda Fanny, autant à elle-même qu'à son interlocuteur.
- Vous avez des choses à vous dire, prenez le temps nécessaire. Elle aura probablement besoin d'être accompagnée par un psychologue. Après une fugue, avec le choc émotionnel qu'elle a subi...

Ils s'assirent tous deux dans le couloir. Des larmes perlaient sous les cils de Fanny, sans qu'elle fasse un geste pour les empêcher de couler. Cyrille toucha ses mains et les serra entre les siennes. Elle avoua :

- Je lui ai appris que j'étais enceinte, mais il ne m'a jamais contactée. Jamais... Alors je n'ai pas insisté. Nous n'étions pas du même monde. Il était marié, avait des enfants. J'avais dix-neuf ans, autant dire, une gamine. Lui gérait déjà l'affaire familiale. L'été 2000, je tenais un rayon en binôme aux Galeries Lafayette à Bordeaux, il fournissait celui des produits du terroir, à quelques mètres du mien. Nous avons vécu une folle passion quelques mois, puis mon contrat se terminait, j'ai dû rentrer chez mes parents à Arcachon finir mes études. Quand j'ai découvert que j'étais enceinte de lui, je lui ai écrit pour le lui annoncer... Oh, ce n'est pas que j'espérais qu'il quitte sa femme pour moi, mais notre histoire m'avait paru belle, unique, merveilleuse ! J'étais jeune, amoureuse, dingue de lui. J'ai attendu, attendu, puis j'ai compris qu'il ne voulait pas de l'enfant. Et puis, ce bébé a commencé à bouger dans mon ventre, je sentais comme des bulles d'eau contre ma peau... Et j'ai décidé de le garder, j'ai continué sans lui, avec Pauline. Mes parents ont été compréhensifs, ils m'ont soutenue. La vie n'a pas été facile. Personne ne m'a offert de cadeaux sur un plateau. Mais à force de persévérance, en choisissant le bon côté des choses, je me suis battue pour être indépendante, pour l'élever seule. Jusqu'au jour où j'ai rencontré Jérôme.

- Où aviez-vous envoyé votre lettre à l'époque ?
- Chez lui, à Vic-en-Bigorre. J'avais trop peur de l'adresser aux Galeries et qu'une des vendeuses ne l'ouvre. Si vous saviez comme elles me regardaient, avec leur chignon laqué des années cinquante ! Si elles avaient pu me trucider sur place d'avoir séduit un des plus gros fournisseurs, elles l'auraient fait !
- Je vois, répondit Cyrille, pensif. Encore un point avant d'y aller. Compte tenu de l'état de faiblesse de Pauline, et du choc psychologique de mardi, il me semble plus prudent de prendre un peu de temps avant de lui divulguer le meurtre de son père biologique. Vous étiez au courant, n'est-ce pas ? Les journaux ne parlent que de cela depuis deux jours.
- Je comprends, vous avez raison. Un traumatisme à la fois... Et pour répondre à votre question : oui,

j'avais suivi la presse. Dans un état second, mais j'avais lu l'information. J'ai éprouvé un petit pincement au cœur, j'avoue. J'ai reconnu le nom d'Anselme, sans soupçonner un lien quelconque avec la disparition de ma fille. Un psychologue interpréterait une telle indifférence comme une protection, j'imagine. Vous savez, je fais partie de ceux qui laissent le passé à sa place. J'ai avancé sans lui. Si Anselme avait répondu à ma lettre, dans quelle mesure le cours de nos vies aurait-il été modifié ? Cela restera un mystère à jamais...

Fanny essuya son visage avec le mouchoir que lui tendit Cyrille, se leva et lui fit un signe de la main avant de rejoindre sa fille. Le policier réalisa que cette femme devenait suspecte du meurtre de son ancien amant. Qui sait s'il avait cherché à rencontrer son amour de jeunesse durant son séjour à Arcachon ? Rien ne permettait d'affirmer qu'elle avait livré la vérité. Ses années d'expérience, de confrontation avec l'âme humaine dans ses plus bas instincts, lui dictaient de la croire. Ses aveux avaient tous les attributs de la sincérité. Pour autant, la raison policière exigeait qu'elle fournisse un alibi solide, au même titre que la famille d'Anselme pour la soirée de mercredi. Il décida d'en référer à Alexia. Après tout, il avait résolu son enquête en retrouvant Pauline vivante. Sa collègue avait quant à elle hérité du meurtre. C'était à elle de trancher.

*

Si le ciel n'éblouissait pas les passants d'un bleu azur froid et uniforme, l'électricité dans l'air aurait laissé penser qu'un orage allait éclater dans l'heure. Pesante, moite, l'atmosphère à l'intérieur du commissariat ne demandait qu'à exploser en un feu d'artifice de griefs, suppliques et accusations définitives. Martin Boquart avait été relâché. Il avait promis d'actionner leurs relations pour faire libérer sa mère au plus vite. Adeline Boquart se tenait droite et fière en salle d'interrogatoire. Après une nuit en cellule, le col de son chemisier blanc chiffonné, elle tirait nerveusement sur sa veste en laine bleu marine. Alexia attendait l'appel des techniciens. Sans cette preuve irréfutable, la suspecte ne plierait pas. Aucun témoin ne l'avait aperçue avec Anselme après le déjeuner. Elle conservait la version officielle, quelque peu modifiée depuis que les policiers avaient découvert qu'elle leur avait menti à la fois sur les conditions de son retour, seule en voiture, et sur l'heure tardive de celui-ci.

- Vous maintenez vous être promenée à Arcachon en faisant les boutiques toute l'après-midi, après quoi, vous seriez rentrée chez vous à vingt et une heures quarante-cinq sans avoir revu votre mari, répétait Alexia espérant lasser son interlocutrice pour la faire craquer. Cela ne tient pas debout madame Boquart ! Si vous n'aviez rien à vous reprocher, pourquoi demander à Guillaume de vous couvrir et de mentir en affirmant que vous étiez venus à Arcachon ensemble en voiture depuis Vic-en-Bigorre ?

Malgré la fatigue, Adeline restait maîtresse d'elle-même.

- Pour la dixième fois : Guillaume n'a pas menti pour la bonne et simple raison que c'est moi qui vous ai tout déclaré. Il n'a pas ouvert la bouche à ce sujet ! Je plaide coupable d'avoir légèrement modifié l'ordre des choses par crainte d'une mauvaise interprétation de votre part. Ce qui n'a pas manqué puisque cette garce de Josiane a bavé sur moi dès qu'elle en a eu l'occasion. Elle a toujours été jalouse depuis mon mariage avec Anselme.
- Ne détournez pas le sujet, s'il vous plaît. Votre voisine, Josiane Condemine, est un témoin tout à fait recevable. Elle a déclaré sous serment avoir vu Guillaume rentrer mercredi dans l'après-midi avec sa propre voiture, puis vous-même dans la nuit. Vous aviez donc tout le loisir de retrouver votre mari après son rendez-vous avec votre fils Antoine, puis de le tuer.
- Et pour quelle raison aurais-je assassiné Anselme, pouvez-vous me le dire ? Cela n'a aucun sens. C'était mon époux, mon compagnon, mon ami et je l'aimais.
- Parce qu'il venait de découvrir qu'il avait une fille, née d'une aventure il y a dix-huit ans. Son séjour à

Arcachon n'avait pour but que de la connaître, de se présenter à elle, ce qui ne pouvait pas vous réjouir.

- Je ne vois pas de quoi vous voulez parler, répondit sèchement Adeline, son regard durci tout à coup. Vous n'avez aucune preuve de ce que vous avancez.

La policière sortit se rafraîchir, décidée à laisser son suspect numéro un mariner dans son jus de longues heures si nécessaire. Les informations obtenues par Cyrille donnaient un éclat neuf à l'affaire. Restait à démontrer ce crime passionnel d'une mère pour l'honneur de ses fils et de sa famille. Une femme aussi fière, élevée dans le devoir pour accompagner son époux toute sa vie ne pouvait supporter qu'il reconnaisse un enfant illégitime. Honneur bafoué, double trahison, à la fois pendant l'aventure avec Fanny Landon, puis lorsqu'il révéla la vérité à sa fille. Patrimoine à diviser avec une bâtarde, Adeline ne pouvait en aucun cas accepter cette humiliation intime et publique. Quand avait-elle donné rendez-vous à son mari ? Arriveraient-ils à identifier un appel de sa part ? Le téléphone portable du mort n'avait jamais été retrouvé. De son côté, elle avait probablement utilisé un mobile jetable pour le contacter. La chance avait avantagé la police quand l'arme du crime réapparut vendredi. Espérer plus relevait du rêve éveillé. Si les techniciens trouvent les empreintes de la veuve sur le couteau, le dossier pourrait être bouclé et envoyé devant un jury d'assises. Sans cela, l'intime conviction des membres du jury serait insuffisante. Le commissaire lui avait accordé un délai de vingt-quatre heures de détention pour Adeline Boquart. Faute de preuve, ils devraient la relâcher. Elle se rappela que le livre d'Anselme devait être rendu ce matin à l'hôtel Impérial. Elle décrocha son téléphone, de nouveau agacée par l'inconstance du directeur qui ne savait décidément pas la contacter comme il s'y était pourtant engagé.

- J'ai une bonne nouvelle pour vous, et pour moi, je dois dire : l'exemplaire de *Noireclaire* a été remis à sa place sur la table de chevet de monsieur Boquart, déclara Alphonse Carmel tout de go. J'allais vous appeler…
- Bien sûr… C'est parfait ! Dites-moi, à quoi ressemble-t-il ?
- Que voulez-vous dire ? C'est un livre rare de Christian Bobin, en velin Rivoli numéroté, mais vous le savez déjà !
- Mettez des gants, ou prenez-le avec un tissu pour le feuilleter. Regardez s'il comporte un marque-page, un bout de papier, un mot, n'importe quoi !
- Attendez… Il est préférable que vous veniez voir de vous-même. Il y a deux enveloppes au début, l'une intitulée « À mon fils bien aimé » et l'autre « Testament ».
- Ne touchez à rien surtout, j'arrive ! cria Alexia, suivie par Manuel.

*

Concentrée, mâchoires serrées, Alexia conduisait nerveusement dans les rues sinueuses de la Ville d'Hiver en direction de l'hôtel Impérial. À ses côtés, Manuel préférait garder le silence. Chacun espérait trouver dans le livre d'Anselme une pièce à conviction dont ils avaient cruellement besoin. Qu'allaient-ils découvrir ? À qui était adressée cette lettre ? Martin, Antoine ou Guillaume ? Pourquoi écrire un testament non déposé chez un notaire en bonne et due forme comme le veut l'usage ? Autant de questions qui méritaient un éclaircissement. Si sa femme protégeait ses secrets en refusant de parler, Anselme allait-il leur porter secours d'entre les morts ? La beauté nostalgique des bâtisses qui faisaient de cette ancienne dune un des quartiers les plus convoités d'Arcachon lui échappa ce jour-là. Elle ne prit pas le temps de laisser vagabonder le regard, de flâner intérieurement, d'imaginer la vie luxueuse de ces familles bordelaises dans des villas immenses abritées du vent. Dès son arrivée, elle s'était promis de rechercher la demeure « Carmen », proche du parc Mauresque, qui avait appartenu à l'aïeul d'un ami. Cela serait pour une prochaine fois. À l'instant, concentrée sur la route, elle gardait en tête le trop court délai accordé par le commissaire pour établir des preuves tangibles.

Elle avait tenté de joindre les techniciens en vain, laissé

trois messages pour qu'ils la rappellent avec les résultats d'analyse, en insistant sur le caractère urgent de sa demande. Faire confiance, lâcher prise sur ce qu'elle ne pouvait maîtriser lui semblait insupportable. Le conseil d'un professeur à l'école de police lui revint en mémoire : « Si tu n'es pas d'accord avec une situation, il n'existe que trois solutions pour éviter de perdre ton énergie inutilement : soit tu acceptes ce qui est, soit tu refuses et tu pars, soit tu cherches à influencer quelqu'un qui a le pouvoir de changer les choses. » Elle choisit la première.

Le directeur les rejoignit dès leur arrivée dans le hall de l'hôtel Impérial, pressé de leur montrer l'objet en question. À peine purent-ils croiser les époux Vigneau à l'accueil, en bermuda et casquette, prêts à profiter d'une escapade. La vie du palace suivait son cours, entre service haut de gamme, décor magnifique, loisirs organisés ou farniente assumé.

Une fois seuls dans la chambre dix-sept, les policiers aperçurent le livre tant recherché sur la table de chevet. Alexia enfila des gants, le prit en main et l'ouvrit. Avec d'infinies précautions, elle sortit les deux enveloppes et choisit de démarrer par la bleue, adressée à « À mon fils bien aimé ». Décachetée, elle contenait un feuillet blanc couvert d'une écriture tremblée, instable, signe d'une grande fatigue, complété d'une petite enveloppe oblitérée, qui paraissait ancienne, dont le destinataire était « Monsieur Anselme Boquart » :

Vic-en-Bigorre, 5 septembre 2017

Mon cher fils,

La maladie m'emporte, je le sens. Je suis un vieil homme qui va rejoindre le Seigneur. Pourtant il m'est insoutenable de mourir avec le poids d'une vérité que je t'ai cachée si longtemps. Tu as toujours été un fils aimant, dévoué, travailleur qui m'a apporté beaucoup de joie. Ton mariage avec Adeline fut heureux, du moins en ai-je eu l'impression toutes ces années à élever vos trois garçons, si différents les uns des autres.

Avant de quitter ce monde, il est insupportable à mon vieux cœur de partir sans t'avouer une faute commise pour ton bien à l'époque. Tu trouveras dans cette enveloppe une missive qui t'était adressée. L'été 2000, votre couple connaissait quelques difficultés. Tu voyageais beaucoup pour ton travail, en particulier à Bordeaux. Renseignements pris, j'ai découvert la relation que tu entretenais depuis quelques mois avec cette très jeune vendeuse des Galeries Lafayette. Je ne t'ai pas espionné ni fait suivre, mais tu seras étonné d'apprendre à quel point votre amourette fut détaillée et commentée par les collègues de cette demoiselle.

Le jour où la lettre ci-jointe arriva chez toi début

octobre 2000, Adeline m'avait invité à déjeuner. Martin avait tout juste dix-huit ans. Il venait de passer avec succès son permis de conduire le matin même. En préparant le repas, ta femme n'avait pas caché son inquiétude pour votre couple de te savoir si souvent parti pour affaires. Elle n'avait rien découvert de précis, mais j'ai bien senti qu'elle suspectait quelque situation dangereuse qui t'éloignait de ta famille.

Ce jour-là, le facteur m'a remis votre courrier par commodité, ton épouse étant occupée en cuisine. L'écriture féminine de cette enveloppe parmi les autres m'a intrigué. Je l'ai subtilisée et je l'ai ouverte à la vapeur une fois rentré chez moi. Si mes craintes s'étaient révélées infondées, je l'aurais alors recollée et déposée discrètement dans votre hall d'entrée. Son contenu confirma mes pires angoisses. Pour ton bien et celui de tes fils, de ta femme, de tout ce que vous aviez construit ensemble, cette passade ne devait pas faire exploser ta vie.

Si ta mère avait été de ce monde, peut-être m'aurait-elle vivement déconseillé ce choix, mais à l'époque j'ai décidé de conserver cette lettre. Pourras-tu un jour me pardonner ? Je n'arrive pas à le faire moi-même. Je n'ai pas réussi à détruire le courrier de cette jeune femme. Il te revient aujourd'hui. À sa lecture, tu agiras comme il te semblera juste.

Notre notaire te remettra cette missive à ma mort. Je quitte cette terre en paix, ma faute confessée. Je te demande pardon, mon fils.

Avec toute mon affection,

Auguste Boquart

Alexia se remémora une parole de Guillaume Boquart lors de leur entrevue vendredi après-midi dans la maison familiale, avec sa mère :

- Le benjamin avait mentionné que le grand-père paternel était décédé courant septembre. Le père d'Anselme est mort le mois précédant son arrivée à l'hôtel Impérial. Le voilà notre élément déclencheur !
- Que dit la seconde enveloppe que le père avait dérobée ? interrogea Manuel, impatient.

Le souffle court, la policière tenait le pli couleur crème sans oser l'ouvrir. Une certaine pudeur retenait son bras. La nécessité professionnelle s'apparentait à une curiosité mal placée à cet instant. Pourtant, un secret de famille vieux de dix-sept ans allait enfin leur donner la clé pour comprendre le cœur de cette affaire. Une main délicate et appliquée avait écrit l'adresse d'Anselme Boquart d'un tracé arrondi, élégant et clair. Elle provenait sans aucun doute d'un esprit fort, courageux et déterminé. Un seul feuillet en main, Alexia commença la lecture à haute voix :

Arcachon, 5 octobre 2000

Mon aimé,

J'ai pris la liberté d'écrire à ton domicile car je voulais être sûre que ces quelques lignes te parviennent. J'espère que tu ne m'en tiendras pas rigueur. À ton bureau, ta secrétaire l'aurait forcément ouvert, quant à l'adresser aux Galeries Lafayette via ton contact professionnel, j'ai jugé le risque trop important que les pipelettes en fassent un ragot supplémentaire.

Depuis notre dernier rendez-vous fin août, je ne cesse de penser à toi. Je n'ai jamais été aussi heureuse que ces mois avec toi. Je vivais pour nos rencontres, tes baisers, nos débats interminables, tes regards passionnés lorsque nous étions au travail, le secret qui entourait notre idylle. Notre histoire devait rester cachée tant que tu n'avais pas parlé à ta femme, je le comprends. Pourtant, ces dernières semaines m'ont paru une éternité sans recevoir de tes nouvelles. Tu dois être très occupé avec tes affaires depuis la rentrée... De mon côté, j'ai repris mes études et réintégré ma chambre chez mes parents à Arcachon. Le temps me semble si long sans toi ! Dans un an, mon diplôme en poche, je pourrai travailler et serai enfin indépendante. Je repense à toutes ces promesses que nous nous sommes faites. Je rêve à notre futur bonheur quand tu auras fait le nécessaire et que l'on vivra ensemble.

J'ai du mal aujourd'hui à écrire ces quelques lignes, mais il faut que je te le dise : la semaine dernière, je me suis rendue chez le médecin pour une affaire banale et me suis ouverte à lui d'une question qui m'inquiétait quelque peu. J'ai fait une prise de sang et le résultat ne laisse aucune place au doute : je suis enceinte de toi depuis un mois et demi. J'ai été la première surprise, catastrophée, assommée, avant de me décider à t'écrire. Mes parents ne sont pas encore au courant. J'ai besoin que l'on se parle pour savoir quoi faire. Tout cela est tellement imprévu.

Tu me manques terriblement. J'attends avec impatience ton appel ou une lettre de toi.

Avec tout mon amour,

Fanny

Émue au-delà de ce qu'elle voulait bien montrer devant son collègue, Alexia s'assit sur le lit et reposa la lettre dans son enveloppe. L'écho funeste des mots revenus d'entre les morts faisait penser à un trésor empoisonné déterré trop tard, par les mauvaises personnes. Lire ces lignes volées à leur destinataire après dix-sept années démultipliait leur effet dramatique. Une bombe à retardement dont les répliques détruisaient tout sur leur passage. Anselme avait laissé Fanny plusieurs semaines sans nouvelles. Peut-être réfléchissait-il à quitter son épouse, ou avait-il déjà mis cette belle histoire de côté pour reprendre le cours de sa vie ? Après tout, Fanny était à peine plus âgée que son fils aîné ! La crise de la quarantaine, l'ennui d'une existence bien installée, l'espoir merveilleux de tout recommencer avec une femme de vingt ans de moins, puis la réalité qui le rattrape, la distance, la lâcheté pour finir… La confiance de cette jeune fille éperdument amoureuse qui n'imaginait pas un instant n'être qu'une passade rafraîchissante pour un homme mûr touchait la policière. L'éternelle histoire d'une passion sincère qui tombe au mauvais moment dans la vie d'un des deux protagonistes. Mais l'était-elle ? Manuel interrompit ses pensées.

- Tu n'ouvres pas le testament ?

Délicatement, elle entreprit de décacheter la dernière enveloppe avec le coupe-papier du bureau, puis commença la lecture du document manuscrit, daté du quinze octobre, signé de la main d'Anselme Boquart. Bouche bée, ligne après ligne, elle prit connaissance des dernières volontés écrites par l'homme d'affaires assassiné, trois jours avant sa mort…

*

De retour au commissariat, Alexia fit deux copies de chaque lettre avant de consigner les pièces à conviction dans le dossier. Certains écrits devraient être remis à leur destinataire sans tarder. Les lourdeurs administratives de l'enquête et son dénouement ne devraient pas empêcher certaines personnes de connaître la vérité après toutes ces années. Elles la méritaient. L'affaire touchait à sa fin, pourtant une preuve irréfutable manquait à l'appel. Pour la quatrième fois de la matinée, elle composa le numéro des techniciens en charge de l'arme du crime depuis la veille, priant pour qu'ils répondent.

- Le dossier « couteau de cuisine découvert dans un blockhaus », c'est ça ? demanda un collègue. Attendez, c'est moi qui ai réceptionné le colis hier. Je vais aux nouvelles.

Les minutes s'égrenèrent en interminables secondes pendant lesquelles la policière ressentit les battements de son cœur résonner dans toute sa poitrine, jusque dans les jambes. Pourvu que les empreintes soient utilisables ! Elle se vengea sur le sac de fraises Tagada toujours à portée de main en cas d'urgence. Lorsque son interlocuteur reprit la ligne, elle sursauta de nervosité et son mug de café manqua de se répandre sur son ordinateur.

- C’est bon, je viens de récupérer votre dossier, lui annonça-t-il, aussi heureux que s’il avait remporté une partie de tennis en cinq sets. Ma collègue termine tout juste de le taper. Vous allez en recevoir une copie par mail dans dix minutes.
- Ça donne quoi ? demanda la policière, retenant son souffle.
- Vous êtes chanceuse : nous avons une bonne grosse empreinte très lisible qui correspond parfaitement à une de celles que vous nous avez fait parvenir hier soir.
- Laquelle ?
- Le pouce !
- Mais vous le faites exprès ma parole ! Pourriez-vous faire un effort pour être plus précis ? répliqua Alexia, prête à exploser. À qui appartient ce pouce ?
- C’est celui de madame Adeline Boquart, lâcha le technicien, déçu que le suspense prenne fin trop vite à son goût.

Une fois la conversation terminée, elle resta assise plusieurs minutes, sans bouger. L’information ne laissait pas de place au doute, pourtant son esprit avait du mal à intégrer leurs répercussions. La liste était longue des éléments qui, mis bout à bout, rendaient la culpabilité d'Adeline Boquart évidente : son empreinte présente sur l’arme du crime, son absence d’alibi, le mensonge délibéré quant à l’heure et la manière de rentrer chez elle mercredi soir, le mobile financier et la volonté désespérée de préserver la réputation de sa famille. Malgré cela, elle ne se sentait pas pressée d'aller inculper la veuve d'Anselme. Elle appela le commissaire pour l'informer de ce dernier élément tant attendu et s'engagea à lui faire un rapport écrit dès que possible. Sa boîte mail indiqua l'arrivée d'un nouveau message : le document technique. La policière convoqua Adeline Boquart, le cœur lourd.

Trente minutes plus tard, elle revenait à sa place, quand Cyrille entra à son tour dans le bureau et lui annonça :

- La mère de Pauline et son mari viennent signer quelques papiers de décharge. Nous l'avons innocenté.
- À quelques minutes près, ils auraient pu croiser Adeline Boquart dans le couloir quand je la ramenais en cellule. Je n'ose imaginer quelle aurait été leur réaction respective !
- Cela aurait pu être explosif… ou bien glacial !
- Jérôme Sartoren est déjà sorti ? Ce n'est pas un peu tôt ?
- Après deux nuits, les médecins ont estimé qu'il pouvait rentrer chez lui avec l'aide de sa femme dès ce matin. Pauline est encore sous surveillance en réanimation, néanmoins il a pu la voir avant de quitter l'hôpital. Il est toujours faible mais, avec du repos, les traces physiques vont s'estomper. Je suis plus inquiet sur les séquelles psychologiques laissées par cette affaire. Une suspicion d'enlèvement par le beau-père, son alcoolisme et

les violences commises sur Fanny mises au jour, la vérité sur la naissance de Pauline, son père biologique réapparu et assassiné le lendemain par sa légitime, cela fait beaucoup ! Ils auront besoin d'une thérapie familiale pour se reconstruire après l'épreuve qu'ils ont subie.

- Pauline est-elle au courant que son père est mort ?
- Pas encore. J'ai conseillé à Fanny Landon d'être assistée d'un psychologue lorsqu'elle dirait toute la vérité à sa fille.
- Tu l'as informée du testament d'Anselme ? demanda Alexia
- Non, pas encore.
- Elle doit savoir au plus tôt qu'Anselme n'a jamais reçu sa lettre. Il a ignoré l'existence de sa fille jusqu'à ce que son père meure le mois dernier et lui lègue la vérité en héritage, dix-sept ans après. Quel gâchis !
- Si on analyse la chronologie complète, de son côté il n'a pas non plus cherché à recontacter Fanny après leur aventure ! rétorqua Cyrille, à charge. Il est sagement rentré chez lui, a retrouvé sa légitime et ses fils sans regarder en arrière alors qu'il venait de vivre un amour passionné avec une étudiante de dix-neuf ans !
- Parfois, les belles histoires partent en quenouille et les princes charmants en crapauds, paraît-il, glissa la jeune policière, pensant à la femme de Cyrille, partie du domicile conjugal. Fanny devra prendre le

temps d'expliquer à sa fille ses raisons d'avoir menti sur son vrai père. Grandir en ignorant la moitié de ses racines n'a jamais été simple. Découvrir la vérité dans des circonstances aussi tragiques risque de traumatiser la petite...

- Bon, sinon je crois que des félicitations sont de mise pour cette première enquête bouclée en un temps record, mademoiselle Crozon ! Tu auras vite fait ton trou parmi nous et gagné les faveurs du commissaire. Tu devrais l'entendre appeler ses contacts en faisant la roue, il est aux anges ! Tu as besoin d'un coup de main pour rédiger le dossier ?
- Je dois reprendre la chronologie des faits, je crains d'oublier des étapes... Dis-moi si cela se tient : mi-septembre, Auguste Boquart décède. Il laisse à son fils Anselme un courrier déposé chez le notaire dans lequel il avoue avoir subtilisé une lettre de Fanny Landon, datant d'octobre 2000. Dans celle-ci, la jeune femme informait Anselme qu'elle attendait un enfant de lui. À la lecture de cette lettre, Anselme décide de faire la connaissance de sa fille biologique, Pauline Landon. Il s'installe à l'hôtel Impérial début octobre prétextant un besoin de repos. Sa famille ne comprend pas la démarche. Entre-temps, il a réussi à entrer en contact avec Pauline en utilisant un pseudonyme sur internet, se faisant passer pour un ami secret et virtuel. Ils échangent quelques semaines et se donnent rendez-vous au Moulleau mardi 17 octobre, après

les cours de Pauline. D'après la jeune fille, il lui a avoué leur lien biologique découvert depuis peu et souhaitait mieux la connaître.

- Jusque-là, c'est clair !
- Paniquée par cette révélation, elle s'enfuit sur la plage, cherche à voir sa mère pour obtenir des explications sur sa naissance. Cette dernière ne peut pas se libérer de son commerce pour la recevoir sur-le-champ. Choquée, Pauline lui en veut terriblement de lui avoir menti. Par dépit, elle décide de disparaître dans une cabane en forêt, se rend invisible en sortant la carte SIM de son téléphone. À dix-neuf heures, prévenue par son mari que sa fille est introuvable, Fanny Landon nous appelle et donne l'alerte.
- C'est là que l'on entre en scène…
- Le lendemain, Anselme fête son anniversaire en famille. Le matin, Martin, l'avocat infidèle, l'invite au banc d'Arguin et cherche à lui soutirer de l'argent pour solder son divorce, en vain. Il déjeune ensuite avec sa femme et son plus jeune fils à La Co(o)rniche. Des mots sont échangés, dont le serveur a été témoin. Anselme garde le mystère sur les raisons de son escapade, que ses proches commencent à trouver longue. Ces derniers sont venus séparément en voiture, Guillaume arrive de Bordeaux où il était pour affaires, sa mère de leur domicile. Guillaume prendra la route seul juste après le repas. Adeline restera sur Arcachon. Quel

prétexte donne-t-elle à son fils ? Nous l'ignorons. Elle sait que son mari ne compte pas revenir tout de suite et souhaite le revoir. Anselme rentre à l'hôtel se changer avant de retrouver son cadet...

- Le bel artiste ? intervint Cyrille pour la taquiner. J'ai entendu dire que tu en pinces pour lui !
- Le peintre en question s'appelle Antoine ! rétorqua Alexia en souriant. Je dois bien avouer qu'il est tout à fait charmant, mais cela n'est pas le propos ! Pendant qu'ils font un tour en ville, il sollicite, lui aussi, une aide financière de son père pour ouvrir une galerie d'art à Aix. Ce dernier demande d'en reparler dans six mois, car il sait que son patrimoine sera modifié s'il reconnaît sa fille. Ils se quittent en bons termes. Nous avons appris qu'Anselme avait consulté son notaire peu de temps avant.
- Que t'a dit la veuve sur la suite des événements ?
- Rien. Elle n'a pas ouvert la bouche. J'ai fait les questions et les réponses. Elle donne l'impression d'être une reine mère offensée qui gardera le silence jusqu'au procès, ce qui est son droit le plus strict. Je pense qu'elle a compris que l'histoire se terminait là. En cherchant à préserver l'héritage de sa famille, sa réputation, elle a tout perdu.

Didier Longblanc, leur supérieur, entra dans le bureau, un large sourire aux lèvres fort inhabituel. Il s'adressa directement à la jeune policière :

- Vous avez mené cette enquête avec brio, Alexia, bravo ! J'ai l'avocat et le député des Hautes-Pyrénées sur le dos, en plus du procureur qui se tient au courant de l'avancée de nos deux affaires, vous l'imaginez. Je dois avouer que j'y croyais moyennement, mais vous avez obtenu la preuve indispensable pour inculper la veuve à temps, je vous en félicite ! A-t-elle avoué le meurtre de son mari ?
- Non. Je disais justement à Cyrille qu'elle garde le silence. Nous devons monter un scénario plausible à présenter au procès.
- Quel serait-il ?
- Restée à Arcachon après le déjeuner, son fils Guillaume reparti au domicile qu'il partage avec ses parents en Occitanie, Adeline appelle son mari en fin de journée, vers dix-huit heures. Antoine, le peintre, a pris un bateau pour le Cap Ferret.
- Comment sait-elle qu'il est seul ? Et depuis quel téléphone le contacte-t-elle ?
- Nous ne savons pas avec certitude qu'il était seul, mais je doute qu'Antoine Boquart témoigne contre sa mère s'il a entendu son père lui répondre alors qu'elle lui donnait rendez-vous. Ce point restera imprécis. Le portable d'Anselme reste introuvable. S'il réapparaît, l'étude des appels reçus nous livrera la vérité. Peut-être l'a-t-elle contacté depuis son propre mobile (nous pourrons le vérifier) ou,

hypothèse plus probable, elle aura acheté un jetable.

- Ensuite, que se passe-t-il d'après vous ?
- Elle lui donne rendez-vous en ville, puis ils partent vers la dune du Pilat à dix-huit heures trente. Ils se promènent tout le long de l'eau à la nuit tombante, vers le sud. Sans vent, aucun parapente ne vole. Aucun promeneur n'a déclaré les avoir croisés. Nous pouvons supposer qu'elle lui dit être au courant à propos de sa fille adultérine (le notaire l'aura informée, ou elle aura espionné son mari) et lui demande de renoncer à aller plus loin. Il refuse catégoriquement, bien décidé à réparer le temps perdu. Rappelons-nous qu'il a déjà rencontré Pauline la veille de sa mort. Il est déterminé à faire face à ses responsabilités, veut faire partie de sa vie, mais aussi la reconnaître légalement. On peut en déduire qu'il allait se rapprocher de Fanny Landon. Sa femme ne pouvait pas prendre ce risque.
- Vous êtes sûre de ce point ?
- Son testament est formel, il déclare Pauline comme sa fille. Incapable d'accepter la honte sociale, Adeline s'oppose à ce que sa famille partage leur patrimoine avec une inconnue, fruit d'une aventure ancienne qui l'humilie ! La préméditation ne fait aucun doute ! Cette femme avait décidé de tuer son mari s'il refusait d'abandonner ses projets ! Une fois sur la plage Robinson, elle lui propose de

profiter du point de vue depuis la forêt, ils montent le bout de dune. Pour l'apaiser, elle a dû faire semblant d'accepter sa décision, afin qu'il ne se méfie pas d'elle. Mais elle avait un couteau de cuisine dans son sac, lui a donné rendez-vous en cachette de ses fils et l'a piégé, comme prévu, dans la forêt.

- Comment assassine-t-elle un homme de cette stature ? interrogea le commissaire.
- Par surprise, elle le frappe à la tête avec une branche de pin ramassée sur place. Il est sonné, blessé, vacille, puis elle le poignarde dans le ventre à trois reprises. Le rapport d'autopsie saura convaincre les jurés qu'elle n'y a pas été de main morte si elle cherche à jouer les faibles femmes.
- Ensuite ?
- Pour que l'on croie à un meurtre crapuleux, elle subtilise l'argent liquide dans son portefeuille, récupère son téléphone portable et le laisse sans vie après l'avoir fait rouler dans un fossé sous des pins, dans un massif de fougères. Fort heureusement une joggeuse l'a découvert à sept heures jeudi en tombant au même endroit.
- Comment expliquer que nous n'ayons pas retrouvé les empreintes de la veuve sur le portefeuille de son mari ?
- Très bonne remarque ! Je ne l'avais pas encore demandé au laboratoire. Nous ne les détenons que depuis hier soir, et j'avoue avoir priorisé celles sur

l'arme du crime. Si l'on se remet dans la psychologie d'Adeline Boquart, elle était incapable d'imaginer vivre sans son mari. Elle avait compris qu'il regrettait son attitude vis-à-vis de Fanny et se rapprochait du fruit de son amour passé. Elle redescend sur la plage, jette le couteau, peut-être aussi le mobile d'Anselme, compte sur la mer pour les emporter à jamais. Puis elle repart en sens inverse à la nuit tombée et rentre chez elle en voiture.

- Fort heureusement la marée nous a aidés puisque l'arme s'est déposée dans un blockhaus, visité par des plongeurs vendredi matin, compléta Didier Longblanc. Puis vous avez fait la connaissance de la voisine à Vic-en-Bigorre, amie d'enfance d'Anselme. Elle a été témoin du retour mercredi soir de la maîtresse de maison…
- Vous savez tout, commissaire…

Ils furent interrompus par Fanny Landon. Le visage marqué par l'épuisement, la tension de ces derniers jours, son regard diffusait pourtant une joie palpable. On la sentait libérée d'un poids intolérable, sa fille retrouvée, ainsi que le secret de sa naissance enfin révélé. Elle remit une enveloppe à Cyrille et Alexia avant de s'éclipser, non sans les avoir remerciés de nouveau.

- De quoi s'agit-il ? demanda le commissaire.
- Une invitation à un défilé de lingerie ! s'exclama Cyrille, ravi.

*

« Au bonheur des dames », debout dans un coin afin de laisser toutes les clientes profiter du défilé, Hermione Belgarde supervisait la scène en professionnelle. Projecteurs sur l'estrade, mannequins en tenues dignes de Victoria Secret, dessous en dentelle affriolants, lingerie fine grenat ou marron glacé, robes de cocktail en soie scintillaient à donner le tournis. Un journaliste de mode prenait des notes et des photos, l'assurance d'un bon papier ! Des gerbes de magnifiques roses blanches et roses à chaque bout du parcours embaumaient la pièce entière. Thibault, le fleuriste, les avait livrées dès le début d'après-midi. Elle avait bien senti l'amitié profonde qui le liait à sa voisine. Peut-être espérait-il plus ? Rien ne laissait soupçonner un quelconque sentiment amoureux dans l'attitude de Fanny, débordée par les ajustements de dernière minute sur les jeunes mannequins. Les relances en matinée pour s'assurer de la présence de toutes les convives avaient porté leurs fruits au-delà de toute espérance. Le carnet de commandes se remplirait très probablement en début de soirée.

De retour de Barcelone la veille, son amie Viviane se leva pour se rapprocher d'elle.

- Comment tient-elle le coup ? chuchota-t-elle. Après ce qu'elle a traversé, où trouve-t-elle l'énergie de sourire, d'accueillir chaque cliente personnellement ? C'est admirable !
- C'est une résiliente, répondit Hermione. Devoir élever sa fille seule l'a rendue plus solide pour la vie ! Elle m'a dit tout à l'heure que Pauline reprenait des forces. Les médecins sont confiants : elle devrait sortir de l'hôpital lundi au plus tard. Ses petits frères ont eu le droit de lui rendre visite et lui ont amené des dessins en début d'après-midi. Ils n'ont pas bien compris l'absence de leur grande sœur mais ont capté toutes les ondes négatives et la tension vécues par la famille ces derniers jours. De véritables éponges émotionnelles, ces enfants ! En ce moment, sa meilleure amie, Élodie, est à son chevet. Elles doivent avoir beaucoup de choses à se raconter…
- Au fait, comme promis, je suis passée faire ma déclaration au commissariat en début d'après-midi, indiqua Viviane. Je suis soulagée que son ivrogne de mari ne soit pas venu au défilé. Espérons qu'il va réagir et se soigner ! De ton côté, comment va Yann ?
- Très bien, je te remercie. Nous avons eu une franche discussion et mis nos peurs sur la table, ce qui nous a fait le plus grand bien. Il a compris qu'il devait me faire confiance, me lâcher sur les consignes de sécurité, les horaires. À bientôt

trente-trois ans, j'ai surtout besoin de faire la paix avec mes fantômes en me faisant aider… Cela nous permettra d'envisager de fonder une famille…

- Quelle bonne idée ! s'exclama Viviane. Puis en lui touchant le coude : tu savais que les policiers seraient présents à cette petite sauterie ?
- Fanny les a invités ce matin sur un coup de tête. Je ne suis pas proche de Cyrille. Je vous rappelle que l'on pouvait qualifier nos relations de « tendues » il y a deux ans. Mais je dois avouer qu'il a été efficace cette fois-ci !

Le défilé terminé, l'assemblée acclama Fanny et ses mannequins, puis chacun s'approcha du superbe buffet dressé par le traiteur. Les commandes pleuvaient. En pleine effervescence, Viviane sentit un courant d'air froid parcourir l'assistance, totalement inexpliqué, les portes étant fermées. Elle frissonna. Une âme arrachée violemment à son corps tenait-elle à être présente aujourd'hui ? Anselme ? Elle préféra garder cette réflexion pour elle… Un canapé au foie gras en main, Alexia tendit une coupe de champagne à Cyrille, qui lui demandait la raison de sa mutation à Arcachon. Suffisamment en confiance, elle choisit de lui dire la vérité. Après tout, s'ils devaient travailler ensemble sur des dossiers aussi complexes et intenses que ces derniers jours, ils n'en seraient que plus efficaces s'ils se connaissaient mieux.

- Je ne vais pas tarder, lui dit-il. Lucie, ma femme, garde notre fils et je le récupère juste après. Nous sommes séparés depuis six mois. Une sorte de pause... avoua-t-il, plein d'espoir. Ce soir j'emmène Raphaël au Futuroscope. Nous dormirons sur place pour être à l'ouverture demain matin.

Il avait appris deux heures auparavant qu'elle avait quitté son photographe. Raphaël semblait ravi. S'il ne devait pas anticiper son retour, il restait confiant, bien déterminé à la reconquérir, sans précipitation.

- Prendre de la distance pour mieux se retrouver, cela a fait ses preuves, répondit Alexia en souriant.
- Il paraît... Excuse-moi, Lucie m'appelle.

Il s'isola quelques minutes et Alexia en profita pour féliciter Fanny de cet énorme succès. Elle lui glissa discrètement un bout de papier sur lequel étaient inscrits le nom et l'adresse des fils Boquard.

- Pauline croit encore que son père est vivant, lui confessa Fanny, le visage crispé. Je ne sais pas comment lui annoncer la vérité.
- Je peux vous accompagner si vous le souhaitez, proposa Alexia.
- Vous feriez ça ?
- Bien sûr. Il faudra que cela se fasse en présence d'un psychologue, mais au moins aura-t-elle la version de l'histoire de son père par la police. Je lui donnerai des faits, sans affect.

Alexia s'éclipsa peu après, rendez-vous pris le lendemain

à dix heures avec Fanny devant l'hôpital. Le cœur léger, elle repartit chez elle. Avec une régularité de métronome, le phare du Cap Ferret éclairait chaque embarcation côté océan Atlantique ou bassin. Le ciel scintillait ce soir-là, une myriade de petites lucioles parsemait l'immensité bleu nuit. Avec ce premier succès, la reconnaissance de ses collègues apportait une touche infiniment plus agréable à ses journées. Elle avait beau avoir joué les dures depuis son arrivée, elle souffrait de ne pas avoir trouvé sa place au sein du commissariat. Les étoiles la suivirent à travers les pins du parc Pereire, jusqu'à son portail. La lumière du salon allumée, son père l'attendait pour leur rituel immuable. L'histoire du jour serait longue et les tiendrait éveillés tard dans la nuit.

Epilogue

Dix jours plus tard…

La brise de mer avait décidé de jouer avec le ciel et la terre ce jour-là. En un clin d'œil, un nuage ramena l'ombre sur toute la plage Pereire, tel un livre fermé sèchement alors que l'histoire n'est pas terminée, au nez de l'enfant qui attend avec impatience de découvrir la fin. La peau des vacanciers se rafraîchissait, certains en profitaient pour plier bagage, d'autres tendaient leur visage vers l'ouest, appelant de leurs vœux le prochain rayon de soleil qui éclairerait chaque cellule. L'air chaud faisait le même effet inespéré en cette fin octobre que les dernières neiges en mars à la montagne ; l'impression de grappiller encore de petits morceaux d'été à l'automne.

Amusée par le léger brouhaha au moment du goûter dans la famille voisine, Pauline suivait ses frères des yeux, le sourire aux lèvres. Les chaussures, pantalons, pulls et autres accessoires encombrants avaient tous atterri en tas, à distance du château qu'ils avaient décidé de construire. Ils s'étaient installés à un endroit assez éloigné de l'eau, pour leur laisser le temps de bâtir un chef-d'œuvre sans que la marée emporte tout, et des serviettes, pour être tranquilles, hors du monde. Ils avaient naturellement marqué leur territoire. La plage est un espace de liberté, les enfants savent cela d'instinct.

Centrée sur les sensations du moment, elle appliquait les conseils de son psychologue, qui infusaient les jours suivant les séances. Elle se sentait plus forte, comme apaisée, après l'avoir vu. Sa confiance en la vie revenait, elle apprenait la résilience, expérimentait le pardon. Allongée non loin de sa fille, Fanny était absorbée dans un magazine féminin. Décision très appréciée par tous, elle avait fermé « Au bonheur des dames » pour profiter de ses enfants pendant les vacances scolaires. Bien des choses avaient changé dans la famille ! Son beau-père avait repris son destin en main : il avait relancé son réseau professionnel parisien et logeait trois jours chez son frère. Un rythme appelé à devenir régulier dès que les premiers contrats tomberaient. La tension constante entre sa mère et Jérôme semblait dissoute.

Lorsque la policière lui avait raconté l'histoire d'Anselme Boquart, jusqu'à sa fin tragique, Pauline avait ressenti un gouffre se creuser au fond de son ventre. Un vide immense, laissé par un père qu'elle avait rencontré quelques minutes, puis quitté trop vite. La culpabilité, cette terrible sensation d'être fautive dès le début, mettrait du temps à s'estomper. « Si j'étais restée avec lui mardi au lieu de m'enfuir, il aurait parlé de moi à ses fils le lendemain. Sa femme ne l'aurait pas assassiné pour cacher la vérité. J'aurais pu le revoir, le connaître, avoir un père, MON père. Mais j'ai paniqué, la peur m'a poussé à disparaître, ma famille a vécu l'enfer... Tout est de ma faute. »

Elle frissonna malgré la morsure du soleil réapparu. Dans sa poche, elle sentit une feuille pliée en huit qui ne la quittait pas. Depuis la première lecture, elle pouvait réciter par cœur les mots d'Anselme écrits trois jours avant sa mort.

« *Ceci est mon testament.*

Je soussigné Anselme Boquart désigne comme mes héritiers à parts égales :

mes fils Martin, Antoine et Guillaume Boquart, ainsi que ma fille Pauline Landon, fille de Fanny Landon domiciliée à Arcachon, dont j'ai appris l'existence au décès de mon père en septembre dernier. Mon grand regret sera de ne pas avoir pu la connaître toutes ces années. J'essaie aujourd'hui de racheter ma faute auprès de sa mère, ainsi que le mensonge de mon père. Je souhaite me rapprocher d'elle, si elle l'accepte. Ma femme conservera l'usufruit de notre demeure à Vic-en-Bigorre ainsi qu'une rente mensuelle (...) »

La jeune policière avait eu la bonté de lui remettre cette

copie dimanche à l'hôpital, avant que le notaire ne la convoque officiellement, avec sa mère, à la lecture du testament en présence des fils Boquart. Celui aux longues boucles blondes et au regard doux, Antoine, avait fait preuve d'une grande gentillesse à son égard. Il l'avait embrassée et lui avait donné ses coordonnées en lui disant à voix haute : « J'aurais aimé connaître ma sœur plus tôt. Nous avons du temps à rattraper. » Qui sait, peut-être gagnerait-elle un demi-frère, à défaut d'un père ?

Encouragée par l'odeur des goûters qui s'offraient au vent, une mouette approximative dans son atterrissage lui frôla le pied. Ses frères coururent vers elle, du sable plein les cheveux, les mains, les jambes, et lui crièrent de venir finir le château avec eux, gesticulant de plus belle. Heureuse, elle les suivit, laissant là regrets et espoirs volés, pour se concentrer sur le ressac de la mer, la petite pelle jaune que lui tendit Enzo, le seau rouge offert par Mathis...

Merci

À mon mari et mes filles qui sont un précieux support pendant les longues phases d'écriture. Ces vingt derniers mois, ce long parcours créatif n'aurait pas pu aboutir sans votre bienveillance et votre soutien.

À Véronique Destabeau, photographe de talent, pour la photo de couverture.

À mes précieux relecteurs et correcteurs : mon mari, Séverine Kiner, Françoise Laure, Florence de Vulpillières et Brice Martin, tout particulièrement. Son œil aiguisé de professionnel a été structurant dans ce deuxième roman.

À ma famille et mes fidèles amis, pour votre support et vos encouragements.

À Antoine Barba, pour m'avoir fait découvrir Antidote.

À tous ceux, qui au gré de nos conversations ont nourri ce roman d'anecdotes (Charlotte en particulier pour le métier d'Hermione) et de clins d'œil. Ils se reconnaîtront.

À tous les lecteurs qui ont aimé *Marée descendante*, ont offert ce premier roman, l'ont fait découvrir à leurs proches. En espérant que vous aimerez tout autant *Derrière la dune*.

Pour m'écrire : laure.felibre@gmail.com

Références

« Là, tout n'est qu'ordre et beauté, luxe, calme et volupté. » Charles Beaudelaire.

L'allégorie de la grenouille ébouillantée a été présentée pour la première fois dans le livre de Marty Rubin, publié par Alyson Publication en 1987, *The Boiled Frog Syndrome.*

« Ce que la chenille appelle la fin du monde, le reste du monde l'appelle papillon. » Lao Tseu

Chanson « Tout va bien » d'Orelsan.

44068679R00249

Printed in Poland
by Amazon Fulfillment
Poland Sp. z o.o., Wrocław